Diogenes Taschenbuch 21931

Brian Moore

Die Große Viktorianische Sammlung

Roman

Aus dem Englischen von Helga und Alexander Schmitz

Diogenes

Die englische Originalausgabe erschien 1975
unter dem Titel
›The Great Victorian Collection‹
Die deutsche Erstausgabe erschien 1978
im Diogenes Verlag

Umschlagillustration: Edmund Dulac,
›The Queen of the Ebony Isles‹
(Illustration zu ›The Arabian Nights‹), 1907

Veröffentlicht als Diogenes Taschenbuch, 1990

60/96/8/2
ISBN 3 257 21931 8

Für Jean

1

Noch immer ist nicht klar erwiesen, wann nun eigentlich Anthony Maloney die Große Viktorianische Sammlung zum ersten Mal zu Gesicht bekam. Kann man überhaupt sagen: er hat die Sammlung zum ersten Mal in seinem Traum erblickt? Oder hat er sie in ihrer Ganzheit erst erschaffen, als er aufwachte und aus seinem Schlafzimmerfenster stieg?

Maloney, stellte sich heraus, gab in dieser Sache einen unbefriedigenden Zeugen ab. Natürlich, nach diesem Ereignis war er ganz schön perplex. Tatsächlich war er da nicht mehr zu vergleichen mit dem gewöhnlichen, vernünftigen jungen Mann, der an diesem ungewöhnlichen Abend in das Sea Winds Motel in Carmel-by-the-Sea, Kalifornien, gekommen war.

Jener gewöhnliche junge Mann war neunundzwanzig Jahre jung und Assistenzprofessor für Geschichte an der McGill-Universität in Montreal. Dies war seine erste Reise an die Westküste. Er war nach San Francisco geflogen, um an einem Seminar in Berkeley teilzunehmen. Am letzten Tag des Seminars mietete er sich einen Wagen und fuhr nach Süden, mit der Absicht, das Wochenende auf Entdeckungsfahrt durch die Big-Sur-Region zu verbringen. Er kam in Carmel an einem Samstagnachmittag an. Am Montag wollte er das Flugzeug zurück nach Montreal nehmen.

Aber Maloney nahm seinen Flug nicht. Ein Jahr später lebte er immer noch in Carmel und in dem selben Motelzimmer, das er in der Nacht seiner Ankunft bezogen hatte. Eine Wand war herausgerissen worden, so daß er einen angrenzenden Raum als Arbeitszimmer benutzen konnte. Im wesentlichen aber blieb sein Motelzimmer unverändert.

Ein Wort noch zu Carmel. Es ist ein kleiner kalifornischer Kurort direkt an der Küste, der manchmal ein »Künstlerparadies« genannt wird. Aber sogar schon am ersten Abend hatte Maloney, als er durch die Galerien mit den gemalten Carmelensien ging, an den Arkadenläden, die in Heimarbeit gefertigte Kerzen verkauften, und den Büchergeschäften, die in ihren Schaufenstern die Gesammelten Werke von Kahlil Gibran ausliegen hatten, vorbeikam, den Eindruck, daß ein aufrechter, wahrer Künstler kaum anders als erschreckt sein mußte angesichts der »Werte«, die hier zu sehen waren. Tatsächlich sollte es ihn später irritieren, daß die Forscher der Vanderbilt-Universität es sich zur Aufgabe machen würden, einen Sinn seiner Wahl von Carmel und des Sea Winds Motel herauszufinden. Die Wahrheit war ganz einfach die, daß man ihm gesagt hatte, Carmel sei ein geeigneter Ort, von dem aus sich die Big-Sur-Region auskundschaften ließe. Und was seine Wahl dieses Motels betraf, so war er nach seiner Ankunft in Carmel in ein Fremdenverkehrsamt der Handelskammer gegangen und hatte sich dort nach geeigneten Räumlichkeiten erkundigt. Ein Angestellter des Amtes hatte ihm daraufhin das Sea Winds empfohlen.

Kurz nach siebzehn Uhr war er also dort eingetroffen. Henry Bourget, der Inhaber des Motels, begrüßte ihn in der Empfangshalle und zeigte ihm ein Zimmer in der ersten Etage. Maloney sah aus dem Fenster und erblickte einen riesengroßen leeren Parkplatz, der vom Bluff Road aus benutzt werden konnte. Er fragte, ob er seinen Wagen dort parken dürfte, aber Bourget sagte, der Platz sei nicht benützbar, da man im Begriff sei, die Fläche zu bebauen. Er empfahl Maloney, den Wagen auf der Straße stehenzulassen.

Dann brachte Maloney sein Gepäck herein. Er erkundigte sich nach Restaurants, und Bourget empfahl ihm eins, in dem er dann später regelmäßig zu Abend aß. Nach dem Abendessen ging er zum Motel zurück, weil er die Absicht hatte, sich früh zurückzuziehen, um am nächsten Morgen um sieben auf dem Weg nach Big Sur sein zu können. Später sagte er aus, daß, als er sein Zimmer betrat, das Rollo heruntergelassen und das Bett ausgeklappt gewesen war. Inzwischen ist dies von Mrs. Elaine Bourget, der Frau des Inhabers, bestätigt worden: Hin und wieder übernahm sie für Gäste diesen Service.

Maloneys Schlafverhalten war ganz normal. In der Vergangenheit hatte er keine außergewöhnlichen Träume gehabt. Und schließlich kam ihm zu der Zeit sein Traum, als Traum gesehen, auch nicht weiter ungewöhnlich vor. Von Viktoriana zu träumen, war für ihn, wenn man seinen Hintergrund bedachte, auch kein unwahrscheinlicher Zufall. Schließlich lautete der Titel seiner Doktorarbeit: »Eine Untersuchung der Auswirkungen der Errichtung eines kolonialen Weltreiches auf die sozialen Konventionen des Viktorianischen Englands am Beispiel von Kunst und Architektur der Zeit.« In Verbindung mit seiner Arbeit war er nach England gereist und hatte Museen, Bibliotheken und die verschiedensten öffentlichen Gebäude besucht und besichtigt. So konnte er, wenn er auch kein anerkannter Experte in Viktoriana war, zumindest doch einen gewissen Grad an Vertrautheit mit diesem Gebiet nachweisen.

Aber zurück zum Sea Winds Motel. Maloney ging ganz normal schlafen und verbrachte eine ereignislose, ruhige Nacht. Irgendwann frühmorgens wachte er für einige Minuten auf, schlief wieder ein und begann dann zu träumen. Hier der Traum, wie er ihn am nächsten Tag in einem Fernseh-Interview wiedergab:

»Ich träumte, daß ich in London war und in einem alten Gasthaus mit dem Namen The Cheshire Cheese zu Mittag aß. Es steht ganz in der Nähe der Fleet Street. Als ich mich umsah, entdeckte ich, daß die anderen Leute, die zu Mittag aßen, ganz ohne Zweifel Transatlantik-Touristen wie ich waren. Ich erinnere mich, daß meine Art, in einer so offensichtlich typischen ›Touristen-Attraktion‹ zu speisen, mich selbst irritierte. Nur ein anderer Kunde war dort, der mir kein Nordamerikaner zu sein schien. Er war ein großgewachsener Mann, der dunkle, altmodische Kleidung trug. Ich sah sein Gesicht nicht, aber als er sich erhob und den Raum verließ, fühlte ich in mir einen Zwang, aufzustehen und ihm zu folgen. Der Ober rief mir nach, daß ich meine Rechnung noch nicht bezahlt hätte, aber ich hörte nicht darauf, ging hinaus und fand mich in einer trübe beleuchteten schmalen Gasse hinter dem Pub wieder. Der Mann in der dunklen Kleidung stand da und wartete mit dem Rücken zu mir. Da wußte ich plötzlich, daß man ihn beauftragt hatte, mich zu führen. Der Mann ging voran, zeigte auf eine Eichentür am Ende der Gasse und winkte mich heran, vor ihm weiterzugehen. Ich ging zu der Tür und stieß sie auf, weil ich glaubte, sie würde zur Straße hinausführen. Stattdessen fand ich mich in dem dunklen Zimmer des Sea Winds Motel wieder, in demselben Zimmer, in dem ich zu Bett gegangen war. Das Bett war leer und das Bettzeug in Unordnung. Ich ging zum Fenster, ließ das Rollo hinauf, und erblickte einen blaßrosafarbenen Sonnenaufgang. Unter mir lag der Parkplatz des Motels so groß wie ein Häuserblock. Jetzt aber ähnelte der Platz einem überfüllten Freimarkt, einem Labyrinth schmaler Gassen, die von festüberdachten Ständen gesäumt waren. Einige waren malerisch mit Segeltuchmarkisen geschmückt. Ich löste den Griff des Fensters, öffnete es, kletterte auf das Fensterbrett und ließ mich hinunter auf die Holzverkleidung einer Treppe, die etwa sieben Meter weit hinunter zum Platz führte. Zuerst ging ich eine Gasse entlang, die mir der zentrale Gang des Marktes zu sein schien, einen Gang, der überragt wurde von einem glitzernden kristallenen Brunnen auf Säulen aus poliertem Glas, die bis zur Höhe von Telegraphenmasten aufragten. An den Ständen und in teilweise abgeschlossenen Ausstellungsräumen, die wie Möbelschauen aussahen, war die erstaunlichste Sammlung viktorianischer Artefakte, *objets d'art,* zu erblicken, Möbel, Haushaltsgeräte, Bilder, Schmuck, wissenschaftliche Instrumente, Spielzeug, Teppichwaren, Skulpturen, Handarbeiten, Muster aus Wolle und Tuch, Industriemaschinen, Keramiken, Silber, Bücher, Pelze, Kleider für Männer und Frauen, Musikinstrumente, ein gewaltiges Teleskop auf einem Piedestal, eine Lokomotive, Schiffsausrüstungen, kleine Waffen, Webstühle, bric-a-brac und Curiosa. Wie ich mich so weiterbewegte und alles anstarrte, merkte ich, daß die Stände unbewacht und menschenleer waren und daß mein Führer mir nicht bis hierher gefolgt war. Da wurde mir klar, daß alles hier auf irgendeine Weise in meine Obhut übergeben worden war. Und als ich das begriffen hatte, wachte ich auf.

Es war Morgen. Ich befand mich in dem Motelzimmer, von dem ich geträumt hatte, in demselben Zimmer, in dem ich zu Bett gegangen war. Ich stand auf und ging barfuß und nur mit meiner Pyjamahose bekleidet zum Fenster, ließ das Rollo hoch und erblickte genau den gleichen blaßrosafarbenen Sonnenaufgang. Und da, unter mir, genau wie in meinem Traum, war der große Freimarkt und das Labyrinth aus Ständen, die dicht an dicht auf dem gesamten Gelände des Parkplatzes standen, der am Abend zuvor noch leer gewesen war. Ich öffnete das Fenster, kletterte zum Mittelgang hinunter, ging wieder den ganzen Gang entlang, genau wie ich es in meinem Traum getan hatte, und kam wieder an genau denselben Kristallspringbrunnen, den ich jetzt als das Werk von F. & C. Osler erkannte, ein Wunder an Guß- und Schneidearbeit, an Schleif- und Polierkunst aus Glas, wie es ursprünglich als das Mittelstück im Querschiff der Großen Ausstellung von 1851 errichtet worden war.

Ich ging weiter. Alles in den Ständen, Parzellen und Ausstellungsräumen war wirklich und lebendig. Aber natürlich, ich wußte, daß auch dies ein Traum sein mußte. Es gab keine wirklich ernstzunehmende Möglichkeit, daß dieser Platz, der am Abend zuvor noch leer gewesen war, in einer einzigen Nacht mit sovielen großen und verschiedenartigen Ausstellungsstücken hätte gefüllt werden können. Ich erinnere mich, daß mir, während ich immer weiterging, auffiel, wie alles und jedes, worauf mein Blick fiel, mir in gewisser Weise vertraut erschien. An einem Stand blieb ich dann stehen und nahm einen kleinen Gegenstand in die Hand, eine hölzerne Feuerspritze für Kinder, etwa aus dem Jahre 1840. Ich entsann mich, sie schon einmal in der Marvell-Spielzeugsammlung im Kensington Palace gesehen zu haben. Ich betastete die bemalte Oberfläche der Spritze, sog ihren schwachen Geruch ein, der irgendwie an Schnupftabak erinnerte, und stellte sie wieder auf das Bord zurück. Dann fiel mir eine mechanische Katze auf, die direkt daneben saß, ein Blechspielzeug, das es in keiner einzigen der bekannten Sammlungen von Viktoriana gab. Ich erkannte sie nur aus einer Beschreibung ihrer Arbeitsweise wieder, die ich in einem Buch über seltenes viktorianisches Spielzeug gelesen hatte.

Jetzt aber hielt ich ein echtes Spielzeug in der Hand,

sieben Zoll lang, aus Blech gefertigt, mit schwarzen und orangefarbenen Streifen bemalt. Es enthielt einen Aufziehmechanismus, der es ermöglichte, es auf verborgenen Rädern über den Boden laufen und durch eine Drehung des Schwanzes sich der Länge nach drehen zu lassen. Als ich es aufzog und in Bewegung setzte, so erinnere ich mich, dachte ich einen Moment lang: Was ist, wenn das wirklich *ist?* Was ist, wenn ich nicht träume?

Ich begann, erregt zu werden. Schnell ging ich den Mittelgang hinunter und entdeckte, daß jeder einzelne der schmalen überfüllten Seitengänge Stände und Buden enthielt, die Gruppen von Objekten zeigten, welche ihrerseits wieder Sammlungen innerhalb der Sammlung enthielten. Zuerst blieb ich nur bei den sehr großen Stücken stehen – etwa bei dem Fernrohr, das ich als das berühmte Instrument erkannte, das A. Ross entwickelt hatte und das eine der populäreren Sehenswürdigkeiten der Großen Ausstellung von 1851 gewesen war. Die Lokomotive, die mir zuvor schon aufgefallen war, war natürlich die ›Folkstone‹ von der South Eastern Railway Company, die T. R. Crampton entworfen hatte.

Wirklich: Es war, als hätte ich in meiner Erinnerung einen gewaltigen Katalog gespeichert. Ich erkannte den ›Theben‹-Hocker wieder, der damals für Liberty & Co. gebaut worden war. Neben ihm stand ein Flügel aus Walnußholz mit Intarsien aus Buchsbaum und Perlmutt aus der Werkstatt von John Broadwood and Sons, und er wiederum stand auf einer Hammersmith-Brücke, die William Morris entworfen hatte. Alles stammte aus den achtziger Jahren. Daneben stand ein Spaltfußsofa aus geschnittenem Mahagoni, das aufgepolstert war in roter Seide, ungefähr 50 Jahre älter, dachte ich.

Solch eine Sammlung hatte ich noch nie gesehen. Und diesem Mobiliar gegenüber lag ein Gang, durch den mir der ›Tagträumer‹-Ohrensessel in Papiermaché auffiel, der an seinem oberen Ende mit zwei ›Geflügelten Gedanken‹ geschmückt und von Jennings & Betteridge gebaut worden war; ein Elfenbeinthron mit Fußbank – ein Geschenk vom Radscha von Travancore an Königin Viktoria; ein Marketerie-Putztisch mit botanischen Holzschnitzereien der Messrs. Trollope. Ich wandte mich ab mit der Absicht, in diesem Wirrwarr von Gängen nicht mehr zu pausieren, um einzelne Stücke zu begutachten, sondern mich einfach durch diese Schwemme schöner Dinge treiben zu lassen, und traf auf Sammlungen viktorianischer Teegeschirre aus Silber, Services für das Brautfrühstück, Urnen mit Ornamenten, auf Standbilder, Drehspiegel, Kommoden mit Aufsätzen, Ottomanen, runde Sitzkissen, Eckschränke, Spieltische, Stövchen, Küchenutensilien, Feuergitter und Feuerböcke. In den größeren Räumen erkannte ich das Empfangszimmer eines berühmten viktorianischen Bordells und einen Raum mit dem Mobiliar einer viktorianischen Music Hall.

Ich ging weiter. Ich ging gerade einen Gang entlang, der das Leben viktorianischer Straßen darstellte, und sah eine Ausstellung mit den Handwagen von Obsthändlern, Fuhrwerken, Hochrädern und so weiter, als ich vor mir sich etwas bewegen sah.

Es war ein Mann. Er war in den Sechzigern, sehr braun und hatte ziemlich langes, graues Haar. Er war draußen, auf dem Bluff Road, bewegte sich auf den Eingang zum Parkplatz zu und zog hinter sich einen Karren her, der mit zwei grünen Mülleimern beladen war.

Der Neuankömmling (später fand ich heraus, daß er John Rockne heißt und hier in der Straße wohnt) blieb stehen und rief zur Begrüßung aus: ›Hallo, Tag. Was zum Teufel soll das hier sein? Irgend ne Ausstellung? Wie um alles in der Welt haben sie das so fix hingekricht?‹

Ich erinnere mich, daß ich ihm nicht geantwortet habe. Er hatte etwas an sich, eine Art lebendiger Wirklichkeit, verstehen Sie, die mir die Sprache verschlug und mich in Alarmstimmung versetzte. Und wieder kam mir der Gedanke: Was ist, wenn ich gar nicht träume?

›Ist doch nicht zu glauben‹, sagte Mr. Rockne und warf einen Blick herein. ›Sehen Sie mal den Brunnen da! Und da – ist das ne Lokomotive, was da drüben rumsteht? Sind Sie hier der Chef?‹

›Ja‹, sagte ich. Ich weiß nicht mehr, warum ich das sagte. Es rutschte mir einfach so heraus.

›Aber gestern war hier doch noch gar nichts. Ich bin doch noch gestern abend hier vorbeigekommen. Ich kann's einfach nicht glauben!‹

Ich gab ihm keine Antwort. Ich wußte einfach nicht, was ich hätte sagen sollen. Außerdem, in einem Traum besteht auch gar kein Grund, sich höflich zu benehmen. Ich lächelte, wandte mich dann um und ging den Mittelgang zurück, am Springbrunnen vorbei, dessen Graben, wie mir jetzt auffiel, Wasser enthielt und zu dem ein Mechanismus gehörte, mit dem man die Düsen anstellen konnte. Aber ich blieb nicht stehen, um es auszuprobieren. Ich fror. Ich trug ja schließlich nur meine Pyjamahose. Ich ging zu meinem Fenster zurück, stieg hinauf und kletterte wieder in mein Motelzimmer. Sofort begann ich, mich in Windeseile anzuziehen, und die ganze Zeit über starrte ich aus dem Fenster. Ich sah Rockne weitergehen und zu der Sammlung zurückblicken, während er seine Mülleimer hinter sich her zum Müllplatz zog. Dann – gerade war ich mit dem Anziehen fertig – sah ich zwei Autos den Bluff Road heraufkommen. Beide wurden langsamer, und die Insassen starrten zur Sammlung herüber. Und wieder durchfuhr mich der Gedanke: Wenn das da richtige Menschen sind, und sie sehen, was ich sehe, dann kann das hier alles kein Traum sein. Ich habe diese Sammlung zum Leben erweckt. Niemand zuvor hat auch nur etwas im entferntesten Ähnliches zu tun vermocht.«

Dann schilderte Maloney in dem Fernseh-Interview, daß in diesem Augenblick eines der Autos ausscherte, herüberkam und hielt und die Insassen, zwei Frauen und ein kleines Mädchen, ausstiegen und entschlossen in den Parkplatz hineinmarschierten und den Inhalt der Stände und Kojen anstarrten. Prompt packte Maloney helle Aufregung. Wenn das hier alles gar kein Traum war, dann waren ja die Ausstellungsstücke total ungeschützt und dem Zugriff von Dieben und Souvenirjägern ausgeliefert. Der Parkplatz mußte umgehend eingezäunt und bewacht werden. Und so stürzte er, ohne sich im klaren darüber zu sein, was er würde sagen müssen, hinunter zum Empfang.

Offensichtlich war Mr. Bourget an diesem Morgen noch nicht draußen gewesen. »Hallo. Gut geschlafen?«

»Jaja. Aber ich muß Ihnen etwas sagen. Draußen auf Ihrem Parkplatz wimmelt es von allerhand Zeug. Das ist ziemlich wertvoll. Ich frage mich, ob wir irgendjemand anheuern können, irgendeine zivile Wache, die sich darum kümmern kann.«

»Was für Zeug denn? Was soll das denn auf meinem Parkplatz? Ich hab Ihnen doch gesagt, daß der nicht benutzt werden soll.«

»Es tut mir schrecklich leid. Ich wußte sonst nicht, wohin damit.«

Mr. Bourget ist ein weißhaariger Mann, dessen Gang deutlich hinkend ist – die Auswirkung einer Verletzung, die er sich im Zweiten Weltkrieg beim Einsatz im Marinebaubataillon zugezogen hatte. Er kam hinter dem Empfangsschalter hervor, nahm seinen Stock und ging mit Maloney zum Parkplatz hinaus. Später gab er in einem Zeitungsinterview bei der Schilderung seiner Eindrücke an, »das wunderschöne Zeug da draußen« hätte ihn »regelrecht umgeschmissen«. Aber in Wirklichkeit »schmiß« ihn der erste Anblick der Sammlung ganz und gar nicht »um«. Er betrat den Parkplatz und marschierte mit seinem Stock gestikulierend den Mittelgang hinunter. »Was soll der ganze Ramsch? Wie zum Teufel ist der Kram hier reingeraten? Ist doch nicht zu fassen. Ein Springbrunnen! Ich glaube, ich spinne.«

»Naja, vielleicht spinnt ja einer von uns«, sagte Maloney. »Ich schätze, derjenige bin ich.«

»Wer zum Teufel hat Ihnen erlaubt, den ganzen Kram hier reinzubringen?«

»Es tut mir aufrichtig leid. Aber es war ein Notfall.«

»Was für'n Notfall?! Wie haben Sie denn die ganzen Gerüste hochgekricht? Sie müssen fünfzig LKW's dabeigehabt haben.«

»Naja, ich wollte Ihnen ja erklären ... Diese Sachen hier sind sehr wertvoll.«

»Also hören Sie!« unterbrach ihn Bourget. »Ich hab keine Ahnung, wie Sie das hier hingekricht haben. Und wenn ich's mir recht überlege, will ich's auch gar nicht wissen. Aber wenn Sie's in einer Nacht reingekricht haben, dann kriegen Sie's auch genauso plötzlich wieder raus, verstehn Sie mich? Ich will, daß der Platz bis Mittag leer ist.«

»Ich weiß. Ich hätte mit Ihnen sprechen sollen. Aber ich hab mich da was gefragt. Könnten Sie sich vorstellen, mir den Platz auf Tageszahlungsbasis zu vermieten?«

»Nein, Sir. Ist nicht drin.«

»Ich würde gut zahlen. Sagen Sie mir doch, was Sie als fairen Preis ansehen würden.«

Stille. Und dann: »Einen fairen Preis? Sie meinen wohl, einen billigen Preis, was? Na, sagen wir hundert pro Tag, das ist stockbillig. Schließlich haben Sie dafür ja auch ne Menge Platz.«

Beim Sprechen wedelte Bourget das Gesagte unterstreichend mit seinem Stock umher und gefährdete dadurch ernsthaft die empfindlichen Zylinder einiger seltener »Student«-Lampenschirme.

»In Ordnung«, sagte Maloney. »Also hundert pro Tag.«

»Momentchen mal. Das können Sie aber schlecht mit Ihrer Dinerskarte zahlen. Ich will bar. Und im voraus.«

»Wären Traveller's-Schecks in Ordnung?«

»Kommen Sie mit in mein Büro«, sagte Bourget.

Dort zahlte Maloney an Bourget zweihundert Dollar als Miete für zwei Tage, rief mit seiner Erlaubnis eine Wach- und Schließgesellschaft, Securiguard Inc., an und bestellte zwei uniformierte Männer für pro Tag je zweiunddreißig Dollar. Da die Leute in Acht-Stunden-Schichten arbeiteten und für nachts mindestens ein Wachmann besorgt werden mußte, schätzte Maloney ab, daß er auch dann, wenn er nach Montreal telegraphieren mußte, um seine ganzen Ersparnisse abzurufen, kaum in der Lage sein würde, die Sammlung länger als zwei Wochen zu halten.

Die Wachleute kamen innerhalb der folgenden Stunde. Bis zu ihrer Ankunft stand Maloney in gespannter Wachsamkeit am Parkplatzeingang und wies Passanten, die hereinkommen und die Ausstellungsstücke sehen wollten, ab. Er fragte sich nicht mehr länger, ob er wach war oder träumte: er hatte einfach keine Zeit zur Selbstbeobachtung, sondern war unablässig damit beschäftigt, die Leute davon abzubringen, Gegenstände in die Hände zu nehmen, und ausweichende Antworten auf Fragen zu geben wie: »Was soll das? Was für eine Messe wird das? Wo ist das alles her? Wem gehört das?«, und so weiter.

Aber kaum hatten die uniformierten Wachen ihre Posten am Platzeingang bezogen, da wurde er das Opfer neuer Angstzustände. Was wäre, wenn die Sammlung, die in einem Traum erschienen war, wieder verschwinden würde, noch bevor er genügend Zeit haben würde, der Welt zu beweisen, daß sie sich wirklich und wahrhaftig materialisiert hatte? Mit diesem Gedanken eilte er zurück in sein Motelzimmer und rief Professor William Henning an, seinen Gastgeber in Berkeley. Dies war das erste einer ganzen Reihe von seltsamen Gesprächen, die er mit Freunden und Kollegen führen würde.

»Bill, hier spricht Tony Maloney.«

»Hallo, Tony, wie geht's? Laß mich raten, wo du bist. In Big Sur?«

»Nein, ich bin immer noch in Carmel. Hör zu, Bill, es ist was passiert. Ich brauch deinen Rat.«

»Was hast du für Sorgen?« fragte Henning und wartete schweigend in San Francisco, während Maloney, von Sprachlosigkeit geschlagen, einige Augenblicke lang unfähig war, auf die Frage seines Freundes irgendeine Antwort zu formulieren. Was konnte er sagen? Wer würde diese unglaubliche Geschichte glauben? Sie überhaupt zu erwähnen würde schon so viel bedeuten wie das Eingeständnis, den Verstand verloren zu haben. Und so murmelte er, als er die Sprache wiedergefunden hatte: »Paß auf, ich bin da auf was gestoßen, eine Sammlung von Viktoriana –«

»Das ist ja so ne Art Hobby für dich, oder?«

»Schon, ja. Diese Sammlung ist sehr interessant, sehr wertvoll. Ich würde gerne sofort ein paar Fotos davon machen lassen.«

»Wem gehört sie?«

»Na ja, in gewisser Weise mir.«

»Ach so, du hast sie gekauft?«

»Schwierig, das am Telefon zu erklären.«

»Kapiere«, sagte Henning mit dem Ausdruck eines Mannes, der scharfes Verhandeln zu schätzen weiß. »Noch in den Verhandlungen, was?«

»Nein, eigentlich nicht. Aber diese Entdeckung ist einfach so wichtig, ich meine – diese Sammlung. Ich glaube, ich werde irgendeine Institution brauchen, die das sponsort. Verstehst du, mit einem Fonds, so daß für sie gesorgt ist und sie gezeigt werden kann und so.«

»Wie wär's mit einem kommerziellen Sponsor?«

»Nein, an so was hatte ich eigentlich weniger gedacht.«

»Shell Oil macht doch viel in Kultur. Und Xerox auch. Du würdest dich wundern.«

»Nun ... ich weiß im Augenblick noch gar nicht, was ich tun soll.«

»Tony«, sagte Henning voller Geduld. »*Wenn* du so eine herrliche viktorianische Sammlung entdeckt hast, dann brauchst du Publicity. Und wenn du erst mal die richtige Publicity hast, dann kommt alles von alleine ins Rollen.«

»Publicity?« fragte Maloney mit vor neuer Erregung bebender Stimme. »Du hast recht. Das gibt tatsächlich eine wahnsinnige News Story. He, Bill – hast du nicht mal gesagt, dein Schwager arbeitet in der San-Francisco-Redaktion der *New York Times*?«

Unsicher sagte Henning: »Ja ja. Aber du weißt ja selber, daß die *Times* ziemlich etepetete bei der Auswahl ihrer Geschichten ist. Die müssen immer, verstehst du, von nationalem Interesse sein.«

»Die *ist* von nationalem Interesse«, sagte Maloney. »Die ist von *inter*nationalem Interesse. Warte nur ab, bis die in London Wind davon haben, daß das Zeugs hier aufgetaucht ist. Aus heiterem Himmel! Glaub mir, Bill, dein Schwager wird dir nochmal dankbar sein.«

»So, du glaubst also, daß das eine wirkliche Bombe ist?«

»Aber ja doch.«

»Na ja, ich *könnte* Jerry ja mal anrufen. Aber hör mal, wie soll ich ihm das erklären? Ich meine, das mit der Sammlung?«

»Ach, sag einfach, sie ist, äh, daß sie *die* Große Viktorianische Sammlung überhaupt ist, die größte der Welt. Und daß ich sie gerade in Carmel entdeckt hab.«

»Und daß du eine führende Autorität auf diesem Feld bist.«

»Ach was, das muß ja nicht sein.«

»Tony, wenn du dafür Promotion willst, mußt du die Sache auch *total* packen.«

»Ja, ich glaube auch. Ja, du hast wohl recht.«

»Okay. Gib mir deine Nummer. Ich ruf dich dann zurück.«

Maloney las seine Nummer ab, legte den Hörer auf und ging zum Fenster. Auf der Seite, wo der Parkplatz zur Straße hinausführte, stand eine der Wachen, bewaffnet mit Revolver und Schlagstock, mit dem Rücken zu den Ständen und Kojen und beobachtete die Autos, die langsam auf dem Bluff Road vorbeifuhren. Die zweite Wache saß genau in der Mitte des Zentralgangs der Sammlung, mit hängenden Schultern und zwischen den Schenkeln baumelnden Händen, in der typischen Haltung aller Museumswärter auf der ganzen Welt: Fänger, die selber gefangen sind, kamen Maloney solche Wächter immer wie die Verkörperung jener Öffentlichkeit vor, die, sich selbst überlassen, nicht dazu bewegt werden kann, auch nur zehn Schritte zum Besuch irgendeiner Museumsausstellung zu gehen. Tatsächlich hatte der Wachmann, der wie ein Museumswärter inmitten der Sammlung saß, wirklich sozusagen etwas von einer Kröte mitten in einem imaginären Garten. Und das bekräftigte sein Gefühl, daß er nicht träumte: Er hatte all diese Dinge wirklich und wahrhaftig erschaffen und sie sichtbar gemacht für andere, damit sie sie sehen und bewundern konnten. So etwas war niemals zuvor unternommen worden. Es war einmalig.

In diesem Augenblick, da er am Fenster stand, kam ihm eine Idee. Wenn er nicht träumte, wenn er also wirklich fähig war, diese Dinge nur kraft seines Willens erscheinen zu lassen – konnte er sie dann auch mit seinem Willen wieder verschwinden lassen? Oder – eine interessante Möglichkeit – konnte er sie kraft seines Willens woanders erscheinen lassen? Was, wenn er, nur als Experiment, per Willenskraft ein einzelnes Teil jetzt in Bewegung versetzen könnte, direkt vom Parkplatz in dieses Motelzimmer hinein? Er schloß die

Augen. Das erste Objekt, das ihm in den Sinn kam, war auch das erste, das er untersucht hatte, die hölzerne Kinderfeuerspritze aus der Marvell-Sammlung viktorianischen Spielzeugs. Er konzentrierte sich. *Gib, daß sie aus ihrem Stand kommt und hier auf dem Bett wieder auftaucht.*

Er schlug die Augen auf. Er sah auf das Bett. Es war keine Spielzeugspritze da. Ein Gefühl des Schreckens befiel ihn. Er drehte sich um, lief aus dem Motel direkt zum Parkplatz hinüber und schnurstracks zu der Koje, in der die Marvell-Sammlung ausgestellt war. Zuerst verspürte er, als er hinüberrannte, ein Gefühl der Erleichterung. Alles war angeordnet wie vorher. Die Spielzeugspritze stand genau noch da, wo sie nach seiner Erinnerung auch zuvor gestanden hatte. Aber als er sie aufnahm, fühlte er sofort, daß irgendetwas nicht stimmte. Sie sah noch genau so aus, aber als er sie umdrehte, entdeckte er auf der Vorderachse die aufgeprägten Wörter »Made in Japan«.

Er war sich absolut sicher, daß die Wörter bei der ersten Prüfung noch nicht dagewesen waren. Er untersuchte jedes einzelne Spielzeug für sich. Die Spritze war die einzige Imitation. Einen Augenblick lang stand er da und sah sie bestürzt an, verbarg sie dann unter seiner Anzugjacke und zog sich mit dem vagen Gedanken, sie zu zerstören, in das Motel zurück. Doch obwohl er die Wölbung fühlte, die das Spielzeug unter seiner Jacke verursachte – als er sein Zimmer erreicht hatte und sie herausnehmen wollte, war die Spritze verschwunden.

Seine erste Reaktion war pure Freude. Denn nichts

konnte dem Ruf dieser Sammlung mehr schaden als eine billige Imitation, wenn man sie zwischen all den originalen Stücken aus jener Zeit entdeckte. Der Schwindel schien sich ganz einfach in Luft aufgelöst zu haben. Natürlich bestand immer noch die Möglichkeit, daß er sie unwissentlich auf seinem Weg vom Parkplatz in sein Zimmer verloren hatte. Also ging er die Strecke noch einmal zurück und kam wieder zu der Marvell-Sammlung, wo er – wie von Zauberhand genau an den ursprünglichen Platz gestellt – ebendiese hölzerne Feuerspritze sah. Und beim Aufnehmen dieselbe belastende Inschrift las: »Made in Japan«.

Da, und erst da, begriff Maloney die Gesetze dieser Schöpfung. Schon tadelte ihn die Spielzeugspritze, ein winziger krebsartiger Fleck auf dem vollkommenen Glanz des Ganzen. Es war ihm gegeben worden, damit er hier, hier auf einem Parkplatz in Kalifornien, die Sammlung schauen durfte. Jeder weitere Versuch, diese Dinge an irgendeinen anderen Ort zu transferieren, hätte nicht etwa die größte Sammlung von Viktoriana, die die Welt je gesehen hatte, zur Folge, sondern einzig und allein eine ganz erstaunliche Anhäufung japanischer Fälschungen.

Wenige Minuten nach diesen Ereignissen klingelte das Telefon.

»Tony? Ich bin's nochmal. Bill Henning. Ich hab gerade eben mit meinem Schwager telefoniert.«

»Und?«

»Na ja, ich denke, ich hab ganz überzeugend geklungen. Jedenfalls habe ich sein Versprechen, daß sie sich das mal ansehen. Er sagte, sie wollen ihren

Mann aus Monterey rüberschicken, daß der sich mal umtut. Du bist doch noch ne Weile da?«

»Ja. Hat er gesagt, wann sie etwa kommen wollen?«

»Nein, ich hab auch nicht gefragt. Diese Pressefritzen lassen sich sowieso nicht drängen, weißt du.«

»Ja, natürlich. Auf jeden Fall vielen Dank, Bill.«

»Schon gut. Und hör zu, wenn du sonst noch Hilfe brauchst, ruf mich im Büro an. Ruf mich auf jeden Fall an und erzähl mir, wie's sich macht. Ach, und noch was: Peggy sagt, wir sollten uns alle mal auf einen Drink zusammensetzen, sobald du wieder in San Francisco bist. Du kommst doch über San Francisco, nicht?«

»Ja, ich denke schon. Und nochmals tausend Dank, Bill. Ich bin dir wirklich dankbar.«

»Okay, und paß auf dich auf.«

Maloney legte auf, ging zum Fenster und starrte wieder hinaus auf die Dächer, Stände und Markisen. Lange und wie in Trance stand er so da und entsann sich mit einem Schauder des Wiedererkennens, daß er einst wirklich daran gedacht hatte, eine Sammlung wie diese zu schaffen. Das war während der Zeit, als er gerade aus England zurückgekehrt war und das Examen vor sich hatte. Damals hatte er seinen Tutor nach Möglichkeiten befragt, wie man das Canada Council dazu bewegen könnte, eine Studie zu subventionieren, die die Möglichkeit, eine Nationale Sammlung von Viktoriana zusammenzustellen, erforschen sollte. »Unmöglich«, hatte sein Tutor gesagt. »Sie müßten erstmal eine Sammlung und dann einen Stifter finden, der gewillt wäre, sie zu präsentieren. Sie müßten dann auch die Zusagen für weitere Fonds aus privaten Quellen in der Tasche haben. Und heutzutage hat niemand mehr soviel Kleingeld übrig.«

Und so konnte er nichts weiter tun. Oder doch? Jetzt, wie er da auf diese seltsame Verwirklichung eines alten Traumes hinunterstarrte, ging ihm auf, daß er tatsächlich die Verantwortung hatte. Er konnte diese Objekte ja nicht einfach sich selber überlassen. Er mußte hierbleiben, und auf sie aufpassen.

Sogleich aber tauchten, gleichsam kontrapunktisch, wieder dunkle Schuldgefühle auf. Das Antlitz seiner Frau Barbara schob sich drohend und wie eine zürnende Ikone in sein Bewußtsein und erinnerte ihn daran, daß er ihr versprochen hatte, sie am Mittwoch in Montreal zu treffen. Sie würden einen Kaffee im Café des Arts trinken und miteinander reden – miteinander zu reden, das war schon lange fällig. Es war inzwischen über ein Jahr her, seit Barbara ihn verlassen hatte. Und seitdem hatten sie sich weder gesehen noch miteinander gesprochen.

Nein, er mußte wieder zurück. Er hatte Barbaras Schwester als der Vermittlerin das feierliche Versprechen gegeben. Er *mußte* einfach am Mittwoch dort sein. Es würde das wichtigste Treffen seines Lebens sein. Wenn er hierbleiben und den Mittwoch verstreichen lassen würde, würden alle Chancen, mit Barbara alles zu klären, verpuffen wie ein Traum.

Das war das. Das wahre Leben. Die Sammlung war wundervoll, sie war schön, sie war absolut erstaunlich. Aber wenn sie fotografiert und als authentisch beglaubigt sein würde, würde er ohne Verzug heimkehren müssen. Daran gab es nichts zu rütteln.

Das Telefon klingelte. »Professor Maloney? Hier ist die Rezeption. Hier ist ein Herr, der sagt, er wäre von der Zeitung. Möchten Sie ihn sehen?«

»Ja, bitte.«

Er hatte jemanden erwartet, der älter als er sein würde. Aber der Reporter, der wie ein Student gekleidet war, Khaki-Safari-Jacke, Jeans, rote Tennisschuhe, war etwa fünf Jahre jünger als er. Der Besucher war dick und trug das weißliche Haar modisch bis auf die Schultern. Er sprach nicht, sondern überreichte Maloney stattdessen eine kleine Visitenkarte – wie ein taubstummer Bettler, der Almosen schnorrt. Mit kaltem, blauem Blick betrachtete er Maloney, der die Karte las:

FREDERICK X. VATERMAN
The Monterey Courier

»Außerdem bin ich der Lokalreporter der *New York Times*.«

Maloney bat ihn, sich zu setzen.

Vaterman setzte sich auf das Bett. Er förderte erst einen Notizblock und dann einen Kugelschreiber zutage. »Heute morgen bekam ich vom *Times*-Büro in San Francisco einen Anruf. Sie sagen, Sie würden für sich in Anspruch nehmen, hier in Carmel einen phantastisch wertvollen Berg viktorianischer Schätze entdeckt zu haben. Darf ich fragen, wo diese – diese Schätze – versteckt sind?«

»Die sind nicht versteckt«, sagte Maloney und winkte den Besucher zum Fenster. »Sie sind da auf dem Parkplatz.«

Vaterman stand auf und sah hinaus. Sonnenlicht durchspülte seine aschblonden Locken und machte weichen Flaum auf seinen Schweinebäckchen sichtbar. »Mein Gott! Die ganzen Stände?«

»Ja.«

»Wieviel einzelne Stücke würden Sie ungefähr schätzen?«

»Ich weiß noch nicht.«

»Warum nicht?«

»Ich hab zum Zählen noch keine Zeit gehabt.«

»So. Darf ich fragen, wo Sie das alles gefunden haben?«

Maloney blickte in diese kalten, blauen Augen. Sicher, er würde schon von dem Traum sprechen müssen. Das *war* die Story. Aber wie? Erst zögerte er, dann sagte er: »Vielleicht wollen Sie gerne mal hinausgehen und einen Blick auf die Sachen werfen?«

»Später. Erst wollen wir mal die Details klären, wenn Sie nichts dagegen haben.«

»Gut«, sagte Maloney und spürte, wie er sich spannte.

»Wenn Sie vielleicht mit dem Anfang beginnen würden?«

»Nun ja, mir ist klar, daß es schwer sein wird, alles zu glauben.« Seine eigene Stimme erschien ihm losgelöst, körperlos im Zimmer zu treiben und sich abzuspulen wie ein Tonband. »Aber in der letzten Nacht hatte ich einen Traum. Ich habe geträumt, ich würde in London zu Mittag essen –«

»London, England?«

»Ja, ja. Ich war in einem Restaurant, ein Mann, der dort auch aß, ein Mann, der altmodische Kleidung trug, stand plötzlich auf. Und in meinem Traum folgte ich ihm hinaus in eine kleine Gasse. Er führte mich zu einer Tür und winkte mich heran, ich sollte hindurchgehen. Ich öffnete die Tür und fand mich in einem Zimmer wieder – in diesem hier.«

»Was für ein Zimmer?«

»Na, das hier.«

»Also dieses ganz bestimmte Zimmer«, sagte Vaterman. Er fing an, sich Notizen zu machen. »Und?«

»Und in meinem Traum ging ich zum Fenster und sah hinaus. Da war der Parkplatz, und alles war genau so, wie Sie es jetzt auch sehen können, mit allen Ständen, mit allen diesen Sachen. Dann – und das ist das eigentlich Interessante – wachte ich auf und stand auf. Es war Morgen.«

»Welche Uhrzeit?«

»Ich weiß nicht.«

»Na, so ungefähr!«

»Oh, es war kurz nach Sonnenaufgang. Egal, ich machte jedenfalls das Fenster auf, stieg hinaus und fing mit dem ersten Entdeckungsgang –«

»Warum sind Sie aus dem Fenster gestiegen?«

»Was meinen Sie?«

»Na, warum sind Sie nicht durch die Tür? Sie hätten doch genauso schön durch den Empfang zu dem Parkplatz gehen können.«

»Ich hab einfach nicht daran gedacht. Ich war aufgeregt. Ich meine, ich traute meinen Augen nicht.«

»... seinen Augen nicht«, sagte Vaterman und schrieb es auf. »Und warum nicht?«

»Warum nicht? Guter Gott, Mann, das hier ist die phantastischste Sammlung von Viktoriana der ganzen Welt. Sowas gibt es nicht noch einmal. Was sucht sie aber hier?«

Vaterman lächelte vorsichtig. »Warten Sie mal. Lassen Sie *mich* doch die Fragen stellen, wenn's recht ist. Erstmal: Sind Sie ein anerkannter Experte für dieses viktorianische Zeug?«

»Na ja, es ist eigentlich mehr ein Hobby für mich. Ich kenne mich da ganz gut aus.«

»Aber Ihre Meinung über den Wert könnte von anderen Experten angezweifelt werden?«

»Ja, schon. Ich denke ja.«

»Es ist also möglich, daß die Sachen falsch sind? Imitationen?«

Der Gedanke an die japanische Feuerspritze aus Holz schoß Maloney durch den Kopf, und dabei zogen sich seine Schultern zusammen, als erwartete er einen Schlag: Diese Bewegung des Eingeständnisses, spürte er, konnte Vaterman kaum entgangen sein. »Nun, kaum«, sagte Maloney. »Ich meine, ich erkenne ja die Mehrheit dieser Objekte wieder, wenn nicht sogar alle.«

»Wie erkennen Sie sie?«

»Ich hab sie eben schon in anderen Sammlungen gesehen.«

»Dann sind sie also gestohlen?«

»Nein.«

»Dann sind sie oder könnten sie Kopien sein?«

»Ob sie Kopien sind oder nicht, ist nicht der Punkt. Es geht darum, daß ich von ihnen geträumt habe und sie eben deshalb hier sind.«

»Ah!« sagte Vaterman. Er unterbrach sein Mitschreiben. »Weil sie hier sind, können sie also nicht dort sein?«

»In England? Ja, ich denke, daß man das logischerweise annehmen muß. Aber dann wäre das immer noch eine genauso ungewöhnliche Sache, sozusagen eine Art telepathischer Diebstahl. Aber ich glaube trotzdem nicht, daß das der Fall ist. Ich nehme sogar an, daß diese Dinge *sowohl* hier *als auch* in England existieren.«

»Also ist ein Teil das Original, ein anderer Teil Fälschung. Sie haben behauptet, diese Sachen wären phantastisch wertvoll! Und trotzdem geben Sie zu, sie *könnten* Fälschungen sein.«

»Mr. Waterman, warum weichen Sie dauernd aus? Es geht darum, daß ich von ihnen geträumt habe und sie dann hier aufgetaucht sind. Da draußen auf dem Parkplatz.«

»Vaterman«, sagte Vaterman. »Mit einem *V*. Nicht wie die Kugelschreiberfirma.«

»Verzeihung.«

»Macht nichts. Die Leute machen häufig diesen Fehler. Zurück zu dem, was Sie gerade gesagt haben. Das ist schließlich mein Problem, verstehen Sie. Ich meine, wie soll ich das meinem Chefredakteur beibiegen?«

»Ist mir schon klar«, sagte Maloney. »Und ich darf

Ihnen sagen, daß, wenn ich Sie wäre, und irgendein Fremder erzählt mir, er hätte diese Sammlung lebendig geträumt, ich an einen Trick dabei glauben würde. Ich würde glauben, der wär auf Betrug aus oder publicitygeil. Ich wäre genauso skeptisch wie Sie, nur« – und hier hob Maloney seine Hand, um Vaterman am Unterbrechen zu hindern – »ich möchte sagen, daß mich diese ganze Sache genauso verwirrt wie Sie. Ich meine, ich weiß nicht, ob das ganze Zeug nicht in fünf Minuten wieder verschwindet. Das ist der Grund, warum ich den Kontakt zu Ihnen gesucht habe.«

»Ich verstehe nicht ganz.«

»Ich brauche Fotos und Zeugen. Ich brauche jemanden, der mir sagt, daß ich nicht verrückt bin und nicht träume, nicht wahr? Angenommen, sie verschwindet innerhalb der nächsten Stunde wieder. Was dann? Kein Mensch würde je glauben, daß das passiert ist.«

Vaterman nickte, stand auf und steckte Notizblock und Schreiber in seine Tasche. Er lächelte versöhnlich und ging dann zur Tür. »Wollen Sie mich einen Moment entschuldigen, Professor? Ich bin gleich zurück.«

Die Tür fiel ins Schloß. Maloney blieb noch etwas sitzen und ging dann erneut und wie hypnotisiert zum Fenster, um wieder die Dächer und Markisen anzustarren. Wo war der Reporter hin? Zum Telefonieren? Zum Überprüfen von irgendwas?

Schnell ging Maloney zur Zimmertür, öffnete sie und spähte hinaus. Am Ende des Korridors sah er Vaterman im Aufenthaltsraum in ernstem Gespräch mit Bourget, begleitet von sehr viel Kopfnicken und

Übereinstimmung. Maloney schloß die Tür. Einen Augenblick lang dachte er daran, sie abzuschließen, aus dem Fenster zu klettern, in seinen Mietwagen zu steigen und soviel Meilen wie möglich zwischen sich und Carmel zu bringen, bevor die Polizei oder die Anstaltsaufseher kommen würden.

Aber mit einem knappen, flüchtigen Anklopfen betrat Vaterman wieder das Zimmer.

»Also«, sagte er. »Allmählich kommt der Durchblick, was das angeht. Phantastisch! Ja, es muß schon so etwas sein, wie Sie meinten. Man kann das nicht in einer Nacht aufbauen. Aber sagen Sie mir doch nur eins. Warum haben Sie dem Motelmann nichts von ihrem Traum erzählt?«

»Weiß nicht. Ich dachte wohl, er würde mir doch nicht glauben. Er war ziemlich sauer, daß ich seinen Platz benutzte.«

Vaterman ging noch einmal zum Fenster und sah hinaus. »Wer über*haupt* wird das glauben?« fragte er. »Professor, darf ich Ihnen was sagen?«

»Aber natürlich.«

»Es betrifft mich selbst. Zuerst einmal ist der Name Vaterman in Bayern ziemlich verbreitet. Ich entstamme einer Familie, die große Tradition hat. Sie haben vielleicht schon mal etwas von Oberammergau gehört?«

»Wo sie das Passionsspiel aufführen?«

»Genau. Mein Großvater und mein Urgroßvater haben führende Rollen in dem Spiel gehabt. Mein Vater spielte Johannes den Täufer. Wir sind also eine Familie, die einiges geleistet hat. Und ich, ich bin das erste Mitglied unserer Familie, das ein Bürger der Vereinigten Staaten wurde, ich hege meinen eigenen Traum von persönlicher Leistung. Ich möchte mal ein großer Zeitungsmann im Sinne der amerikanischen Tradition werden. Wie Jack London. Und Reston von der *Times*. Können Sie mir folgen?«

Maloney nickte. Vaterman erinnerte ihn an einen Abiturienten. Die konnten auch nie zur Sache kommen.

»Wie dem auch sei«, sagte Vaterman, »heute sehe ich endlich meine Chance. Mein Chef, Mr. Yorkin, ist der Lokalkorrespondent der *Times*. Er liegt mit Grippe im Bett, und darum mache ich alles für ihn. Reine Glückssache. Aber da liegt mein Problem. Was sind Sie eigentlich? Sind Sie ein Spinner oder ein Betrüger, oder bin ich an einer Story, die groß rauskommen kann, daß ich – meine Güte! Können Sie folgen?«

»Aber natürlich kann ich«, sagte Maloney. »Schauen Sie, ich sitze in genau demselben Boot. Ich kann Ihnen halt nur sagen, daß alles so passiert *ist*. Es ist genauso passiert, wie ich Ihnen gesagt habe.«

Verstört fuhr Vaterman sich mit den Fingern durch seine aschblonden Locken. »Okay. Nehmen wir im Moment also mal an, daß es wahr ist. Aber wie soll ich das alles für mich behalten? Exklusiv auch noch. Verzeihung, ich vertraue darauf, daß Ihnen das recht ist. Aber: Sie haben einen Traum, und ich habe einen Traum. Was können wir tun, damit beide unsere Träume wahr werden?«

»Mein Traum *ist* ja wahr geworden«, sagte Maloney. »Das ist ja mein Problem. Jetzt muß ich das nämlich beweisen. Ich brauche Fotos, die sofort aufgenommen werden müßten.«

»Fotos? Ach, um Gotteswillen!« Vaterman schien wie vom Donner gerührt. »Kann ich mal telefonieren? Mit der *Times*? Natürlich wird Ihnen alles an Unkosten erstattet.«

»Na, los«, sagte Maloney. Plötzlich fühlte er sich beängstigend schläfrig. »Ich muß mal einen Moment an die Luft.«

»Nein, warten Sie lieber hier. Es kann sein, daß die *Times*-Redaktion Fragen hat.«

»Tut mir leid, aber ich *muß* an die Luft.«

»Sie meinen, Sie müssen auf die Toilette?«

»Nein, ich brauche frische Luft. Ich fühle mich schläfrig. *Normale* Träume verschwinden, wenn die Leute erwachen. Vielleicht verschwindet die Sammlung, wenn ich wieder einschlafe.«

»Ja, das kann sein, nicht wahr?« sagte Vaterman. »In Ordnung, dann gehen Sie halt. Ich rufe eben alleine durch.«

Maloney verließ das Zimmer. Als er den Empfangsraum durchquerte, sah Bourget von seinem Schalter auf und rief: »Naah, geht's gut? Kriegen Sie nen hübschen Bericht?«

Er tat, als hörte er nicht. Er beeilte sich, zum Parkplatz zu kommen, pausierte einen Moment, um tief Luft zu holen, und begann dann, die Gänge der Sammlung entlangzutraben, immer tiefer hinein in das Labyrinth. Nach einigen Minuten legte sich seine Schläfrigkeit, und außer Atem blieb er an einem Unterstand stehen, der eine Ausstellung mit Ölgemälden und Aquarellen von Künstlern der Victorian Royal Academy enthielt: Landschaften, sturmzerwühlte Meeresansichten, Porträts, Illustrationen zu zeitgenössischen Romanen. Sentimental und literarisch, erinnerten ihn die Bilder daran, daß in den Tagen der alten Königin etwas wie diese Sammlung der Welt zuerst durch eine Serie künstlerischer Zeichnungen in den *Illustrated London News* angezeigt wurde – wie ein Wunder, ein exotisches Mirakel, das vom Großteil der Bevölkerung als gleich noch ein neues Wunder für sich angesehen wurde. Aber heutzutage, in diesem Zeitalter des spontanen Mißtrauens – wer würde das alles glauben? Da wußte er, daß er bedroht, in Kreuzverhöre genommen, getestet werden würde. Seine Gehirnströme würden aufgezeichnet, seine Kindheit analysiert, seine Körperflüssigkeiten untersucht, seine Privatsphäre zerstört werden. Und wozu?

In diesem Moment, in dem er gerade von den Bildern aufsah, erblickte er Vaterman, der, vom Motelzimmerfenster eingerahmt, erregt ins Telefon sprach. Vaterman erzählte der *Times* von dem Traum. Bald schon würde er öffentliches Allgemeingut sein. Oh Gott! Das Vernünftigste, was man tun konnte, war, sich zu ducken und unbemerkt zum Ausgang am Bluff Road zu schleichen, den Mietwagen zu suchen, nach San Francisco zurückzufahren und die erste Maschine nach Montreal zu nehmen. Und wenn sie ihm dort nachstellen sollten, würde er einfach ableugnen, dieses Interview je gegeben zu haben. Er würde ableugnen, irgendetwas von der Sammlung zu wissen oder davon, woher sie kam. Das war das einzig Vernünftige, was zu tun blieb.

In diesem Augenblick aber öffnete Vaterman ruckartig das Fenster und rief hinunter: »Professor?! Sie schicken einen Reporter und einen Fotografen mit dem Flugzeug von Los Angeles her. Und sie wollen Sie interviewen.«

Er starrte Vaterman an. Würde die *New York Times* diese Geschichte glauben? Was, wenn sie sie nicht glauben sollten? Was würde sie überzeugen?

Er schaute zu den viktorianischen Bildern zurück, wie sie exotisch und verletzbar unter der metallenen amerikanischen Sonne hingen. Diese Sonne ist gefährlich: Sie konnte die Farben austrocknen und den Anspruch auf Authentizität gefährden. Eine größere Zeltbahn mußte über den Stand, und zwar sofort.

II

AN DIESEM SELBEN NACHMITTAG KAM LEUTNANT Henry Polita vom Salinas-County-Sheriff-Revier in Begleitung seines Kollegen an, um einer anonymen Klage nachzugehen, aufgrund deren eine Art Messegelände illegal auf dem Parkplatz des Motels errichtet worden sei. Beide waren Offiziere in Uniform. Umgehend wurden sie in Maloneys Zimmer im Motel geführt. Polita, ein schwergewichtiger junger Mann von sarkastischem Habitus, kaute auf irritierende Weise die ganze Zeit über, während Maloney sich erklärte, auf einem Kaugummi herum, als artikulierte er unhörbare, obszöne Worte des Unglaubens. Von Anfang an ging er von der Annahme aus, daß die Sammlung gestohlen worden sein mußte. Seine erste Frage schon forderte Auskunft darüber, ob Maloney der Eigentümer der Objekte auf dem Parkplatz wäre. Maloney sagte, das sei der Fall, aber daß es da besondere Umstände gäbe, die einer besonderen Erklärung bedürften. Dann wollte Polita wissen, ob es denn nicht wahr sei, daß Maloney Mr. Bourget, den Inhaber des Motels, darüber informiert hätte, daß die Sammlung ihm gehörte, und außerdem, ob er einem Beamten des Securiguard-Wachdienstes gegenüber eine Aussage entsprechenden Inhaltes gemacht hätte. Maloney bestätigte auch dies, woraufhin Polita fragte, ob er, Maloney, von der Stadt einen Gewerbeschein erhalten hätte, der ihn berechtigte, auf öffentlichem Grund und Boden Handelsware feilzubieten. Maloney erklärte, daß er die Sammlung im üblichen Sinne ja nicht direkt ausgestellt hätte, sondern sie lediglich beaufsichtigte, bis der endgültige Ort ihrer Aufstellung gefunden sein würde, was bis dato noch nicht entschieden worden wäre. Dann meinte Polita, daß die Art und Weise, in der die Sammlung in Gängen angeordnet sei, doch gewiß den Eindruck machte, als plante jemand, sie öffentlich auszustellen. Er wollte wissen, aus welchem Land die Güter stammten und mit welchem Recht sie in die Vereinigten Staaten importiert worden seien.

An diesem Punkt begann Maloney, obwohl er sich der extremen Gefahr bewußt war, die seine Geschichte mit sich bringen konnte, dennoch zögernd und haarklein zu berichten, was sich zugetragen hatte, nämlich, daß er ein Kanadier wäre, der nur zu Besuch in Carmel war, und daß er einen Traum gehabt hatte. Und dann so weiter.

Als Maloney am Schluß seines Berichtes angelangt war, starrte Leutnant Polita, der seinen Kaugummi noch immer kaute, eine unbegreiflich lang scheinende Zeit aus dem Fenster. Dann sagte er: »Sie meinen, Sie sind aufgewacht, gingen hier an dieses Fenster, sahen hinaus, und dieses Zeug da, von dem Sie geträumt haben, das war da draußen auf dem Parkplatz? Das haben Sie doch eben gesagt, oder?«

Maloney bestätigte das. Leutnant Polita fragte daraufhin: »Sind Sie katholisch?«

»Nein.«

»Ist ja drollig.«

»Wie meinen Sie?«

»Ich meine – das muß dann doch ein Wunder sein, oder?«

In diesem höchst kritischen Augenblick schaute der zweite Polizeioffizier auf und brach in lautes Gelächter aus. Leutnant Polita fiel mit ein. Noch immer lachend, gingen die beiden Männer zur Zimmertür hinüber, aber gerade, als sie das Zimmer verlassen wollten, drehte Leutnant Polita sich mit plötzlich ernstem Gesicht noch einmal um und verkündete, Maloneys Geschichte sei absolut unglaubwürdig; daß sein Status als Eigentümer der Sammlung ihn zahlreichen möglichen Anklagepunkten würde aussetzen können; daß die Polizei forderte, seine Papiere einzusehen und die Umstände seiner Ankunft in den Vereinigten Staaten zu untersuchen; und daß man sich in dieser Angelegenheit weitere Schritte vorzubehalten gedächte. Nach dem Abgang der Polizeibeamten wurde klar, daß sie außerdem Keime des Mißtrauens bei denen gesät hatten, die Maloney und die Sammlung beherbergten. Und genau das wurde unmittelbar danach auch deutlich, als nämlich Bourget an die Tür klopfte.

»Wenn der Fotograf fertig ist, möchte ich, daß der Kram von meinem Parkplatz entfernt wird. Ich wünsche, daß der Platz morgen früh wieder in seinem alten Zustand ist. Ist das klar?«

»Sie haben doch aber die Miete für zwei Tage akzeptiert.«

»Sie bekommen einen Teil rückerstattet. Ich weiß, wer Sie sind und was Sie tun, aber ich möchte nichts damit zu schaffen haben. Ich habe hier noch nie irgendwelche Probleme gehabt.«

»Mr. Bourget, ich habe doch nichts Unrechtes getan. Im Gegenteil.«

»Sie haben keine *Lizenz*. Das hat der Beamte ja auch gesagt.«

»Was denn für eine Lizenz?«

»Was weiß denn ich? *Sie* sind doch im Antiquitätengeschäft, *ich* doch nicht. Sie sagen, das Zeug gehört Ihnen. Dann müssen Sie auch wissen, was für eine *Lizenz* Sie brauchen.«

Maloney versprach Bourget zu sehen, was sich machen ließe. Bourget ging wieder. Einige Minuten später rief vom Motelempfang aus ein Mann namens John Lilley an und sagte, er käme von der Monterey-Fernsehanstalt und wollte gern ein Interview haben. Es sah ganz so aus, als habe er von der lokalen Polizei einen Tip von der Existenz der Sammlung bekommen. Maloney war einverstanden, und als er in seinem Motelzimmer stand und dem Reporter seine Geschichte erzählte, geschah das Folgende. Die Beschreibung dessen wurde später von den Forschern der Vanderbilt-Universität auf Tonband aufgenommen:

»Ich erinnere mich, daß es etwa fünf Uhr und immer noch ganz hell war, als ich mit Lilley sprach. Aber ich hatte das Gefühl, daß der Himmel sich irgendwie verdunkelte. Gleichzeitig spürte ich, daß ich schläfrig wurde, wie es ja am selben Tag schon einmal der Fall gewesen war. Ich ging zum Fenster und öffnete es, weil ich hoffte, daß die frische Luft mich wieder muntermachen würde. Unter mir bewegte sich ein Mann mit Kameras und Beleuchtungsausrüstung durch die Gänge der Sammlung – ich nahm an, der Fotograf der *New York Times*. Ich sah, wie er einige Flutlichtscheinwerfer auf einen Stand richtete, der ein Pianoforte, ein Equitone-Saxophon und andere Musikinstrumente enthielt. Der Fotograf näherte sich dem Stand und drückte im Heben der Kamera auf den Auslöser. Die Objekte, die er fotografiert hatte, schienen aufzuschimmern, einen Moment lang vergehen zu wollen und dann wieder zu erscheinen, aber nicht mehr so, wie sie vorher waren, sondern mit einem leichten – ich kann es nicht recht erklären –, nun, ja, einem leichten Unterschied in ihrer Beschaffenheit. Ich erinnere mich, wie ich hinunterrief: ›Warten Sie! Halt!‹ und daß Lilley, der neben mich trat, mich fragte, was los wäre, und ich darauf sagte: ›Sie werden verdorben.‹ Ich hatte keine Ahnung, warum, aber ich sah, daß der ursprüngliche Glanz auf diesen speziellen Instrumenten jetzt nicht mehr da war. Es war, als hätten Sie durch das Fotografiertwerden einiges ihrer natürlichen Frische eingebüßt.

In diesem Augenblick erschien ein zweiter Mann hinter dem Fotografen, ein großer glatzköpfiger Mann, der mir zubrüllte: ›Ich bin Brewster von der *Times*. Sind Sie Professor Maloney? Was ist denn los? Ist was nicht in Ordnung?‹

Ich war nicht fähig zu antworten. Ich hatte diese

Leute eingeladen, hierherzukommen. Ich hatte das Gefühl, daß, während sie hier ihrer Arbeit nachgingen, ihre Haltung gegenüber meinen Ansprüchen total skeptischer Art war. Ich untersagte ihnen dann, die Sammlung weiter zu fotografieren – aber wie sonst konnte ich die nötigen Belege für den Fall erbringen, daß sie verschwand, noch bevor der Tag vorüber sein würde? Das sanfte Vergehen, die Unterschiede in den Gegenständen vor und nach dem Fotografieren waren für mich sichtbar, mußten das aber nicht notwendigerweise auch für andere Leute sein. Tatsache war, daß ich mich in eine denkbar peinliche Situation gebracht hatte und ich nicht wußte, wie ich da wieder herauskommen konnte. Der Mann mit der Glatze, Brewster, war mindestens zehn Jahre älter als ich und offenbar daran gewöhnt, Befehle zu geben. Er machte mir Angst. Und genau in diesem Augenblick fragte mich Lilley, der direkt neben mir stand, um die Erlaubnis, mit mir ein Fernsehinterview aufzuzeichnen. Ich sagte mir, ich mußte ja auch nicht überempfindlich in bezug auf die Sammlung sein. Jetzt wurden andere Leute auch mit hineingezogen. In gewisser Weise schien mir die Sammlung gewissermaßen zu entgleiten.«

Es stimmte genau. Von diesem Punkt an schien nicht nur die Sammlung, sondern er selbst ebenso unter die Kontrolle anderer zu geraten. Brewster und sein Fotograf rannten geschäftig herein in sein Zimmer und wieder hinaus, genau wie Beleuchter und Tontechniker und andere Mitglieder der lokalen Fernsehmannschaft. Eine Maskenbildnerin kam, um ihm mehr Sonnenbräune zu verpassen. Lilley fing an, eine Liste mit Fragen zusammenzustellen. Mitten in den Vorbereitungen bekam Maloney Hunger. »Ich glaube, ich geh mal eben raus und hol mir ein Sandwich«, sagte er zu Brewster. »Ich hab den ganzen Tag noch nichts gegessen.«

»Nein, bleiben Sie doch lieber hier. Wir könnten Sie brauchen. Wir lassen was zu essen besorgen. He, Vaterman! Geh mal los und hol was zum Essen. Pizza, Hühnchen, Bier und allsowas. Professor Maloney hat Hunger.«

»Brewster, ich bin Reporter und nicht Ihr Dienstmädchen.«

»Arbeitest du für uns, ja oder nein? Also bitte, hol was zu essen.«

»Wollen Sie mich beleidigen? Was zum Teufel glauben Sie wohl, wer Sie sind?«

»Moment«, sagte Maloney, »warum bestellen wir uns nicht einfach was per Telefon?«

Brewster gab augenblicklich nach: »Ist mir auch recht. Was immer Sie meinen, Professor.«

Vatermans blasse Wut legte sich. Vertraulich trat er auf Maloney zu und flüsterte ihm ins Ohr: »Vielen Dank, Professor. Ich rufe gerne für Sie an. Sagen Sie mir nur, was Sie zu essen haben wollen. Was das Bier angeht, kann ich ja meine Freundin fragen, ob sie einen Kasten mitbringen kann. Ich würde mich sehr freuen, sie mit Ihnen bekannt zu machen. In Ordnung?«

»Aber natürlich.«

Eine halbe Stunde später rief Bourget vom Empfang aus an. »Professor Maloney? Hören Sie, ich habe hier kein Restaurant. Was soll das alles?«

»Was – das alles?«

»Irgendein Mädchen will was von Ihnen. Bierlieferung. Und zwei Botenjungen mit einem Stapel Lebensmitteln, die mir hier den Eingang verbauen. Der Eingang hat frei zu bleiben. So lauten nun mal eben die Bestimmungen.«

»Das wird meine Freundin sein«, erklärte Vaterman Maloney. »Gehen wir und holen sie, okay?«

Sie gingen zusammen hinunter zum Empfang.

Vatermans Mädchen war etwa zwanzig Jahre alt, groß und schlank, mit glänzendem, kastanienbraunem Haar, das sie schulterlang trug. Sie hatte ein einfaches, weißes, langes Baumwollkleid an und trug darüber ein rotes Samtcape. An den Füßen trug sie Riemensandalen.

»Das ist Professor Maloney, Mary Ann. Professor, das ist Mary Ann McKelvey.«

Ihre Blicke trafen sich, und sie errötete. »Schön, Sie zu sehen«, murmelte sie mit so gepreßter Stimme, daß er sie kaum verstand.

»Wo sollen die Sachen hin?« fragte einer der Boten. »Macht alles zusammen einundvierzigfünfzig.«

Vaterman nahm sich der Boten an. »Hier entlang, bitte« – und ging den Boten feierlich voran auf Maloneys Zimmer zu. Und da das Mädchen keine Anstalten machte, Vaterman zu folgen, fanden Maloney und sie sich plötzlich allein. »Gehen Sie ruhig«, sagte sie halb flüsternd, »ich werde hier warten.«

»Vielleicht haben Sie Lust, zum Essen zu bleiben? Es scheint genug da zu sein.«

Wieder schoß ihr die Röte ins Gesicht, und seinen

Blicken ausweichend, schien sie eine Antwort von der Zimmerdecke zu erwarten. »Ach nein, lieber nicht. Ich meine, ich müßte schon erst Fred fragen.«

»Na, dann gehen wir doch zu ihm. Er ist in meinem Zimmer.«

Die Schüchternen haben die Gabe, ihre ungeschickten Bewegungen wie eine ansteckende Krankheit auf andere zu übertragen. Plötzlich nämlich fühlte Maloney sich plump und unbeholfen, als er sie durch den Empfangsraum hindurch zu seinem Zimmer dirigierte, wo Lilley, der Fernsehreporter, der sie übersah und emsig an ihr vorbeihastete, sein Lächeln ganz und gar auf sein Opfer geheftet hatte: »Wenn Sie bereit sind, Professor? Vielleicht können wir das Interview noch machen, bevor Sie essen?«

Das Fernsehinterview. Kameras auf ihn gerichtet. Die Scheinwerfer. Die ehrerbietigen und dennoch inquisitorischen Untertöne in der Interviewerstimme. Dieser Augenblick hatte, mehr noch als sein Traum, die unwirkliche, bedrohliche Qualität eines Traums. Und später, als die Fernsehtruppe fort und zu Mittag gegessen war, drehte Maloney in geselliger Stimmung im Kreise mit Brewster und seinem Fotografen, Vaterman und dessen Mädchen den Fernseher an und wurde binnen Minuten zum erstenmal mit seinem eigenen Anblick auf einem Bildschirm konfrontiert. Und nicht dem Selbst, das ihm vertraut war, sondern einem schäbig gekleideten Fremdling, einem Menschen, dessen Hände sich beim Sprechen ballten und wieder lösten – demselben Fremden, den er manchmal schon in den Klappspiegeln von Kleidungsgeschäften beim Anprobieren eines Jacketts erspäht hatte, einem Menschen, dem man nicht trauen konnte und der jetzt eine absurd klingende Geschichte von sich gab, bis die Kamera sich gnädig von ihm abwandte, seine Stimme vom Körper losgelöst weiterstammeln ließ und währenddessen von einem nahen Dach aus einen Panoramablick freigab, zwischen Gängen und Ständen umherstrich und nur einen winzigen Teil der Überfülle, die die Sammlung ausmachte, inspizierte.

»He, das hätten die nicht tun sollen«, sagte Vaterman. »Sie haben denen doch nicht erlaubt, da zu filmen.«

»Ruhe!« Die Stimme von Vatermans Mädchen war plötzlich laut. Alle starrten sie an, und sie wand sich und schien sich in plötzlicher Verlegenheit in sich selber verkriechen zu wollen.

»Es tut mir leid – es ist einfach, weil – was Professor Maloney sagt, ist doch so interessant.«

Maloney schaute sie an. Sie saß zusammengekauert vor dem Fernseher, ihr Kleid war hochgerutscht und entblößte ihre fein geformten, reizvollen Beine, und sie starrte wie hypnotisiert auf den Bildschirm. Und plötzlich begriff er es. Dieses Mädchen glaubt an die Sammlung. Genau wie andere Leute daran glauben werden. Nicht wie alle diese Spukgeschichten, wovon man liest, kann man *hier* alles fotografieren, was man will. Die Leute werden erfahren, daß das alles wirklich geschehen ist.

Rund eine halbe Stunde, nachdem die lokalen Fernsehnachrichten zuende waren, tauchten die ersten Autos auf dem Bluff Road auf und fuhren dicht an dicht Richtung Sea Winds Motel. Dann blinkte eine rote Kette von Rücklichtern den ganzen Weg bis zum Ozean hinunter auf und setzte sich in anderer Richtung durch ein Labyrinth von Verbindungsstraßen bis in das Zentrum der Stadt Carmel fort. Einige Autofahrer ließen ihre Wagen stehen und gingen zu Fuß hinauf bis zum Parkplatz und blieben dort stehen, ein Fries von Gesichtern, um die Wachen am Eingang zu mustern und die Arbeit der Fotografen zu beobachten. Schon bald, als der Druck der Menschenmenge wuchs, gelang es einigen wenigen Teenagern, unter den beiden Posten hindurchzutauchen. Die Posten, die losrannten, um sie zu verfolgen, ließen so die Haupteinfahrt unbewacht. Minuten später waren die Gänge, Stände und Kojen ein einziges Gedränge neugieriger Schaulustiger.

Brewster rief die Polizei. Das Revier des Salinas County Sheriffs versprach, als es hörte, daß der Hilferuf von der *New York Times* kam, sofort volle Unterstützung. Zwei Funkwagen kamen, gefolgt von einem Überfallkommando, unter voller Sirene. Beauftragte des Sheriffs stürmten, mit Flüstertüten ausgerüstet, den Parkplatz und evakuierten den Mob der Neugierigen. Warnungen wurden ausgerufen, daß Souvenirjäger strafrechtlich verfolgt würden. Binnen Minuten war der Platz wieder menschenleer; offensichtlich waren die vielen Ausstellungsgruppen innerhalb der Sammlung heil und komplett geblieben. Dann wurden Polizeibarrieren errichtet, die den gesamten Straßenabschnitt, zu dem das Motel gehörte, hermetisch abriegelten, und mit Hilfe der Verkehrspolizei wurde der gesamte Verkehr umgeleitet. Kurz nach elf, als die

Flut der Schaulustigen abgelenkt und die Massen zerstreut waren, verließen die Beauftragten des Sheriffs wieder die Szene. Die Lampen der Fotografen wurden ausgeschaltet. Kaffee wurde serviert, und Brewster kündigte an, daß der Auftrag, die ganze Sammlung zu fotografieren, ausgeführt sei.

»Nein. Noch nicht«, hörte sich Maloney sagen.

»Was?«

»Es gibt eine ganze Reihe verborgener Schubladen, Schränke und Abteilungen, in denen noch viele Dinge verborgen sind. Die Viktorianer hatten viele Geheimnisse. Zum Beispiel gibt es da die Carrington-Kollektion flagellantischer Bilder und Instrumente, die hinter einer falschen Wand im Indischen Zollverein-Zimmer versteckt sind. Da ist die Dodson-Hutter-Kollektion pädophiler Fotografien, die hinter falschen Füllungen in einem Sideboard verborgen sind, das Eichenschnitzereien im Renaissance-Stil von Graham und Sidgwood zeigt. Es gibt noch Testamente in Originalhandschriften, versteckt in Schubladen mit doppelten Böden. Die Viktorianer waren geheime Schätzesammler. Da sind noch mindestens zwei Sammlungen von Goldmünzen, die Sie noch nicht entdeckt haben. Es gibt eine Silbermünzen-Sammlung. In einem Geheimfach in der Statue ›Der Türkische Sklave‹ von Henry Powers ist ein künstlicher Phallus versteckt. Es gibt noch eine ganze Reihe wunderbarer Dinge wie diese, die Ihnen entgangen ist.«

Brewster, der bis dahin seine Befragungen in freundlichem, wenn auch skeptischem Ton geführt hatte, offenbarte an dieser Stelle die ersten Anzeichen von Gereiztheit. »Warum haben Sie das nicht gleich gesagt?«

»Ich wußte selber nichts davon«, sagte Maloney. »Ich begriff es erst in dem Augenblick, als Sie sagten, Sie seien mit dem Fotografieren fertig.«

Brewster seufzte. »In Ordnung, Harry«, sagte er zu dem Fotografen. »Du kannst für heute Schluß machen. Die anderen Aufnahmen machen wir dann morgen.«

»Aber da kann es schon zu spät sein«, sagte Maloney.

»Was meinen Sie damit?«

»Ich meine, es könnte ja sein, daß die Sammlung aus meinem Bewußtsein gelöscht wird und verschwindet, wenn ich heute nacht einschlafe.«

Brewster schwieg lange, wie es schien. Dann gab er seinem Fotografen ein Zeichen. »Na gut, dann machen wir's eben noch heute nacht.«

»Aber wie soll ich den versteckten Kram denn finden?« wollte der Fotograf wissen.

»Professor Maloney wird ihn uns schon zeigen müssen. Stimmt's, Professor?«

»Ja, in Ordnung.«

In diesem Augenblick flüsterte Vatermans Mädchen: »Fred, ich gehe lieber.«

»Wir treffen uns zuhause«, sagte Vaterman.

Das Mädchen, Mary Ann, stand auf und wandte sich linkisch Maloney zu. »Es hat mich wirklich gefreut, Sie kennengelernt zu haben, Sir.«

»Aber bitte. Mein Name ist Tony.«

Sie wurde rot und schüttelte den Kopf, als hielte sie solcherart familiären Ton für unmöglich. Dann sagte sie flüsternd: »Ich würde wirklich gerne, wissen Sie, einige dieser herrlichen Sachen irgendwann einmal sehen.«

»Gut. Kommen Sie doch morgen wieder. Ich hab ja selber das meiste noch nicht gesehen.«

»Aber nicht doch. Ich will Sie nicht stören.«

»Keine Sorge.«

Der Fotograf, der sich gerade seine Kameras umhängte, unterbrach. »Fertig, Professor?«

»Jaja. Gute Nacht, ähm – Mary Ann.«

»Gute Nacht.«

Maloney also ging zusammen mit Brewster und dem Fotografen hinunter zu den verdunkelten Gängen des Parkplatzes, steuerte mit schlafwandlerischer Sicherheit auf die Geheimnisse der Sammlung zu und öffnete als erstes ein verborgenes Fach an der Rückseite eines Eichenkabinetts von Grace, London, um daraus eine seltene Handschrift, den Letzten Willen eines armen Geistlichen hervorzuholen, in dem er dem Adelsmann, der ihm den Lebensunterhalt gezahlt hatte, testamentarisch seine vier jungen Töchter als Hilfe für Haus und Herz vermachte. Von da aus ging er hinüber zu dem versteckten Papistischen Kodizill, das von Lord Craigbroke unterzeichnet und in einer Statue verborgen war, die eine Arbeit von T. und A. Thornycraft war und die Aufschrift trug »S. Kgl. Mgnz. Der Prinz Von Wales Als Junger Schafhirt.« Von dieser Entdekkung aus führte er den Fotografen zu dem großen Mittelteil eines Pokalservices, das ein Geschenk für den Grafen von Ellenborough in Indien gewesen war. In der größten Urne fand er nicht weniger als einhundert

Goldmünzen. Einem Teeservice aus massivem kalifornischem Gold von Ball Tompkins & Black entnahm er einen ganzen Schatz von fünfhundert Silberkronen. Dann holte er aus einer Vielzahl falscher Schubladen, geheimer Fächer und Bücherschränke mit doppelten Türen ein rundes Dutzend weiterer kleinerer Sammlungen, Börse auf Börse gefüllt mit Sovereigns und Halbsovereigns, die von sparsamen Viktorianern als Reserve für schlechte Zeiten so gut versteckt worden waren und den plötzlichen Tod ihrer Eigentümer unbeschadet überdauert hatten. Aber der erste Ausruf der Überraschung kam von dem Fotografen, als Maloney einen versteckten Knopf an der hölzernen Brustwarze einer geschnitzten Waldnymphe aus Rosenholz drückte. Sie stand am Eingang zu dem Indien-Zimmer, einem Raum nach Art des Raj, der von Sir Arthur Zollverein für einen vormaligen Vizekönig entworfen worden war. Langsam rollte eine falsche Wand am hinteren Ende des Zimmers zur Seite und gab den Blick frei auf ein geheimes Zimmer-im-Zimmer, einen Innenraum von fünfzig mal achtzehn Fuß. Es war der Züchtigungsraum, entworfen von Charles Carrington, dem Oberhaupt jenes Pariser Verlagshauses, das sich um die Jahrhundertwende vor allem dem Bereich englischsprachiger Erotika gewidmet hatte. Zusätzlich zu einer Wand voller verschiedener flagellantischer Instrumente befanden sich hier zwei mächtige Kleiderschränke, die gefüllt waren mit einer Auswahl von Fesselungsausrüstungen, einer Anzahl von Peitschböcken und Foltergerüsten, sowie einiger Bestrafungskostüme mit abnehmbaren rückwärtigen Teilen für

Frauen. Weitere überraschte Ausrufe, als Maloney einen versteckten Knopf in der linken Brustwarze der Nymphe drückte: In diesem Augenblick schob sich eine zweite falsche Wand innerhalb des inneren geheimen Züchtigungszimmers zur Seite und offenbarte die vollständige Sammlung der Carringtonschen Flagellations-Bibliothek, Band für Band, üppig illustriert mit Darstellungen von jungen Männern und Mädchen in Szenen sadistischer Folterungen und Unzucht. Der Fotograf, lasziv über die Zeichnungen gebeugt, zeigte sogleich Interesse, eine Auswahl der Bilder aufzunehmen, aber Brewster, besorgt auf die Uhr blickend, lehnte das ab und beauftragte ihn stattdessen, das Zimmer in der Totalen zu fotografieren, so daß lediglich eine Bücherwand zu sehen sein würde.

Um ein Uhr morgens, die Arbeit war noch in vollem Gange, kam Mr. Bourget auf den Platz herunter und sagte Maloney, daß er ein Ferngespräch für ihn von einem Dr. Soundso aus Amsterdam hätte. Maloney nahm das Gespräch an und war verbunden mit Dr. Johannes Fetema, dem berühmten Hellseher und Präsidenten der Internationalen Gesellschaft für Parakinetische Forschung. Dr. Fetema, der im Radio einen Bericht darüber gehört hatte, daß Maloney diese Objekte in die Wirklichkeit hineingeträumt hatte, war verständlicherweise erregt. Nachdem er sich vorgestellt und identifiziert hatte, verwickelte Dr. Fetema Maloney in das folgende Gespräch.

»Professor Maloney, darf ich Ihnen zunächst eine

persönliche Frage stellen? Haben Sie einen Geist, einen Animus? Sind Sie ein Medium?«

»Nein, ich bin kein Medium. Ich glaube nicht an Spiritismus.«

»Macht nichts. Hat irgend jemand versucht, mit Ihnen Verbindung aufzunehmen? Irgendein Mann oder eine Frau? Eine Stimme vielleicht?«

»Nein, Sir, nichts dergleichen. Es war ein Traum.«

»Mein Animus sagt mir, daß Sie heute irgend jemanden getroffen haben müssen, der sehr wichtig für Sie sein könnte. Die Anwesenheit dieser Person könnte eine Verbindung haben zu dem, was geschehen ist.«

»Nein, Sir, ich glaube nicht.«

»Und doch hatten Sie gerade eben jemanden im Sinn? Jemanden, der Ihnen gerade begegnet ist?«

»Ja, ein Mädchen. Ich sehe da keine Verbindung.«

»Ist sie körperlich nah? Sagen wir, im selben Gebäude wie Sie?«

»Nun, sie war vorhin hier.«

»Das ist gut. Mein Animus zeigt mir an, daß sie wichtig sein kann. Werden Sie sie wiedersehen?«

»Ich weiß nicht, Sir. Ich kann es mir aber schon vorstellen.«

»Ausgezeichnet. Ich hab da noch eine Frage. Ist es wahr, daß die Objekte, die Sie materialisiert haben, von ihren ursprünglichen Plätzen verschwunden sind?«

»Ich weiß es nicht, bestimmt nicht. Einige dieser Dinge gab es vorher auch nicht an anderen Orten. Sie entsprechen den Beschreibungen, die ich aus der Literatur habe.«

»Ausgezeichnet. Ich gratuliere.«

»Sir, darf ich *Sie* etwas fragen?«

»Aber natürlich.«

»Was glauben Sie, wird passieren, wenn ich heute nacht wieder schlafengehe? Wird die Sammlung verschwinden?«

»Nein, Sie können ruhig schlafen gehen. Ich gebe Ihnen mein Wort.«

»Also besteht keine Gefahr, daß die Sachen verschwinden?«

»Eine Gefahr kann es immer geben. Aber mein Animus zeigt mir, daß sich in diesem Fall Ihre Errungenschaft über Nacht nicht entmaterialisieren wird.«

»Danke, Sir.«

»Keine Ursache. Schlafen Sie wohl. Und nochmals meine aufrichtigen Glückwünsche.«

Als Maloney auflegte, war seine Benommenheit verschwunden. Er fühlte sich jetzt ermutigt und stolz. Sofort ging er zu Brewster und fragte ihn, ob das Londoner Büro der *New York Times* herausfinden könnte, ob in englischen Sammlungen vielleicht irgendwelche Stücke fehlten.

»Warum wollen Sie das wissen?«

»Weil, wenn nichts fehlt, ich die Dinge nicht nur mit irgendeiner Art von Telepathie von einem Ort zum anderen bewegt habe. Es würde bedeuten, daß ich einen zweiten Satz von einmaligen Originalen erschaffen hätte.«

»Okay, machen Sie mir eine Liste«, sagte Brewster.

Maloney schrieb sofort eine kleine Aufstellung nieder, notierte aber nur große Stücke, die er im Victoria and Albert Museum gesehen hatte. Brewster versprach, sofort ein Fernschreiben loszuschicken. Dann ging Maloney wieder zum Parkplatz zurück und half mit, die letzten noch verborgenen Stücke freizulegen. Um zwei Uhr früh, die Fotografierarbeit war erledigt, verließ er den Parkplatz und ging zurück auf sein Zimmer. Zum erstenmal seit dem Morgen allein, verschloß er die Tür, ging zum Fenster und ließ das Rollo hoch. Unter ihm lagen, grabesstill im harten pazifischen Mondlicht die Stände, Gänge und Markisen der Sammlung. Eine Wache patrouillierte im Mittelgang und ließ den Strahl ihrer Taschenlampe in Kreisen irrlichtern. Warum war das hier geschehen? War das der Anfang einer neuen Ära in der Geschichte der Menschheit? Der Beginn einer neuen Zeit, in der Gegenstände aus früheren Epochen sich auf den Türschwellen der Leute auftürmten?

An Gott glaubte Maloney nicht. »Gott« – das war, wie »Nikolaus«, ein Wort, das seine Mutter gebraucht hatte. Auch an böse Geister glaubte er nicht und auch nicht an übernatürliche Wahrnehmungen oder Wesen von anderen Planeten. Sogar jetzt noch, als er auf die Sammlung hinunterblickte, kam ihm nicht einmal für den Bruchteil einer Sekunde die Idee, daß womöglich der Wille irgendeines mystischen Geisterwesens dies alles hatte geschehen lassen. Und daß dies alles nur ein Schabernack sein mochte, wollte ihm auch nicht in den Sinn: Die Sammlung war viel zu erstaunlich, viel zu wertvoll, als daß sie die Tat irgend eines Possenreißers hätte sein können. In gewisser Weise war er bereits –

als ihr potentieller Eigentümer – ein steinreicher Mann.

Er zog das Rollo herunter, ging ins Bad und begann sich auszuziehen. Gespiegelt in dem kalten, hygienischen Licht erschien ihm sein nackter Körper kantig und plump, sein Gesicht ein Judasantlitz, längst eingefangen in zerstörerischen Geständnissen. Er schaute sich selbst an, erkannte jenen unzuverlässigen Anderen, den er sein ganzes Leben lang gekannt hatte, und fühlte, daß er niemanden überzeugen würde: keine Historiker, keine Polizisten, keine Journalisten, keine Wissenschaftler – stell dir die Befragungen vor, die dieses Antlitz jetzt erdulden muß: denk nach über die Hunderte von Malen, die es verwirrt dreinschauen wird, falsch und dumm, wenn all diese unbeantwortbaren Fragen gestellt werden.

Nein. Ein einziger Traum war einfach nicht genug. Die Leute würden ihn abtun als eine Art kauzigen Betriebsunfall, eine Eintagsfliege. Um ihn akzeptierbar zu machen, mußte er einen zweiten Traum träumen und ihn der Welt präsentieren, einen, der genauso real sein mußte wie diese Sammlung. Erst dann würde man ihm glauben.

Plötzlich machte ihn ein unerwarteter, fast orgiastischer Anfall von Erregung schaudern. *Ein neuer Traum.* Nackt ging er zurück in sein Motelzimmer und legte sich aufs Bett. Was wäre, wenn ich eine Begabung entwickelt hätte, meine Träume Wirklichkeit werden zu lassen? Will ich reich werden? Warum nicht, wenn ich zum Beispiel von Banknoten träumen würde, wie sie das Zimmer hier füllen, ganze Bündel von Hundert-Dollar-Scheinen, überall aufgetürmt, die Wände hoch, in Gruppen zu je Hunderttausend? Und Auszahlungsbelege à 10 000 Dollar, wenn sie wie ein dicker Teppich auf dem Boden liegen würden?

Er schloß die Augen. Es dauerte nur Sekunden, und schon dämmerte er dem Schlaf entgegen. Auf der Projektionsfläche seines schläfrigen Bewußtseins formte sich das Bild einer kleinen Kupfermünze. Auf der Rückseite der Münze war eine Prägung in Gestalt eines winzigen Vogels zu erkennen. Er erkannte die Münze als einen britischen Farthing. Plötzlich wurde dieser Viertelpenny ersetzt durch einen halben Penny, dann einen Penny, ein Dreipennystück erschien ihm, ein Sixpence, dann ein Shilling, ein Zweishillingstück, eine halbe Krone, ein Zwanzig-Shilling-Sovereign, ein goldener Guinea, und sie alle trugen das Bild der alten Königin. Ich träume von einer Sammlung viktorianischer Münzen – einem Teil der Großen Sammlung.

Er öffnete die Augen, setzte sich auf und fühlte sich untröstlich. Das ist ja einfach nur ein Teil des alten Traums: nichts Neues, Originales. Denk an was anderes. Leg dich wieder hin. Konzentriere dich.

Frauen. Wenn ich es schaffen könnte, eine schöne Frau zu träumen, die hier ins Zimmer kommt und sich neben mich legt? Und dann aufzuwachen und zu entdecken, daß alles wahr ist? Mit geschlossenen Augen ließ er seine Hände erst über seinen Bauch gleiten und dann die Innenseiten seiner Schenkel liebkosen. Ich bin schließlich nackt. Ich will von ihr träumen, wie sie hereinkommt, die Tür hinter sich schließt, ihr Kleid abstreift und nackt und schön zu mir kommt, sich auf mich legt und mich streichelt.

Und wieder fühlte er sich schläfrig. Der Schlüssel drehte sich im Schloß des Motelzimmers. Eine Frau betrat das Zimmer, eine großgewachsene, weißhäutige Frau mit langem, schlankem Hals, die ellbogenlange Abendhandschuhe und ein tief ausgeschnittenes Abendkleid trug. Sie ging weiter, glitt bis zur Mitte des Zimmers, als würde sie auf einer unsichtbaren Rolltreppe vorangetragen, und wandte dann, nun direkt vor ihm stehend, sittsam ihre Augen von seiner männlichen Blöße ab. Wie sie so unbeweglich vor ihm stand, wußte er, daß sie nicht aus Fleisch und Blut war. Vertraut und dennoch falsch proportioniert, war sie beileibe keine wirkliche Frau: Sie war ein stilisiertes Porträt, ein viktorianisches Ölgemälde – »Porträt der Madame X« von John Singer Sargent.

Kaum hatte er dies erkannt, erwachte er auch schon mit gellendem Aufschrei und saß sogleich wieder aufrecht, wie von einem Alptraum überrascht: *Womöglich kann ich überhaupt nichts anderes mehr träumen?*

Er bebte am ganzen Leibe, nun aber aus totaler Verspanntheit heraus. Und obwohl die Nacht warm war, langte er an sich hinunter und zog die Bettdecke ganz über seine nackten Glieder und noch höher hinauf über seinen Kopf. Er lag in diesem dunklen Zelt seiner eigenen Schöpfung, und nach einer Weile – seine Angst hatte wieder nachgelassen – überkam ihn aufs neue jene Schläfrigkeit, die ihn, den willenlosen Sklaven irgendeines Traumbefehls, sogleich in tiefen Schlaf entließ. Und in dem Traum erhob er sich von seinem

Bett, stieg aus dem Fenster, durchstreifte wieder die Gänge der Sammlung und prüfte vergnügt, was all diese Stände und Kojen bargen – die Bilder, die Möbel, die Handarbeiten, all jene greifbaren und sichtbaren Belege vergangenen viktorianischen Lebens auf Erden. In seinem Traum patrouillierte er durch seine Schöpfung, empfand Ehrfurcht vor allem, was da sein Werk war, betrachtete alles, bewunderte und beschützte es. Zwar war dies alles von der Vorstellung her nichts wirklich Neues, aber dennoch – es war sein Eigentum. Er hatte es ins Leben geträumt, und jetzt träumte er, wie er es beschützte. Er war der Eigentümer und der Bewacher in einem. Er träumte die ganze Nacht hindurch. Und am Morgen erwachte er wieder.

III

DIE SONNE SCHIEN. ER STAND AUF UND EILTE ZUM Fenster. Die Stände, die Markisen, die Kojen – es war alles noch da. Er hörte schwaches Stimmengewirr und ein Scharren von Füßen unter sich auf der Straße jenseits der Polizeibarrieren, von wo aus die Menge ihn jetzt beobachtete. Er schaute verblüfft zu den Menschen hinunter und sie zu ihm herauf in einer Mischung aus Erregung, Neugier und Enttäuschung. Ein Wachmann direkt in dem Gang unter seinem Fenster salutierte und rief »Guten Morgen, Sir« zu ihm herauf. Hinter ihm, im Korridor des Motels, hörte er nun plötzlich auch noch die Geräusche schneller Schritte, geradeso, als sei sein Aufwachen soeben prompt und lauthals verkündet worden. Keine Sekunde später klopfte es an seine Tür. Er öffnete sie.

Es war Brewster. »Wie fühlen Sie sich?«

»Prima.«

»Ich habe schlechte Nachrichten für Sie. Wir haben Antwort aus London. Unsere Redaktion dort hat sich im Victoria and Albert Museum umgesehen. Von den Stücken, die Sie uns aufgeschrieben haben, fehlt kein einziges. Also ist das Zeug hier gefälscht.«

»Das ist es nicht.«

»Wie kommen Sie dazu, das noch immer anzunehmen, Professor?«

»Ich weiß nicht. Ich weiß nur, daß es dann zwei Originalsätze geben muß.«

»Die Briten stimmen da nicht mit Ihnen überein. Die Londoner *Sunday Times* nennt das hier eine riesige amerikanische Schnapsidee. Sie haben bereits einen viktorianischen Top-Experten beauftragt und ihn in eine Maschine nach hier verfrachtet. Er müßte im Laufe des Tages hier eintreffen.«

»Sehr gut.«

»Sie machen sich gar keine Sorgen, Professor?«

»Warum sollte ich? Ich habe nichts zu verbergen.«

Es klopfte zum zweitenmal. Maloney öffnete und erblickte Vaterman, der über die Türschwelle schwebte und wie ein Banner die Seite 1 des *Monterey Courier* hochhielt. Die ganze Seite war der Story gewidmet, samt Foto von Maloney und einer Gesamtansicht der Sammlung. Maloney nahm die Zeitung und begann zu lesen:

PROFESSOR BEHAUPTET, ER »TRÄUMTE« MYSTERIÖSE VIKTORIANA-SAMMLUNG IN CARMEL »INS LEBEN«

VON FRED X. VATERMAN

Eine Sammlung viktorianischer Objekte, die möglicherweise Hunderttausende Dollar wert sind, darunter eine skandalöse Sammlung von Büchern und Fotografien viktorianischer Pornographie, sowie eine hinter versteckten Wänden verborgene Sexfolterwerkstatt ist auf mysteriöse Weise auf einem Parkplatz hinter dem Sea Winds Motel, Bluff Road, Carmel-by-the-Sea, zum Vorschein gekommen. Eine Lawine von Verhören und interessierten Anfragen aus der ganzen Welt war die Folge einer Erklärung durch Professor Anthony Maloney von der McGill-Universität in Montreal, Kanada, gegenüber dem lokalen Fernsehen von Monterey KCBC, nach der er ...

Vaterman unterbrach ihn und verkündete wichtigtuerisch: »Das ist zwar nur die Story, die ich für mein eigenes Blatt gemacht habe, aber alle Agenturen haben bereits zugeschnappt. Damit kriegen wir sie in die Zeitungen im ganzen Land.«

»Ich hab sie in der *Times* auf die Sechs wegdrücken müssen«, sagte Brewster. »Unsere Herausgeber sind bei Wundern ziemlich unwirsch.«

An der Tür Bourget, der Hotelbesitzer: »Wir haben alle Anrufe abgewimmelt, weil Sie noch geschlafen haben, Professor. Aber jetzt habe ich eine Dame in der Leitung, die sagt, sie wär Ihre Mutter. Sie meint, es sei sehr dringend.«

»Okay, ich komm schon.«

Er setzte sich auf das Bett, nahm den Hörer auf. Sein neues Gefolge musterte ihn.

»Tony, bist du's?«

»Ja, Mutter. Wie geht's?«

»Ach, Tony, bist du allein? Kannst du reden?«

»Jaja, sprich nur.«

»Naja, ich ... was ist eigentlich passiert? Was ist da unten bei dir los?«

»Du hast doch die Zeitungen gesehen, oder? Es stimmt alles. Ich hatte einen Traum, wachte auf, und dann war alles Wirklichkeit.«

»Einen Traum? Aber Tony! Ich bin doch deine Mutter.«

»Aber was soll ich dir anderes sagen?! Das Zeug ist wirklich da draußen.«

»Tony, machst du dir denn keine Vorstellung, daß dir das alles schon geschadet haben könnte? *Da*rum rufe ich ja an.«

»Ich versteh nicht.«

»Naja, eine der ersten, die ankamen, war heute Susan Morse. Es sieht ganz so aus, als wäre Reggie halb durchgedreht, als er die Geschichte in der *Gazette* las. Sie haben geschrieben, daß du ein Mitglied seines Instituts bist. Und du weißt ganz genau, wie pedantisch Reggie ist.«

»Mach dir wegen Reggie Morse keine Sorgen. Ich muß den Dekan sowieso anrufen. Ich brauche noch ein paar Tage Urlaub zusätzlich, um hier alles klarzumachen.«

»Liebling, glaubst du, daß das richtig ist? Urlaub? Ich würde nachhause kommen, wenn ich du wäre. Hör zu, eine Idee. Wie wär's, wenn ich mir noch heute ein Flugzeug nehme und wir dann zusammen zurückfliegen können? Ich könnte doch Susan anrufen und sagen, du wärst krank gewesen und daß ich zu dir komme, um deswegen bei dir sein zu können.«

»Mutter, *bitte*, du wirst *nichts* dergleichen unternehmen. Ich rufe den Dekan an. Es wird schon alles klargehen.«

»Aber Tony!« Seine Mutter schien den Tränen nahe.

»Mutter, bitte, beruhige dich doch.«

»Ich bin ja schon ganz ruhig. Aber sei ganz vorsichtig bei allem, was du dem Dekan sagst, hörst du? Versprichst du mir das?«

»Ich versprech es dir.«

Maloney legte auf und ließ sich sofort eine Verbindung mit A. D. MacDonald geben, dem Dekan des Historischen Instituts der McGill-Universität. Es war wichtig, von ihm direkt grünes Licht zu bekommen, bevor Reggie Morse etwas unternehmen konnte. Die Sekretärin des Dekans sagte, der Dekan sei gerade wie jeden Montag beim Lunch in seinem Club und hätte alle Anrufe auf den Nachmittag gelegt. Wie sich herausstellen sollte, würde sein Rückruf zwei Tage auf sich warten lassen.

Und so begann dieser Morgen also recht ominös. Wenig später kam Brewster von einer Telefonkonferenz mit seinen New Yorker Chefs zurück. »Es sieht wohl so aus«, sagte er, »als fängt die Story an, interessant zu werden. Wir haben beschlossen, Ihnen unseren eigenen Sachverständigen in Ihre Sammlung zu schikken. Er müßte heute nachmittag hier sein.«

»Wer ist er?«

Brewster blätterte in seinen Notizen. »Ein Professor Clews.«

»H. F. Clews von Yale. Wer ist der britische Experte? Wissen Sie das?«

Brewster blätterte eine Seite weiter. »Sir Alfred Mannings. Sagt Ihnen das was?«

»Allerdings.«

»Das ist dann also die Riege. Viel Glück.«

Mittags kam Leutnant Polita vom Revier des County Sheriffs von Salinas in Begleitung eines Mr. Rank im Motel an. Rank zeigte seine Marke und stellte sich vor als ein Agent des FBI. Dann wurde Maloney gebeten, seine Aussage zu machen und das Protokoll in zweifacher Ausfertigung zu unterschreiben. Bourget zeichnete als Zeuge. Mr. Rank fragte Maloney allerlei über seine familiären Hintergründe, über seine Ehe, Auslandsreisen, frühere berufliche Positionen und frühere Besuche der Vereinigten Staaten. Leutnant Polita informierte Maloney (nachdem er, Polita, klargestellt hatte, von nun an ausschließlich für die Untersuchung des Falles Maloney tätig zu sein), daß die als echt angenommenen Stücke der Sammlung sowohl von Stellen der Bundesregierung als auch des Staates Kalifornien begutachtet werden würden. Er wies Maloney an, die Stadt nicht zu verlassen, und setzte als Termin für eine neuerliche Zusammenkunft den nächsten Vormittag elf Uhr fest.

Sobald die Polizeibeamten gegangen waren, ging Maloney hinaus in die Motelhalle, wo er Vaterman und seine Freundin im vorderen Gästezimmer an Cokes nippen sah. Sofort fiel ihm wieder die Bemerkung des Hellsehers ein. Ob es möglich war, daß dieses Mädchen wirklich etwas mit seinem Traum zu tun hatte?

»Hallo, Tony«, rief ihm Vaterman vertraulich zu. Das Mädchen errötete. Maloney ging auf sie zu, blieb vor ihr stehen und starrte sie an. »Sind Sie gekommen, um sich die Sammlung anzusehen?« fragte er.

»Nun ja, aber bitte, ich möchte Sie nicht stören. Ich kann doch gut selbst ein wenig herumschauen?«

»Aber nein. Ich habe Spaß dran, sie selbst noch zu erforschen. Sie ist ja auch für mich noch recht neu. Gehen wir doch zusammen und sehen sie uns an.«

»Was ich sehen möchte«, sagte Vaterman, »sind diese scharfen Sachen, die Sie gestern noch aufgemacht haben, als ich schon fort war.«

Maloney sah zum Mädchen hin, das seinem Blick sofort auswich. »Nun«, sagte er, »eigentlich ist es recht widerlich.«

»Da machen Sie sich nur nichts vor«, sagte Vaterman. »Das wird zum beliebtesten Teil der ganzen Sammlung.«

Sie gingen hinaus. Es fiel Maloney auf, wie die Schüchternheit des Mädchens vollständig verschwand, während sie die Ausstellungsstücke betrachtete. Fasziniert, fast wie ein Kind, jedem seiner Worte gebannt lauschend, folgte sie ihm wie in Trance, als er begann, den Mittelgang hinunterzugehen. Vaterman allerdings langweilten schon recht bald solche Schätze wie das Ross-Teleskop und der Osler-Brunnen. »Was ist nun mit den scharfen Sachen?« begann er. »Es macht dir doch nichts aus, Mary Ann, oder?«

»Nein, Fred, nein. Aber ich finde das hier *alles* interessant.«

»Naja ... aber wir sollten uns den Teil ansehen, den ich sehen möchte, okay?«

Sie nickte, und ihr volles, kastanienbraunes Haar fiel dabei nach vorne und verdeckte ihre Züge. »Gewiß«, sagte sie. »Aber wir sollten Rücksicht auf Tony nehmen.«

»Also gut«, sagte Maloney. Plötzlich fühlte er sich erregt. »Es geht hier entlang«, sagte er, »genau hinter dem Music-Hall-Teil.«

Im Indien-Zimmer, das von Sir Arthur Zollverein für die Marquess von Longview entworfen worden war, war die Beleuchtung ein Gemisch subtiler Gelbtöne, die von Kugellampen aus Milchglas in der Form halbgeöffneter Wasserlilien ausgesandt wurden. Maloney trat auf die Statue aus Rosenholz zu und berührte den verborgenen Knopf in ihrer rechten Brustwarze. Langsam rollte die falsche Wand zurück und legte so das Züchtigungszimmer frei. »Oh Gott!« sagte Mary Ann. Ängstlich wie eine Vestalin, die geopfert werden soll, trat sie in ihrem langen weißen Kleid unsicher in die Mitte von Carringtons bösem Traum. Als sie an den Peitschböcken und Strafgerüsten vorbeiging und an einer Wand stehenblieb, an der jede erdenkliche Art von Züchtigungswerkzeug hing – darunter Haarbürsten, abgenutzte Raglane, Ledergürtel, Birkenruten, Prügel aus spanischem Rohr und eine gewaltige Bullenrute –, drückte Maloney die linke Brustwarze der hölzernen Nymphe. Quietschend glitt die hintere Wand des inneren Zimmers zurück und gab den Blick frei auf die Regale mit der sadistischen Literatur. Vaterman, der vor sich hingrinste, zog eine der größeren illustrierten Ausgaben heraus, öffnete das Buch und reichte es an Mary Ann weiter. Ihr glattes, rötlichbraunes Haar verdeckte ihr Gesicht, als sie sich über die Illustration beugte. Hastig sog sie die Luft ein, als sie das schöne Mädchen anstarrte, das den Schlüpfer bis auf die Knöchel hinuntergeschoben hatte und von einem Schulmeister im geistlichen Stand die Gesäßbakken geprügelt bekam. Ein gewaltiges Glied ragte drohend aus der aufgeknöpften Hose des Geistlichen. Beschämt (Was soll sie bloß von mir denken, daß ich solches Zeug träume?) eilte Maloney zu ihr, um ihr das Buch aus den Händen zu nehmen. Vergebens: Sie wandte sich abrupt von ihm ab, als wären sie beide Kinder in irgendeinem Spiel. »Warten Sie! Ich hab es doch noch nicht gesehen.«

»Es ist ganz schön schlimmes Zeug.«

»Nein. Sehen Sie hier.« Sie hielt eine doppelseitige Illustration hoch, auf der eine kuriose Kombination zu sehen war: ein Mann in Reithosen drang von hinten in sein Hausmädchen ein, das seinerseits auf einem jüngeren Mädchen ritt, dessen Hintern von dem Mann mit einem dünnen Stock geschlagen wurde. »Warum schlägt er sie?« fragte sie.

»Heh!« Vaterman hielt ein Blatt mit einer lesbischen Geißelungsszene empor. »Das sind ja dolle Sachen hier. Wissen Sie was, ich sollte eine Serie über diesen Teil der Sammlung machen.«

In diesem Augenblick betrat einer der Wachmänner das Indien-Zimmer. »Professor Maloney, Mr. Brewster läßt ausrichten, da sei einer der Experten angekommen.«

»Dann sollten wir hier besser Schluß machen«, sagte Maloney zu Mary Ann.

»Ach i wo. Gehen Sie ruhig«, sagte Vaterman. »Ich mach das schon. Diese kleinen Knöpfe auf den Brustwarzen, okay?«

»Ja, genau. Sind Sie sicher, daß Sie noch hierbleiben wollen?«

»Aber ja doch, mit Vergnügen. Es macht Ihnen doch nichts aus, oder?«

»Nein«, sagte er und zog sich widerstrebend zurück. Was er als Letztes im Indien-Zimmer sah, waren ihre Köpfe dicht beieinander, ihre Kastanienmähne, Vatermans weiße Schweinszüge, gebeugt über eine in jeder Hinsicht erotische Erstausgabe von *Une société de flagellantes*, Charles Carrington, Paris, mit 31 Illustrationen von Martin Van Maele und A. Lambrecht.

Professor H. F. Clews, der im Salon wartete, war groß und ausgestattet mit einer Portweinnase und Basedowaugen, die ständig graugrün auf irgend etwas starrten. Er war Maloney ein Begriff, wie er allen historischen Experten dieser Epoche ein Begriff war: als Autor des *Tractatus of Victorian Chroniclers* und vieler gelehrter Monographien.

Zuerst fürchtete Maloney ihn: er spürte unerbittliche Feindschaft. Die Inquisition begann in kaltem Unbehagen und dauerte über eine Stunde. Dann, nachdem er Maloneys Angebot, ihn zu führen, ausgeschlagen hatte, setzte sich Professor Clews unbegleitet in Richtung Parkplatz in Bewegung. Seine Prüfung war pedantisch gründlich. Als die Dämmerung hereinbrach, schickte er nach einer Taschenlampe. Außerdem wurden in den Hauptgängen noch Flutlichtscheinwerfer aufgestellt. Die peinlich gründliche Prüfung ging weiter.

Sir Alfred Mannings, der zweite Experte, traf kurz nach sieben ein und erklärte, er sei von dem langen Flug von London hierher erschöpft. Zunächst sagte er, er wolle direkt auf sein Zimmer gehen, aber als er erfuhr, daß Professor Clews mit der Prüfung der Sammlung beschäftigt war, rief er nach einer Taschenlampe und ging doch zum Parkplatz hinunter. Er hielt sich gar nicht erst damit auf, mit Maloney zu sprechen, und bald schon begann der Strahl seiner Lampe den von Professor Clews emsig zu kreuzen. Mehr als ein höfliches »Guten Abend« hatten die beiden Spezialisten sich nicht zu sagen. Reporter versammelten sich am Eingang zum Parkplatz. Spannung lag in der Luft, fast Krise. Als Vaterman und sein Mädchen durch die Lobby kamen, hörte Maloney, was sie sich zuflüsterten.

»Was tun die so lange, Fred?«

»Die denken sicher, das Zeug ist falsch.«

»Aber wie können sie? Es ist doch so wunderbar.«

»Langsam, langsam. Zuerstmal ist es eine Menge Zeugs.«

»Ist es nicht. Es ist phantastisch.«

»Was weißt denn du? Bist *du* ein Fachmann?« sagte Vaterman, aber in diesem Augenblick sah das Mädchen Maloney in der Lobby, stieß Vaterman an und warnte ihn, er solle leise sein. Beide heuchelten ein Lächeln, als Maloney an ihnen vorbeikam.

Um 22 Uhr kam Professor Clews vom Platz zurück. Nachdem die *New York Times* ihn nach seiner Meinung als professioneller Fachmann gefragt hatte, bat er Brewster um ein Gespräch unter vier Augen und versprach, im Anschluß daran eine Pressekonferenz zu geben.

»Kann ich mit dabeisein?« fragte Maloney Brewster.

Professor Clews starrte ihn an, seine graugrünen Augen signalisierten Ablehnung. »Sowas Unethisches«, sagte er zu Brewster.

Und so war der gedemütigte Maloney gezwungen, bei den wartenden Reportern zu bleiben, derweil Brewster und der Experte in Brewsters Zimmer in Klausur gingen.

Später verfaßte Brewster für seine Vorgesetzten einen Bericht über das geheime Treffen. Von Anfang an hätte Professor Clews Zweifel an Maloneys Qualifikation als Historiker angemeldet gehabt. »Dieser junge Mann mag zwar an einer *kanadischen* Universität promoviert haben«, sagte Clews gegenüber Brewster, »aber das besagt noch lange nicht, daß es irgendwelche triftigen Gründe gäbe, seine Kenntnisse von Viktoriana als die eines Experten einzustufen. Meiner Meinung nach hat dieser junge Mann etwas durch und durch Vertrauensunwürdiges an sich. Möglicherweise ist er nicht ganz richtig im Kopf. Das kann ich leider nicht beurteilen. Aber sicher ist, daß seine Behauptung, er hätte diese Sammlung ›geträumt‹, keines ernsthaften Kommentars bedarf, finden Sie nicht?«

»Aber was ist mit der Sammlung selbst?« fragte Brewster.

»Außerordentlich geschickte Fälschungen. Außer den Stücken aus britischen öffentlichen Sammlungen enthält sie, scheint mir, geschickt gemachte Imitationen von Stücken aus Privatsammlungen, die mir persönlich allerdings nicht bekannt sind.«

»Maloney gibt an, daß über viele dieser Stücke lediglich geschrieben worden sei und daß sie in ihrer gegenwärtigen Form in keiner der bekannten Kollektionen existieren. Anders ausgedrückt, daß sie sozusagen seine eigenen originalen Schöpfungen auf der Grundlage seiner Forschungsarbeiten sind.«

»Mir ist durchaus bekannt, was er behauptet«, sagte Professor Clews. »Aber ich befürchte, daß die Wahrheit sehr viel prosaischer ist. Nach meiner Ansicht sind diese Kopien mit größter Sicherheit in dem betrügerischen Versuch hergestellt worden, Sammler dazu zu verleiten, sie zu gewaltig überhöhten Preisen zu erwerben. Ihnen dürfte bekannt sein, daß wir ja heute einen beachtlichen Boom registrieren können, was viktorianische Stücke betrifft.«

»Sie glauben also, daß alle diese Dinge hier Fälschungen sind?«

»Nun ... nicht ganz. Möglicherweise sind die Münzsammlungen und die Sammlung mit den zweitklassigen Schmuckstücken echt. Schwer, in diesem Fall zu sagen. Aber in der Mehrzahl der Fälle sind die Dinge, die Sie da draußen sehen, Kopien bekannter Originale, von denen ich weiß, daß sie sich woanders befinden. Ergo: die Kopien hier sind genau das – Kopien eben. Fälschungen.«

»In Ordnung. Aber glauben Sie nicht, daß ein cleverer Betrüger sich eine Geschichte ausdenkt, die plausibler klingt?« fragte Brewster. »Ich meine, keiner kann doch mit einem bißchen Grips annehmen, daß man es ihm abnimmt, wenn er sagt, er hätte das Zeug da geträumt. Ich hab mich schon gefragt, wer hinter Maloney stehen könnte. Er macht auf mich keinen sonderlich gerissenen Eindruck.«

Professor Clews' Mund öffnete sich weit und tat, als wollte er lächeln. »Lassen Sie mich als Historiker sagen, daß solch eine Annahme gefährlich ist. Ich kann nur sagen, daß, wenn ich Sie wäre und eine nationale Zeitung repräsentieren würde, ich größte Vorsicht walten lassen würde, um zu vermeiden, daß solch einer unsinnigen Enthüllung Glauben geschenkt würde, die Sie und Ihr Blatt nur unglaubwürdig machen würde.«

»Sie sind demnach sicher, daß sie als Unfug enthüllt werden würde?«

»Zweifellos.«

»Okay. Aber da *wir* Sie verpflichtet haben, uns Ihre Meinung darzulegen, muß ich Sie darum bitten, den anderen Presseleuten solange nichts zu sagen, bis ich Gelegenheit habe, alles mit unserer New Yorker Redaktion abzusprechen.«

»Mr. Brewster, in meinem Vertrag steht von einer Schweigepflicht nichts. In diesem Falle käme mein Schweigen sogar einer stillschweigenden Billigung eines möglichen Betrugs gleich. Ich fürchte, ich bin verpflichtet, die Wahrheit zu sagen, wenn ich gefragt werde. Und schließlich steht mein Ruf als Kritiker auf dem Spiel.«

»Nun gut«, sagte Brewster. »Wenn das so ist, dann bringen wir es halt hinter uns.«

Aber als Brewster und Professor Clews die Treppe zum Salon herunterkamen, war bereits eine Pressekonferenz in vollem Gange. Die Reporter, und mit ihnen Mary Ann und Maloney, lauschten Sir Alfred Mannings, der die folgende Ansicht äußerte.

»Zunächst einmal: Ich habe mich noch nicht mit Professor Maloney unterhalten können und kann deshalb kein Urteil abgeben in bezug auf die Wahrheit oder anderenfalls die Behauptung, daß der Ursprung dieser Gegenstände übernatürlicher Art sei. Glücklicherweise ist es nicht meine Aufgabe, mich mit solchen metaphysischen Angelegenheiten auseinanderzusetzen. Wozu ich aber qualifiziert *bin* – und ich darf hinzufügen: niemand ist qualifizierter als ich –, ist eine Stellungnahme zu der Authentizität und der Herkunft vieler der Stücke, die Sie dort draußen auf dem Parkplatz sehen können. Ich bin Generaldirektor der British Imperial Collections und damit Gewährsmann der Museen, in denen ein Großteil der Originale dieser Stücke ausgestellt ist.«

Ein Reuters-Reporter unterbrach: »Sie sagen ›Originale‹, Sir Alfred. Heißt das, Sie glauben, es handelt sich bei den hiesigen Stücken um Kopien?«

»Lassen Sie mich versuchen, präziser zu sein«, antwortete Sir Alfred. »Der außergewöhnliche Sachverhalt ist der, daß jedes Objekt, von dem ich Kenntnisse aus erster Hand besitze, hier auf eine Art reproduziert ist, die es unmöglich macht, Unterscheidungen von den Originalen festzustellen. Und nicht nur das. Viele Stücke, die ich nur durch Buchillustrationen und andere Beschreibungen kenne, sind hier reproduziert, und zwar exakt so, wie sie in Wirklichkeit einmal ausgesehen haben müssen. Ein wirklich erstaunliches Heldenstück der Kopierkunst.«

Maloney, der hochrot geworden war, hörte sich selber protestieren. »Warum sprechen Sie von Kopien, wenn Sie selbst zugeben, daß die Originale nicht existieren?«

»Das scheint mir ein wesentlicher Punkt zu sein, junger Mann«, sagte Sir Alfred. »Aber lassen Sie uns einmal darüber nachdenken. *Vielleicht* existiert ein Original nicht. Und doch geben Sie an, Sie hätten diese Objekte ›erträumt‹, nachdem Sie darüber in Büchern gelesen hätten und so weiter. Also: Wenn Sie etwas ›erträumen‹, worüber Sie zuvor schon einmal gelesen haben, dann können Sie doch wohl schlecht sagen, es handele sich dabei um einen originalen Schöpfungsakt.«

»Dann ist also in Ihrer Sicht«, fragte der Reuters-Reporter, »diese Sammlung *kein* Original?«

Sir Alfred schürzte die Lippen. »Nein, ich glaube *nicht*, daß es Fälschungen sind. Ich glaube vielmehr, daß es weder Originale noch Fälschungen sind. Lassen Sie mich ein Beispiel geben. Als ich heute abend all diese vertrauten und vielgeliebten britischen Kunstwerke zwölftausend Meilen von ihrer Heimat entfernt untersuchte, empfand ich zunächst – ich muß das zugeben – Entrüstung. Diese herrlichen Schätze ausgelegt zu sehen nach Flohmarktmanier und dazu noch auf einem amerikanischen Parkplatz! Da kocht einem schon das Blut. Und dann stieß ich auf ein Objekt, das mir ganz besonders am Herzen liegt. Ich meine die Nouds Hop Pickers Teemaschine, die ich vor vielen Jahren ausfindig gemacht habe auf dem Anwesen von Colonel Addison in der Nähe von Sittingbourne in Kent. Da habe ich die echte Maschine aus der Erde ausgegraben, und ich kenne sie daher wie meine eigene Hosentasche. Und dennoch gleicht die Teemaschine hier in Carmel nicht nur der originalen Nouds-Maschine – sie ist vom Original *nicht einmal zu unterscheiden*. Es war heute, als wäre ich der erste Mensch auf Erden, der etwas gesehen hat, was vor ihm noch niemand zu Gesicht bekommen hat: ein einmaliges Objekt, das auf höchst mysteriöse Weise eine Dualität geworden ist.«

»Dann ist das also doch *keine* Fälschung?« insistierte der Reuters-Mann. »Sie meinen also, es ist eine Art rätselhafter Neuschöpfung oder ähnliches?«

»Ich sage nicht, es sei *keine* Fälschung«, warnte Sir Alfred. »Noch meine ich, hier das Original zu haben. Ich sage nur, es könnte etwas sein, das zuvor noch nicht kategorisiert worden ist, vielleicht ein Akt der Hommage an eine bestimmte Periode. Ich fürchte, ich muß darüber nachdenken. Ich meine ganz einfach nur, daß wir das nicht übereilt rubrizieren und aburteilen sollten.«

Professor H. F. Clews, der zusammen mit Brewster den Raum betreten und den größten Teil der Ausführungen von Sir Alfred gehört hatte, unterbrach gereizt. »Eine Fälschung ist eine Fälschung.«

»Sie glauben also, das sind ganz einfach Fälschungen, nicht wahr, Professor Clews?«

»Sie wollen sie ja wohl nicht als Originale bezeichnen, Sir Alfred?«

»Nein, natürlich nicht.«

»Na also. Wenn es keine Originale *sind*, was ist dann also Ihre Ansicht über deren Ursprung?«

»Ich habe keine Ansicht hierüber«, sagte Sir Alfred. »Weil ich nicht weiß, woher sie kommen. Wissen Sie das denn?«

»Nun«, sagte Professor Clews, »ich glaube jedenfalls absolut nicht, daß sie irgendjemandes Träumen entsprungen sind. Glauben Sie das etwa?«

»Natürlich nicht.«

»Verzeihen Sie, Gentlemen«, sagte der Reporter von Reuters. »Muß ich das so auffassen, daß Sie beide die Erklärung von Professor Maloney ablehnen?«

An diesem Punkt tauschten die beiden Experten Blicke; dann – als folgten sie irgendeiner zuvor x-mal eingeübten Vaudeville-Routine – zogen sie die Augenbrauen hoch, zuckten mit den Schultern und nickten zustimmend.

Maloney fühlte, wie ihm das Blut in den Kopf schoß.

»Nun, Gentlemen, es ist schon spät, und ich habe eine sehr erschöpfende Reise hinter mir. Gute Nacht.« Sir Alfred Mannings ging zur Tür.

»Gute Nacht, meine Herren«, sagte Professor Clews und schloß sich seinem Kollegen auf dem Weg hinaus an. Sofort eilten die Reporter, unter ihnen Vaterman, zu den Telefonen und ließen Maloney und Vatermans Mädchen allein im Raum zurück. Vatermans Freundin zappelte einen Moment lang nervös hin und her und ging dann auf ihn zu. Ihre großen Augen blickten ernst, ihr Benehmen glich dem eines Kindes, das sich auf eine Rezitation vorbereitet.

»Ich wollte nur sagen«, sagte sie, »daß ich das alles schrecklich fand – einfach dumm. Dieses ganze Gerede über Fälschungen und Originale – ich meine, sie reden alle drumherum. Schließlich geht es doch darum, daß Sie einen Traum hatten und dadurch das ganze Zeug da draußen zum Leben erweckt haben. Das ist doch etwas Geniales – stimmt's nicht?«

Errötend, mit einem roten Streifen, der sich von ihrer Wange hinunter bis zu ihrem eleganten Hals zog, wandte sie sich um und verließ das Zimmer. Er sah ihr nach, war bewegt – *etwas Geniales* – der Herr segne sie! Aber sein Ärger blieb, schwer und schmerzhaft, als er in sein Zimmer zurückging. Sein ganzes Leben hatte er etwas tun wollen, das außerhalb des Gewöhnlichen liegen sollte. Und jetzt, plötzlich, war das Gebiet, das er studiert, waren die Gegenstände, die er gesehen und erinnert und über die er soviel gelesen hatte, seinem Unterbewußtsein entflohen und *wirklich* geworden. Hier in Carmel. Und doch schien niemand wirklich zu begreifen, was geschehen war. Alles, worüber die Leute sprachen, war die Frage, ob diese wunder-baren Gegenstände Originale waren oder nicht. Als gäbe es etwas noch Originaleres als einen Traum, der Wirklichkeit wird!

Und so fiel Maloney erschöpft, besorgt und verbittert in der zweiten Nacht seit Entstehung der Sammlung in tiefen Schlaf. Und träumte. Und in seinem Traum erhob er sich, stieg aus dem Fenster, durchschritt aufs neue die Gänge seiner Sammlung und betrachtete verwundert all die Stände, die Nischen, Malereien, Bücher, Möbel, Edelsteine und Handarbeiten, all diese greifbaren, sichtbaren Beweise viktorianischen Lebens auf Erden. In seinem Traum patrouillierte er durch seine Schöpfung und verweilte lange und verliebt bei ihren einzelnen Stücken – eine Sammlung, der keine einzige andere Kollektion jemals würde das Wasser reichen können. Er hatte sie ins Leben geträumt, und jetzt träumte er, daß er sie schützte gegen alle Feinde einer Welt, die noch nicht ihren wahren Wert begriffen hatte. Er war ihr Schöpfer und würde ihr Beschützer werden. Wieder träumte er die ganze Nacht hindurch. Und am Morgen erwachte er.

IV

TONY, ICH MUSS MIT DIR REDEN!«

»Klar Fred. Komm rein. Wo ist Mary Ann? Ist sie heute morgen mit dir mitgekommen?«

»Nein, sie ist bei sich zuhause.« Vorsichtig setzte Vaterman sich auf Maloneys Bett und entfaltete eine Zeitung. »Ich wollte dir das hier erklären. Ich will nicht, daß du persönlich was gegen mich hast.«

Maloney nahm die Zeitung, eine Ausgabe des *Monterey Courier.* Rechts auf der Titelseite sah er eine dreispaltige Schlagzeile.

BRITISCHE UND AMERIKANISCHE EXPERTEN
EINER MEINUNG:
CARMEL-»TRAUM«-SAMMLUNG
IST EINE FÄLSCHUNG
Yale-Professor warnt potentielle Sammler
vor Machenschaften

Es war unnötig, die Geschichte zu lesen.

»Ich will nur sagen, daß ich das nicht geschrieben habe«, sagte Vaterman. »Ich habe eine viel positivere Fassung getickert, aber Yorkin, mein Chefredakteur, hat sie umgeschrieben. Ich kann nichts dafür.«

»Schon in Ordnung, Fred.«

»Und jetzt hat Yorkin der Polizei gesagt, sie soll die Sache weiter verfolgen. Er will, daß ich wieder meinen normalen Job mache. Furchtbar. Ich finde, das ist die wichtigste Geschichte, die in dieser Stadt hier je passiert ist, und die wollen das einfach kaputtmachen.«

Aufgebracht warf Vaterman das Blatt beiseite und stand auf. Seine weißlichen Locken lagen wie ein Heiligenschein um sein feuriges Gesicht. »Und nicht nur das«, sagte er. »Diese Stories werden *dich* ruinieren. Du mußt jetzt Stellung beziehen. Du solltest eine Presseerklärung herausgeben und deinen Standpunkt klipp und klar darlegen. Oder noch besser: Beruf eine Pressekonferenz ein.«

»Wozu? Was kann ich denen schon sagen?«

»Moment, Moment«, sagte Vaterman aufgeregt. »Ich hab gerade eine Superidee. Warum wollen wir nicht Mary Ann fragen, ob sie als deine Sekretärin arbeiten will? Ich könnte für dich die Presseerklärungen aufsetzen, und sie könnte sie tippen. So könnten wir dir doch echt helfen.«

»Aber das kann ich doch nicht von euch verlangen.«

»Warum denn nicht? Hör mal, es wäre schließlich auch gut für mich. Versteh doch: Wenn Mary Ann hier im Motel arbeitet, wäre ich doch auch immer auf dem neuesten Stand der Entwicklung.«

»Hast du nicht gesagt, du darfst an dieser Sache nicht mehr weiterarbeiten?«

»Aber darum geht's doch!« Erregt ging Vaterman

hinüber zum Fenster und wies dramatisch auf die Gänge und Markisen der Sammlung. »Das ist *meine* Story. Ich *muß* da dranbleiben.«

»Schau mal, Fred, da ist noch was. Ich kann es mir nicht leisten, euch zu bezahlen.«

»Mach dir doch darum keine Sorgen. So wie wir für dich empfinden, Tony, wär es eine Ehre, dir helfen zu können. Außerdem hat Mary Ann zur Zeit sowieso keinen Job, und – unter uns gesagt – es ödet sie an, den ganzen Tag zuhause herumzuhocken. Schau mal – willst du denn nicht für deinen guten Namen kämpfen? Willst du, daß die Leute dich bis in alle Ewigkeit einen Schwindler nennen?«

»In Ordnung. Also in diesem Fall: Danke. Vielen Dank.«

»Gut. Ich sag Mary Ann Bescheid. Ich finde, sie sollte gleich rüber kommen.«

»Bist du sicher, daß sie auch wirklich will?«

»Na klar bin ich sicher«, sagte Vaterman. »Sie will mir helfen. Und außerdem regt sie diese Sammlung wahnsinnig auf. Sie redet von nichts anderem mehr.«

»Tja, dann werd ich wohl etwas für ein Gehalt arrangieren müssen. Vielleicht kann ich ja ein paar Stücke aus der Sammlung losschlagen.«

»Verkauf *ja* nichts!« sagte Vaterman, knöpfte seine Safarijacke im Mao-Look zu und wandte sich energisch der Tür zu. »Überlaß das alles uns.«

Noch an diesem Nachmittag kam in Carmel ein kleiner haariger Mann per Privatflugzeug an und wurde sofort und entgegen der Besucher betreffenden

Instruktionen Maloneys für Bourget hineingebracht. »Professor, hier ist ein Herr, der gerade eingetroffen ist, um Sie zu sehen. Es sei sehr wichtig, meint er. Darum war ich so frei.«

Geld war von Hand zu Hand gegangen. Bourget verdrückte sich sofort wieder.

»– – Professor Maloney? Mein Name ist Hickman. Es wird Ihnen wenig sagen. Ich bin Präsident der Firma Management Incorporated. Sie haben sicher schon von uns gehört – –«

»– – Mr. Hickman, das ist meine Sekretärin, Miss McKelvey. Sie ist zuständig für alle Termine.«

»Wie geht's Ihnen, mein Kind? Professor, ich weiß wohl, wie kostbar Ihre Zeit ist. Ich bitte um Nachsicht, wenn ich hier so hereinplatze. Aber ich glaube, die Angelegenheit ist so wichtig, daß sie meine Reise von New York hierher rechtfertigt. Wenn Sie mir nur eine Minute widmen würden? Eine einzige Minute?«

»Na gut. Aber um vier haben wir ein Fernsehinterview, stimmt doch, Mary Ann?«

»Ja, Tony.«

Hickman gab ein kleines Räuspern von sich. »Vielen Dank. Lassen Sie mich zunächst sagen, daß ich in all den langen Jahren meiner Berufspraxis noch nichts gesehen habe, das soviel Mißmanagement aufweist wie Ihre Entdeckung. Meine Güte: Wie die Medien Sie behandelt haben – ein Verbrechen!«

»Was wollen Sie genau, Mr. Hickman?«

»Professor, ich möchte wetten, daß die Leute fragen, wer Sie repräsentiert?!«

»Niemand. Nein.«

»Aha. Aber jemand *wird*. Und ich will es Ihnen erklären. Management Incorporated stellt nicht nur einen Agenten dar, sondern vielmehr eine Kombination aus Anwalt, Manager und persönlichem Freund. Ist Ihnen nicht klar, wieviel Schaden Ihrer Sammlung schon dadurch entstanden ist, daß Sie der *Times* gestattet haben, diese Experten zu schicken, ohne ihnen gründliche Anweisungen gegeben zu haben? *Wir* hätten das ganz und gar anders angepackt. Zuerst einmal hätten wir zu unserer Unterstützung unsere eigenen Experten bestellt. Und jeden einzelnen Schritt in dieser Geschichte hätten wir auf größtmögliche Effektivität getrimmt. Als erstes höre ich, daß die Sammlung eine der superbsten Kollektionen an Erotica enthält. Ist Ihnen eigentlich klar, was für ein Zuschauerpotential so eine Entdeckung aktivieren könnte?«

»Nein, eigentlich nicht. Der Traum-Aspekt ist, glaube ich, der bei weitem wichtigste.«

»Klar, klar. Professor, lassen Sie mich noch eine Frage stellen. Was halten Sie davon, die Sammlung an einen passenderen Ort zu verlegen?«

»Ich fürchte, das würde allerhand Schwierigkeiten machen.«

»Warum denn? Ich glaube, Sie kennen Dr. Johannes Fetema, den Amsterdamer Hellseher?«

»Nun ja, wir haben miteinander telefoniert.«

»Professor, bevor ich New York verlassen habe, habe ich mir erlaubt, Dr. Fetema zu konsultieren, auch telefonisch. Er ist der festen Überzeugung, daß die Sammlung, weil sämtliche ihrer Stücke sich hier vollständig materialisiert haben, durch einen Umzug an einen anderen Ort nicht den geringsten Schaden nehmen würde.«

Spielzeugmaschine. Japanische Fälschung. »Er irrt sich. Sie darf nicht verlegt werden.«

»Ist das eine schöpferische Entscheidung?«

»Ja.«

»Nun gut. Gestatten Sie mir eine weitere Frage an Dr. Fetema? Es dauert nur ein paar Minuten.«

»Tony, es ist gleich vier«, warnte Mary Ann.

»Ihr Interview. Prima. Nur zu. Ich komme wieder auf Sie zu, wenn Ihre Aufnahmen fertig sind.«

Maloney und Mary Ann gingen quer durch den Korridor zu einem bereits aufgebauten mobilen Fernsehstudio hinüber. Eine halbe Stunde später, als das Interview vorüber war, wartete Hickman bereits auf dem Flur und grinste triumphierend. »Vorschlag. Was halten Sie davon: Die Sammlung bleibt hier in Carmel, und Sie gehen auf Vortragstournee? Dr. Fetema ist der Ansicht, daß das möglich wäre. Und ich könnte dafür eine gute, ergiebige Liste mit Buchungen zusammenstellen, wenn wir jetzt anfangen würden, solange die Geschichte noch heiß ist, wenn ich das mal so sagen darf. Sie könnten einhunderttausend Dollar in sechs Wochen machen.«

»Einhunderttausend Dollar?«

»Ganz genau, ja.«

»Und Dr. Fetema glaubt, die Sammlung würde nicht verschwinden, wenn ich weg wäre und sie hier in Carmel bewacht zurücklassen würde?«

»So sieht er das, genau so.«

Maloney wandte sich Mary Ann zu. »Das könnte

bedeuten, ich könnte nach Montreal zurück. Ich könnte meinen alten Job wiederbekommen.«

»Warum sollten Sie?« wandte Hickman ein. »Es gibt Tausende von Geschichtsprofessoren. Aber als der Schöpfer dieser Sammlung sind Sie doch einmalig.«

»Schauen Sie. Ich hab mein ganzes Leben dafür gearbeitet, ein Professor für Geschichte sein zu können.«

»Darum geht es aber doch jetzt nicht mehr, wenn Sie mir gestatten, das so zu sagen. Es geht darum: Haben Sie diese Sammlung erträumt, ja oder nein? Es geht um Ihre Glaubwürdigkeit, verstehen Sie?«

»Er hat recht«, flüsterte Mary Ann.

»Natürlich hab ich recht«, sagte Hickman. »Und wenn ich Ihnen Ihre Vortragstournee zusammenstelle, damit Sie Ihren Standpunkt unters Volk bringen können, dann nehme ich doch an, daß Sie Ihre eigenen Leute bei sich haben wollen. Wie Ihre Sekretärin. Und denken Sie daran: Das Ganze wäre für Sie und Ihre Mannschaft durch die Bank Erster Klasse.«

»Tja, ich weiß nicht recht. Ich muß erstmal darüber nachdenken.«

»Klar. Warum auch nicht. Ich sag Ihnen noch was. Ich muß mal für ne Stunde nach Monterey rein. Wenn ich zurück bin, können wir alles klarmachen, bevor ich nach New York zurückfliege. In Ordnung?«

Hickmans plötzliches breites Grinsen wirkte wie das eines Mannes, der gerade unter der Hand einen nützlichen Geheimtip abgegeben hat. Er wandte sich um und ging durch die Vordertür hinaus. Draußen wartete ein

Lincoln Continental. Als er einstieg, winkte er ihnen zu.

Maloney und Mary Ann gingen in das Motelzimmer zurück. »Sagen Sie mir«, sagte er und war gespannt auf ihre Reaktion, »hätten Sie Lust, auf Vortragsreise zu gehen?«

»Oh je. Ich weiß nicht recht. Ich müßte schon Fred fragen. Aber ich finde schon, daß Sie alle Publicity bekommen sollten, die Sie bekommen können.«

»Es mag ja gut und schön sein, wenn Dr. Fetema meint, daß die Sammlung nicht verschwinden würde, wenn ich weg wäre. Aber was ist, wenn er sich irrt?«

Sie sah ihn an. Ihre großen, sonst so leuchtenden Augen waren von plötzlicher Sorge verdunkelt. »Sie meinen, wenn Sie gingen, könnte sie verschwinden, oder irgend so etwas?«

»Wäre doch möglich.«

»Dann sollten Sie es lieber nicht riskieren.« Sie ging ans Fenster und sah hinaus. »Es ist – es ist einfach die perfekteste Sache der Welt. Es wäre ein Jammer, wenn Sie sie verlieren würden.«

»Ich sag Ihnen was. Warum sollte ich nicht einfach mal ein Experiment starten, einen Versuch machen?«

Sie drehte sich vom Fenster weg und zu ihm um, ihr Gesicht hatte einen fragenden Ausdruck.

»Ich meine, ich könnte doch ins Auto steigen und, sagen wir, zwanzig Meilen die Küste entlangfahren. Sie würden hierbleiben und die Sammlung beobachten. Ich könnte Sie dann von irgendwoher anrufen und mit Ihnen abstimmen, ob noch alles in Ordnung ist. Ist Fred irgendwo in der Nähe?«

»Ja, er ist gerade gekommen. Er schreibt im Salon an einer Pressemitteilung.«

»Gut. Reden wir mit ihm über den Plan.«

»Tja ...«, murmelte sie und ließ den Kopf hängen.

»Was ist?«

»Könnte ich nicht mit Ihnen kommen? Wir könnten doch Fred bitten, die Sammlung im Auge zu behalten.«

»Warum wollen Sie mitkommen?«

»Ich weiß nicht. Ich würde eben einfach gerne, das ist alles.«

»Naja gut«, sagte Maloney. »Gehen wir und sprechen wir mit ihm.«

Mary Ann trug einen blauen Seidenschal über ihrem langen, weißen Kleid. Die Sonne schien, als ihr Wagen an den Schaulustigen vorbeifuhr, dann den Parkplatz verließ und nach Süden in die Richtung von Big Sur einschwenkte. Maloney schwieg während der Fahrt, und als sie an den reichen Villen am Rande von Carmel vorüberkamen und bald die karge, rauhe Aussicht auf die Klippen und den kalten, turbulenten Ozean vor sich hatten, erfüllte ihn plötzlich ein panikartiges Gefühl, ähnlich dem, das er einmal in einem Flugzeug gehabt hatte, als er ein seltsames Geräusch wahrnahm, vielleicht das ausfahrende Fahrwerk oder das Drosseln eines Triebwerks. Innerhalb von Sekunden hatte er die Geschwindigkeit so weit auf Schrittempo reduziert, daß andere Autofahrer auf die Hupen drückten, an ihm vorbeizogen und ihm vernichtende Blicke zuwarfen.

»Was ist los, Tony?«

»Wenn sie bloß nicht verschwindet!«

»Ach was, sie wird schon nicht. Und wie Sie selber meinten: Sie müssen sich eben mal erkundigen.«

»Das ist wahr. Ja, das ist wahr.«

»Soll ich fahren?«

»Neinein.«

»Dann würde ich sagen, wir könnten ruhig wieder etwas schneller fahren. Wir halten sonst nur den Verkehr auf.«

»Wir sollten vielleicht anhalten und anrufen?«

»Aber Tony, wir sind doch erst acht Meilen gefahren.«

Er beschleunigte leicht und fühlte dabei, wie sie näher an ihn heranrückte, und von den Schultern bis zu ihrem langen, eleganten Schenkel gab ihr Körper ihm durch subtilste Empfindungen seine alte Sicherheit zurück. Und ihre Stimme, jenes immer vertrauter werdende, schüchterne Flüstern, wiederholte noch einmal: »Sie verschwindet schon nicht. Das *tut* sie nicht.«

Er fühlte sich beruhigt. Er fuhr jetzt wieder schneller. Ich war unter ständiger nervlicher Anspannung, sagte er sich. Ich brauchte jemanden, mit dem ich reden konnte. Er empfand Dankbarkeit für sie. Er war glücklich, daß sie mitgekommen war.

»Sagen Sie mal«, sagte er und beobachtete sie von der Seite her, »sind Sie eigentlich mit Fred sowas wie verlobt?«

Abrupt schüttelte sie den Kopf, und ihre kastanienbraune Mähne fiel über ihr Gesicht. Sie kam noch dichter zu ihm herüber, starrte auf den Geschwindigkeitsmesser und bewegte sich dann elegant etwas weiter von ihm weg. »Wir haben jetzt so an die zwanzig Meilen. Da drüben ist eine Telefonzelle. Sie können ja da hinter dem Mobil-Oil-Schild abbiegen.«

Gehorsam steuerte er den Wagen von der Straße, ließ den Motor laufen und betrat die Telefonzelle. Wieder bemächtigte sich seiner ein unwohles Gefühl, als er zu wählen begann. Und Vatermans Stimme gab ihm recht.

»Gottseidank, daß du anrufst, Tony. Ich glaube, du solltest sofort zurückkommen.«

»Was ist passiert?«

»Naja. Etwa zehn Minuten, nachdem Ihr weg wart, fing es an zu regnen. Schüttete nur so. Mr. Bourget sagt, in dieser Jahreszeit hätte er sowas an Regen noch nicht erlebt. Vielen Stücken droht Schaden durch das Wasser.«

»Ich bin sofort da.«

»Wir decken einiges mit Plastikplanen ab. Ich schätze, das meiste ist sicher. Aber an deiner Stelle würde ich mich trotzdem beeilen.«

Maloney rannte zum Wagen zurück.

»Tony, was ist passiert?«

»Los! Fahren wir!«

Er ließ die Tankstelle hinter sich. Sie schmiegte sich zitternd an ihn. »Was ist *passiert*?« flüsterte sie.

»Die Sammlung regnet ein.«

»Aber das kann doch unmöglich sein. Sehen Sie! Man kann Carmel hinter der Bucht sehen. Die Sonne scheint.«

»Fred sagt aber, es regnet.«

Er fühlte, wie sie bebte. »Es ist meine Schuld«, flüsterte sie. »Ich hätte das nicht zulassen sollen.«

Sie fuhren weiter. Er beugte sich vor und starrte auf das nasse Band der Straße vor ihm. »Sehen Sie! Es *hat* geregnet. Verstehen Sie denn nicht, was das heißt? Wenn ich es regnen lassen kann, wenn ich aus Carmel herausfahre, dann müssen die Leute mir glauben.«

»Das stimmt.« Sie schien ermutigt. Sie berührte seinen Arm, ihre Finger legten sich fest um sein Handgelenk. »Natürlich werden sie Ihnen glauben. Diese Sammlung wird noch sehr, sehr wichtig werden. Und ich möchte dann dabei sein.«

Er sah sie an. Was konnte sie damit meinen? Doch plötzlich war er zu schüchtern, sie danach zu fragen.

Vaterman erwartete sie schon auf der Straße vor dem Motel. »Wollen wir nicht erstmal den Schaden inspizieren? Und hör mal: Kann ich eine Story über die Regenentwicklung schreiben?«

»Jaja, klar.«

Maloney und Mary Ann gingen den zentralen Gang hinunter. Der Schaden schien geringer als erwartet. Überall waren Plastikplanen aufgebockt worden, so daß die Sammlung aussah wie ein geschlossener Markt. Gerade wollten sie einen der Seitengänge betreten, als Hickman geschäftig hinter ihnen hergewieselt kam.

»Hi. Wie finden Sie die Planen? Ich hab sie für Sie hergeschafft. Hab die Bestände von ganz Carmel aufgekauft.«

»Dankeschön.«

»Schließlich bin ich ja hier, um zu helfen. Übrigens, haben Sie schon irgendeine Vorstellung in puncto Repräsentation?«

»Ja. Ich denke doch, wir sollten da was tun.«

»Gut«, sagte Hickman schnell. »Dann sollten wir uns unter vier Augen unterhalten. Kommen Sie, wir können uns in Ihren Wagen setzen. Da stört uns niemand.«

Hickman grinste Mary Ann an. »Bis später, Kindchen.«

Im Wagen sah Hickman auf seine Armbanduhr, die in ein Zwanzig-Dollar-Goldstück eingesetzt war. »Ich muß noch heute abend nach New York zurück. Also lassen Sie mich kurz skizzieren, was dic Management Incorporated für Sie tun kann. Zuerst einmal – ich nehme an, die Vortragstour fällt flach?«

»Zur Zeit ja. Unglücklicherweise, ja.«

»Dann ist Carmel also umso wichtiger, sozusagen als der Schauplatz der Präsentation, wenn Sie ver – –«

»Schaun Sie, ich habe keine Lust, die Sammlung in so eine Art Disneyland ummodeln zu lassen.«

»Absolut richtig. Ganz Ihrer Meinung. Für mich wird das erste sein, mit meinen Leuten in New York zu reden. Dann werden wir losgehn und uns um einen Fonds kümmern, und sobald wir einen annehmbaren Finanzierungsplan haben, kommen wir wieder auf Sie zu und machen Ihnen einen entsprechenden Vorschlag, der auch die Wachen und andere Ausgaben berücksichtigt, also auch Gehälter für Ihren Stab. In der Zwischenzeit werden wir dafür Sorge tragen, daß Sie und Ihre Geschichte hier Ihre verdiente Öffentlichkeit kriegen. Ach, à propos, Tony – ich darf doch Tony sagen?«

»Aber ja doch.«

»Dieser junge Mensch Wassermann – er sagt, er sei Ihr Mann für die Öffentlichkeitsarbeit. Der macht doch wohl Witze, oder?«

»Nein, ich habe ihn dafür eingesetzt.«

»Und? – Was Schriftliches?«

»Ich habe ihm mein Wort gegeben. Ich kann nicht mehr zurück.«

»Na gut. Wir werden uns schon was einfallen lassen. Machen Sie sich derweil Gedanken um den kreativen Teil der Sache. Ach, und übrigens: Darf ich fragen, ob Sie zur Zeit einen anderen Traum in Arbeit haben?«

»Nein, noch nicht.«

»Darf ich was sagen, was vielleicht nicht direkt hierher gehört?«

»Nur zu, ja.«

»Nun, diese Sammlung ist schon wahnsinnig, aber außer diesem erotischen Kram, diesem komischen Zimmer mit den Peitschen und dem Bordellsalon und so, ist das meiste doch wohl ein bißchen zu hoch für das breite Volk, oder? Ich denke immer daran, ob Sie nicht noch einen anderen Traum haben könnten, einen ganz anderen ...«

»Das hab ich mir auch schon überlegt. Aber vielleicht kann man nun mal nur etwas träumen, wovon man auch was weiß. Und ich weiß eben nun mal was über Viktoriana.«

»Wie kann jemand wissen, zu was er alles fähig ist, wenn er es gar nicht erst ausprobiert?« fragte Hickman. »Unterschätzen Sie nicht Ihre Fähigkeiten. Es gibt sicherlich noch eine Menge anderer faszinierender Träume, die Sie träumen könnten.«

»Was denn zum Beispiel, Mr. Hickman?«

»Nennen Sie mich Bernard, okay? Naja, was mir da so als erstes einfällt ist, wie interessant das doch sein müßte, wenn Ihr nächster Traum *Menschen* enthalten würde. Stellen Sie sich doch bloß mal vor, Sie könnten lebendige Menschen sich materialisieren lassen. Das wäre doch der wahre Durchbruch.«

»Das kann man wohl sagen. Man würde mich für Gott halten.«

»Haha. Das muß ich meinen Leuten erzählen. Naja, mein Flugzeug wartet. Ich denke, es ist das Beste, wenn ich mich erst einmal um das Geld kümmere und dann zurückkomme. Und in der Zwischenzeit werden wir der Öffentlichkeit die Geschichte von *unserer* Warte aus erzählen. Sie können mit unseren Experten für morgen rechnen. Und es werden gute sein.«

»Wann höre ich von Ihnen wegen des Fonds?«

Hickman stieg aus dem Auto. »Wir bleiben in Kontakt. Zurück zum Motel jetzt?«

»Nein, ich möchte noch etwas hierbleiben.«

»Na, dann schöne Träume, Tony. Bis bald.«

Und so ging er davon, Bernard Byron Hickman, klein und behaart, seinen teuren marineblauen Blazer lässig über die rechte Schulter geworfen wie ein Turnier-Cape, das karmesinrote reiche Seidenfutter nach außen. Weiter hinten, auf dem Parkplatz, stapelte ein Wachmann Steine auf das lose Ende einer der Plastikplanen, die im Wind ratterte wie weit entferntes Maschinengewehrfeuer. Allein im Wagen, starrte Maloney den Bluff Road hinunter, auf dem Schaulustige in ununterbrochener Prozession entlangtrotteten und die Sammlung anstarrten, als wäre sie ein Palast, in dem jeden Augenblick König oder Königin zwischen den verhüllten Ständen erscheinen konnte. Und da, mitten auf der Straße, erblickte er wieder den Verrückten, den er schon am Morgen gesehen hatte: eine große, ungepflegte Figur, barfuß, in schmuddeliger schwarzer Anzugjacke und fleckiger, zu kurzer Hose, ein handbemaltes Schild hoch erhoben, auf dem zu lesen stand:

GOTT ALLEIN IST SCHÖPFER
Glaubt diesen Schwindel nicht

Als der Verrückte, der seine Lippen in stummem Gebrabbel bewegte, zielstrebig der höchsten Erhebung der Straße zusteuerte, wurde er beinah von einem Taxi überfahren. Das Taxi drehte scharf ab, fuhr direkt in die Einfahrt zum Motel, wurde von einem Verkehrspolizisten angehalten und durfte, nachdem die Papiere überprüft worden waren, auf das Motelgelände fahren. Es hielt vor der Vordertür, und eine Frau stieg aus und begann an ihrer Handtasche herumzufingern – auf eine Art, die Maloney auf Anhieb vertraut erschien. Seine Mutter. Seine Mutter, die sich, nachdem sie den Fahrer bezahlt hatte, sofort umdrehte und mißtrauisch die verhängten Stände der Sammlung anzustarren begann; sie, die ihm Leben gegeben hatte, beäugte all diese Dinge, denen er Leben gegeben hatte. Seine Mutter und die Sammlung. Gerade und ungerade. Wahr und falsch.

Und in dem Moment, in dem er seine Mutter erblickte, mußte Maloney an seinen toten Vater denken, seinen Vater, an den er sich inzwischen nicht mehr wie an eine Person erinnerte, sondern wie an eine Figur auf einer Fotografie. Sein Vater, ein Amateurfotograf, war selbst selten fotografiert worden: Er hatte darauf bestanden, alle Schnappschüsse von seiner Familie selber zu knipsen. Und auf jenem ihm gebliebenen Foto stand er inmitten einer Gruppe von Redaktionskollegen und Reportern, in Hemdsärmeln, eine Leica um den Hals, wie sie da alle einen längst vergangenen Auflagenrekord feiern mit Roggenwhisky aus Pappbechern. Sein Vater, der sein Leben damit verbracht hatte, Zeitungslayouts zu zeichnen, lebte nur auf einer vergilbten Gruppenaufnahme weiter. Genau wie die Sammlung, wenn sie doch plötzlich verschwinden sollte, vielleicht nur weiterleben würde als ein Stapel Fotografien für die *New York Times*.

Maloneys Mutter bückte sich, nahm ihren Koffer auf und betrat das Motel. Wie vorauszusehen gewesen war, kamen in weniger als fünf Minuten Bourget und Mary Ann herausgelaufen, um ihn zwischen den verhüllten Ständen zu suchen. Er wartete im Wagen, bis Mary Ann nahe genug bei ihm war.

»Heh!«

»Oh, *da* sind Sie. Ihre Mutter ist hier.«

Er stieg aus. »Ich weiß.«

»Sie sehen nicht gerade begeistert aus.«

»Wären Sie das denn?«

»Meine Mutter ist tot«, flüsterte sie. »Ich hab nur noch meinen Vater.«

Gemeinsam gingen sie durch den Vordereingang in das Motel. Das Erdgeschoß inklusive Halle stellte den ursprünglichen Grundriß des Hauses dar, um den herum sich das Sea Winds Motel entwickelt hatte. Links befand sich ein lebloser Salon mit seinen crétonnebezogenen Sesseln, dem toten Kamin und dem Beistelltisch aus Ahornholz mit dem grünen Tischläufer, das alles künstlich wie das obligate möblierte Zimmer in einem Heimatmuseum – Relikt des privaten Lebens, das die Bourgets für immer aufgaben, als sie eines schönen Tages die Kreditkartenschilder an jene Tür nagelten, die damals noch der Eingang zu ihrer Privatwohnung war. Und mitten in diesem deprimierenden Drumherum stand verärgert und blaß seine Mutter und wartete.

»Hallo, Mutter. Bist du also doch gekommen.«

Seine Mutter lächelte nervös, wie ein Kind, das erwartet, zurechtgewiesen zu werden.

»Das ist Mary Ann McKelvey, zur Zeit meine Assistentin.«

»Ja, wir haben uns schon – –«

»– – vielleicht möchten Sie einen Kaffee, Mrs. Maloney?«

»Nein, vielen Dank. Wenn ich grad nur ein paar Minuten mit meinem Sohn sprechen könnte?«

»Gewiß doch.« Mary Ann wand sich betreten und entfloh dem Raum.

»Cherchez la fille«, sagte Maloneys Mutter.

»Sei nicht albern, Mutter. Das war sehr grob.«

»Ach, nein.«

»Du weißt es ganz genau. Warum bist du also gekommen? Ich hab dir doch gesagt, du solltest nicht.«

»Nun, erstmal habe ich nichts mehr von dir gehört. Und dann, eine Stunde, nachdem ich dich angerufen hatte, erfuhr ich, daß Reggie Morse definitiv vorhat, dich loszuwerden. Hör zu, mein Junge. Du mußt sofort nachhause kommen.«

»Was meinst du damit – mich ›loszuwerden‹? Das ist doch verrückt.«

»Das ist keineswegs verrückt. Sie *versuchen*, dich abzuschieben. Susan sagt, wenn du Anfang der Woche nicht zum Unterricht erscheinst, erklärt der Dekan sich bereit, daß jemand anderes als Ersatz für dich kommen kann.«

»Als *Ersatz* für mich?« sagte er. Er ging quer durch den Salon, setzte sich in einen der crétonnebespannten Sessel, starrte das Blumenmuster auf dem Teppich an und versuchte in seinem Kopf Ordnung in das soeben Gehörte zu bekommen. Jetzt war er neunundzwanzig. Bis sechsundzwanzig war er Student gewesen. Er hatte Glück gehabt, in seiner Heimatstadt einen Ruf an die Universität zu bekommen. Großes Glück. Das hatte er sich oft genug selber gesagt, ehemalige Kommilitonen hatten es ihm gesagt, die jetzt irgendwo exiliert waren in akademischen Sibiriens in Westkanada und den Vereinigten Staaten. Professor zu sein, das bedeutete, respektiert zu sein – auch dann, wenn das große Geld noch nicht da war. Man hatte reichlich Ferien, man hatte Möglichkeiten zu schreiben und, vor allem, seine feste Anstellung. Dieser Tatsachenberg, den er in seinem Kopf immer wieder durchgekaut und verstanden hatte als einen Schutzwall gegen Unzufriedenheiten mit den gegenwärtigen Leistungen und den Zukunftsaussichten – alles das kam jetzt wieder hoch, und zwar mit einer völlig neuen Intensität. Wenn er also Anfang der Woche nicht wieder im Hörsaal stehen würde, würde man ihn feuern. Seine Karriere wäre am Ende: Einen neuen Posten an einer Universität gäbe es für ihn nicht mehr.

»Tony, darf ich mal was sagen? Was wäre, wenn du jetzt einfach mit rauskommst und ihnen sagst, daß alles nur ein grober Scherz war? Sag ihnen, du hättest mit einem Freund in Montreal gewettet. Sag einfach, du hättest gewettet, daß die Leute diese Geschichte glauben würden – nein, unterbrich mich jetzt nicht, hör mir bitte zu! Wenn du das jetzt zugibst, dann könnte das ganze noch als Jux abgehn.«

»Was denn zugeben, Mutter? Was glaubst denn du, wo der ganze Kram hergekommen ist? Ist dir denn nicht klar, daß es auf der ganzen Welt keine Möglichkeit gibt, sich auch nur einen Bruchteil der Sachen da draußen zu kaufen oder zu borgen? Und du hast sie noch nicht mal gesehen. Sie sind wunderschön, Mutter. Sie sind wunderbar und wertvoll und einmalig. Und sie sind hier wie durch ein Wunder aufgetaucht. Was willst du denn bloß, das ich tun soll? Dahinzugehen und irgendein idiotisches Märchen zu erzählen?«

»Ich sage ja nicht, daß du Märchen erzählen sollst, Tony. Oder, ach ja, vielleicht ja doch. Es geht doch darum: Wenn *ich* deine Geschichte noch nicht mal glauben kann, wer *soll* sie dann überhaupt glauben? Keiner von denen, mit denen ich zuhause darüber geredet habe, hat das auch nur eine Sekunde lang ernstgenommen.«

»Gut, Mutter, was also schlägst du vor? Das Zeug zu verbrennen? Von irgendjemandem mit einem Kippwagen auf den hiesigen Müll fahren zu lassen? Der Heilsarmee zu überlassen? Und nimm nur mal an, ich täte das, und nimm mal an, ich nähme den nächsten Flug zurück nach Montreal, und nächste Woche wache ich irgendwann morgens auf und sehe, daß ich einen neuen Traum gehabt habe und wieder so ein Haufen Sachen vor unserem Fenster auf der Mountain Street steht . . .«

»Das ist lächerlich, und das weißt du genau so gut wie ich.«

»Wieso ist das lächerlich? Bist du so sicher, daß ich niemals mehr solch einen Traum haben werde?«

»Na gut, na gut, bin ich eben nicht. Aber *was* ich bin: Ich bin deine Mutter. Und ich weiß, daß auf beiden Seiten unserer Familie niemals irgend etwas so Merkwürdiges vorgekommen ist, sowas wie Spiritualismus oder sowas. Ich sag dir die ganze, volle Wahrheit: In meinem Hinterkopf hab ich durchaus eine Vorstellung davon, was hinter der ganzen Sache steckt. Aber ich werde den Teufel tun, dir das zu sagen.«

»Warum? Sag es doch.«

»Das macht dich nur noch ärgerlicher.«

»Nein, nein. Los, sag es.«

»Ich glaube, daß es irgendwas mit Barbara zu tun hat. Ich glaube, du hast dir den Kram von irgendjemand hier zusammengeborgt, und dann bist du rangegangen und hast dir eine wunderbar verrückte Geschichte zusammengebastelt, nur, damit du auf dich aufmerksam machen kannst und hierbleiben kannst und nicht zurückmußt zu Barbara.«

Maloney begann, ganz gegen seinen Willen ärgerlich aufzulachen.

»Na, ist es etwa nicht wahr, daß sie dich gebeten hat, zu dir zurückkommen zu dürfen?«

»Wer sagt das denn?«

»Tut gar nichts zur Sache. Es stimmt doch, oder?«

»Ja. Wir hatten eigentlich vor, diese Woche essen zu gehen und darüber zu sprechen, wie wir neu anfangen könnten.«

»Aha!« sagte seine Mutter und schüttelte wütend und den Tränen nahe ihren Kopf. »Ich wußte es. Du *mußt* sie ja nicht zurücknehmen. Ich wette, sie hat dich kleingekriegt.«

»Sie hat mich nicht kleingekriegt. Ich hab ja noch nicht mal mit ihr gesprochen. Ich hatte mit ihrer Schwester gesprochen. Oh, Mutter, warum machst du bloß aus allem, was mir passiert, irgendeine Sache, die unbedingt was mit Barbara zu tun haben muß? Du müßtest dich mal selber hören.«

»Tut mir ja leid«, sagte seine Mutter. »Ich habe ja eben gesagt, daß ich dich nur noch ärgerlicher machen würde.«

»Ich ärgere mich gar nicht. Aber du bist absolut auf dem Holzweg.«

»Na gut, mein Junge. Ich bin schließlich auch nicht den ganzen Weg hierhergekommen, um mit dir zu streiten. Egal, was du willst – vergiß nicht, daß ich dir ja nur helfen will. Hör zu, ich hab ein bißchen was gespart. Ich möchte es dir geben.«

»Aber wozu denn? Was soll das denn alles?«

»Na, wenn du nicht nachhause kommst, wirst du deinen Job verlieren. Und wer soll in der Zwischenzeit alles bezahlen? Wer bezahlt die Wachen da draußen? Das muß dich doch ein ganzes Vermögen kosten.«

Er starrte sie an. Seine Mutter traute ihm einfach nicht zu, daß er irgend etwas Außergewöhnliches zustandebringen konnte, weil er nun einmal ihr eigener Sohn war. Sie, die ihm all ihr Erspartes anbot. Seine Mutter, die ihm in Tränen hier in diesem merkwürdigen Salon gegenübersaß und wie gewohnt ihr Haar unter einem Tuch verbarg, weil nur noch so wenig davon da war. Er wußte das. Er wußte, daß sie Schuldgefühle hatte, weil die lange, weite Hose, die sie trug, sechzig Dollar gekostet hatte. Er wußte, daß sie, um das wettzumachen, ihre Bluse in einem billigen Laden für vier Dollar erstanden hatte. Er wußte das alles, weil das die Dinge waren, um die sich seine Mutter den Kopf zerbrach. Sie war einfach nicht fähig, ihrem neunundzwanzigjährigen Sohn, der seinen Traum Wirklichkeit werden ließ, adäquat zu begegnen.

Und darum erhob er sich, ging zu ihr hinüber und

legte seine Arme um sie. »Also mach dir keine Sorgen«, sagte er zu ihr. »Komm, gehen wir raus, und ich zeig dir die Sammlung. Wenn du sie siehst, wird dir schon aufgehen, daß das alles kein Trick ist, damit Barbara nicht mehr zurückkommt.«

Seine Entscheidung war die einzig richtige. Als sie hinaustraten, trocknete sie ihre Tränen. Die Sammlung war genau das, was Menschen wie ihr normalerweise gefallen mußte. Die ganze nächste Stunde lang führte er sie die Gänge entlang, vermied die pornographischen Abteilungen und beobachtete ihr besonderes Entzücken über die ausgestellten Stickereien, die Silbergarnituren, das Geschirr und die Schmuckglasarbeiten. Der gewaltige Kristallbrunnen von F. & C. Osler ließ sie in einen regelrechten Jubelschwall ausbrechen, derweil er ihr erklärte, wie Viktoria und Prinz Albert ihn am Eröffnungstag der Großen Ausstellung von 1851 bewundert hatten. »Nie zuvor«, zitierte er aus dem Gedächtnis, »ist eine Arbeit aus Glas von solchem Guß, Schnitt und solcher Politur von Glasblöcken dieser Größe und solchen Reinheit so durch und durch fehlerlos ausgeführt worden.«

»Aber Tony! Der muß ja ein Vermögen wert sein! Du mußt ja *mehrere* solcher Vermögen hier stehen haben. Meine Güte! Wenn du nur einen winzigen Teil davon verkaufen würdest, müßtest du schon so reich wie Krösus sein.«

»Die Polizei und die amerikanische Regierung sind gerade dabei zu entscheiden, ob die Sachen mir gehören und von mir verkauft werden können.«

»Das ist ja solch eine Pracht«, sagte seine Mutter und starrte am Brunnen empor. »Stell dir nur mal vor, der Brunnen wäre in Betrieb.«

»Er *kann* ja«, sagte er und legte den Hebel um. Federartige Wasserstrahlen schossen über den unvergleichlichen Glanz des Glases hinweg. Die Pilaster schimmerten feucht auf und bildeten ein ganzes Kaleidoskop regenbogenfarbener Prismen.

»Oh, Tony! Das ist schöner als alles, was ich je in meinem Leben gesehen habe!«

Vaterman näherte sich. Er kam, einen großen Packen Post unter dem Arm, vom Bluff Road herüber. »He, Tony! Hast du einen Moment Zeit?«

»Hallo, Fred.«

»Noch viel mehr Zeitungsausschnitte. Ich hab mir gerade ein paar aus Deutschland angesehen. Hier – aus Oberammergau sogar! Dem Heimatdorf meines Vaters.«

»Mutter, das ist Fred Vaterman. Er war der erste Reporter, der über die Sammlung etwas geschrieben hat.«

Überraschenderweise schob seine Mutter ihr Kopftuch schnell in einen etwas flotteren Winkel und lächelte Vaterman an. »Wie geht's? Hat Tony Ihnen schon erzählt, daß sein Vater auch bei der Zeitung war?«

»Nein, Mrs. Maloney, hat er nicht. Schön, Sie kennenzulernen.«

»Ganz meinerseits, Mr. Vaterman. Sie waren also der junge Mann, der darüber die erste Geschichte erzählte?«

»Ja.«

»Es muß doch sehr aufregend gewesen sein, plötzlich all diese Schätze zu entdecken. Ich hab noch nie so etwas gesehen. Finden Sie nicht auch, daß sie hinreißend sind?«

»Aber ja, Mrs. Maloney.«

»Dann kamen Sie einfach dazu und haben sich gleich hingesetzt und geschrieben? Und ich dachte immer, Ihr Zeitungsleute seid so besonders skeptisch. Mein Mann war es jedenfalls. Er hätte sicher gedacht, das wäre ein grober Scherz oder irgend sowas.«

Vatermans Augen wurden zu großen, starren Kreisen. »Grober Scherz?«

»Ja, ich mein ja nur. Ein Streich.«

»Ihr Sohn ist doch wohl kein Scherzbold, oder?«

»Aber nein. Gewiß nicht. Es war nur so, daß ich vorhin, als ich die Sammlung noch nicht mit meinen eigenen Augen gesehen hatte, niemals geglaubt hätte, daß Tony sowas wie das hier erträumen könnte. Ich konnte es einfach nicht *glauben.* Aber jetzt – Sehen heißt Glauben, oder wie das heißt.«

»Und ich? Hätte ich Ihrem Sohn denn nicht glauben sollen?«

»Sieh mal, Mutter, nun lauf doch nicht herum und gib den Leuten den Eindruck, daß ich ein Witzemacher wäre.«

»*Bist* du ein Witzemacher?« fragte Vaterman.

»Siehst du nun? Siehst du, was du getan hast?«

»Es tut mir leid«, sagte seine Mutter. »Hören Sie nicht drauf, was ich sage, Mr. Vaterman. Ich mach mir nur immer solche törichten Gedanken und platze damit immerzu heraus. Übrigens, Tony, da fällt mir gerade ein, ich habe Les versprochen, ihn anzurufen, sobald ich hier bin. Ich will ihn doch mal um Rat fragen.«

»Können wir Onkel Les denn da nicht rauslassen?«

»Aber nein! Wie kannst du nur sowas sagen! Schau mal, ich hab ein Telefon in der Halle gesehen. Ich ruf ihn mal eben schnell an. Hab ja jede Menge Kleingeld bei mir.«

»Mutter, mir wäre lieber, du tätest das nicht.«

»Nur eine Minute«, sagte seine Mutter. Sie ging davon. Vaterman starrte ihrem Rücken hinterdrein.

»Wenn das hier ein dummer Streich ist, dann möchte ich mal wissen, zu was der gut sein soll.«

»Fred, das ist hier kein Witz. Paß auf, ich muß jetzt los und mich rasieren. Ich hab nachher noch ein Interview.«

»Hast du früher gern solche Possen gedreht?«

»Nein, nie.«

In der Motelhalle holte er seine Mutter ein, die gerade die Telefonzelle betreten wollte. »Mutter, ich möchte nicht, daß du hier irgendjemand gegenüber die Wörter grober Scherz‹ nochmal in den Mund nimmst, verstehst du? Was willst du bloß damit erreichen? Mich ruinieren?«

»Welche Zimmernummer hast du, Schatz?«

»Neun.«

»Ich komme zu dir, wenn ich mit Les gesprochen habe.«

»Hast du gehört, was ich wegen des groben Scherzes gesagt habe?«

»Ja, Schatz, ich hab schon gehört.«

In seinem Zimmer zog er sich das Hemd aus und ging ins Bad zum Rasieren. Das Telefon klingelte im Zimmer. Es klingelte wieder. Jemand hob ab. Er hörte, wie Mary Ann mit dem Anrufer sprach. Er fing an, sich zu rasieren. Es wurde ihm klar, daß Mary Ann an der Tür zum Bad stand. »Tony, kann ich Sie einen Moment sprechen?« flüsterte sie.

»Ja, klar.«

»Fred ist irgendwie aufgeregt.«

»Ich weiß schon. Aber das ist völlig albern.«

»Nun, Fred macht sich Sorgen, daß man sich über ihn lustig macht. Sie wissen – ein Deutscher und das alles.«

Maloney drehte sich um und sah sie an. Sofort wandte sie verlegen ihre Blicke von ihm ab. »Sagen Sie«, wollte er wissen, »wie lange kennen Sie Fred eigentlich?«

»Ach, eigentlich schon seit der Zeit, als ich Krach mit meinem Vater hatte.«

»Und wann war das?«

»Och, schon so einiges her. Eine ziemlich komplizierte Geschichte. Aber ich will Sie nicht langweilen damit.«

»Sie langweilen mich doch nicht.«

»Naja, mein Vater war in der Army. Jetzt ist er in Pension. Oh, hallo, Mrs. Maloney. Haben Sie Ihren Anruf erledigt?«

»Ja, vielen Dank. Störe ich?«

»Nein, nein. Ich muß noch einige Briefe zur Post bringen. Bis später, Tony.«

Mary Ann ging.

»Deine Sekretärin begleitet dich also ins Bad.«

»Mutter, bitte hör auf.«

»Ich weiß, es geht mich nichts an. Ich bin ja auch nur hier, um dir zu sagen, daß ich eben nochmal mit Les gesprochen habe. Er hat sich nach den gesetzlichen Möglichkeiten erkundigt. Er sagt, wenn du dich weigerst, innerhalb einer Woche zu deinen Vorlesungen zurückzukehren, hat das Präsidium der Universität automatisch das Recht, den Vertrag mit dir zu annullieren.«

»Er weiß ja nicht, wovon er spricht. Das hat überhaupt nichts mit dem Präsidium zu tun. Das alles geht allein nur die Fakultät was an.«

»Dein Onkel Les ist Jurist. Erzähl mir also nicht, daß er nichts von Verträgen versteht.«

»Er kennt sich nicht in den Belangen der Universität aus.«

»Mag sein. Er versucht ja nur zu helfen. Und er hat schließlich auch sein Teil dazu beigetragen, daß du *überhaupt* an die Uni gekommen bist, das hast du wohl vergessen.«

»Meine Güte, nein. Das weiß ich!«

»Du brauchst dich überhaupt nicht so aufzuregen, Schatz. Ich bin hier, um dir zu helfen und nicht, um mich mit dir zu streiten.«

»Gut, Mutter. Ich sage dir jetzt, was wir tun werden. Heute abend gehen wir beide schön essen, nur wir beide, und dann, morgen früh, möchte ich, daß du dein Flugzeug nimmst und nachhause fliegst. Und vor allem, daß du aufhörst, dir den Kopf zu zerbrechen.«

»Die Kleine mit dem Silberblick, die hat doch wohl was damit zu tun, daß du hierbleibst, oder?«

»Welche Kleine mit welchem Silberblick?«

»Na, Mary Ann Soundso-oder-wie-sie-heißt.«

»Sie hat keinen Silberblick.«

»Nein? Aber es ist deutlich zu sehen, daß sie auf dem rechten Auge schielt.«

»Dummes Zeug.«

»Ach so?! Wenn man wie ich zwanzig Jahre lang Lehrerin in einer Grundschule war und Kindern in die Augen gesehen hat, ob sie in Ordnung sind, dann weiß man ja wohl, ob jemand schielt oder nicht. Möglich, daß man bei ihr ein schlimmeres Schielen operativ beseitigt hat, aber wenn sie entspannt ist, zeigt ihre rechte Pupille eine leichte Abweichung.«

»Sie hat eine kleine Abweichung, eine *ganz* leichte im rechten Auge, ja. Aber jetzt, wo du's sagst – ich finde eigentlich, daß das ganz attraktiv ist.«

»Also hab ich recht! Du bist geschlagen mit diesem Mädchen.«

So war es immer gewesen. Niemand liebte ihn mehr als sie, niemand brachte ihn mehr in Rage als sie, niemand war und niemand würde je der Grund für so viele zerstörte Pläne und Entscheidungen sein und ständig seine Wut schüren. Und so kam er wieder einmal zu dem Ergebnis, daß zu streiten sich nicht lohnte.

»Mutter, ich muß zu meinem Interview. Es wird

höchste Zeit. Sprich mit Mary Ann, damit sie hier für ein Zimmer für dich sorgt. Ich komm dann nachher und hol dich zum Essen ab. Ich möchte gern, daß es ein schöner Abend wird. Und bitte, laß uns nicht streiten.«

»Ich streite nicht, Tony. Du streitest.«

Um acht saßen sie beim Essen. Und – unvermeidbar – sie stritten sich. Sie stritten um einen zweiten Anruf, der seine Mutter von ihrem Bruder erreicht hatte – vom allgegenwärtigen Onkel Les. Nach Onkel Les' Meinung würde Maloneys Geschichte von der Entstehung der Sammlung von keinem Gericht der Welt akzeptiert werden. Also würde man ihm den Rechtsanspruch auf die Sammlung auch nicht geben. Auch was die Annahme betraf, daß die Sammlung wertvoll sei, war Onkel Les anderer Ansicht. Nach Onkel Les' Auffassung würde kein Sammler Stücke erwerben wollen, die sich jederzeit in Luft auflösen konnten.

»Du siehst, Tony, daß das alles ändert, nicht wahr? Es kommt also nicht mehr darauf an, ob die Sachen wertvoll *erscheinen*. Les ist der Ansicht, ihr Marktwert ist gleich Null. Er meint, das wäre, als wollte man eine Spielkarte aus einem Drei-Karten-Gambit kaufen.«

»Ach was. Laß das doch mit Onkel Les.«

»Ich sage ja nur, was er denkt. Wenn du darauf baust, daß diese Sammlung dir deine Zukunft sichern könnte, dann lebst du ganz einfach in einer Traumwelt.«

»Mutter, würdest du jetzt endlich aufhören? Würdest du *bitte* still sein? Geh, fahr nach Hause, tu es um

Himmels willen! Ich wünschte, du wärst gar nicht erst gekommen.«

»Ich sage kein Wort mehr«, sagte seine Mutter. »Ich halte meinen Mund und sehe zu, daß ich morgen früh als erstes hier schleunigst wegkomme. Tut mir leid, daß ich für dich solch ein Ärgernis bin. Wirklich.«

Und so ließ seine Mutter, in Tränen aufgelöst, ihre Kalbsmedaillons unberührt stehen, verließ den Motelsalon und ging auf ihr Zimmer. Später klopfte er an ihre Tür. Sie antwortete nicht.

Am nächsten Morgen wurde er um sieben vom Telefon auf seinem Nachttisch geweckt. »Tony, tut mir leid, wenn ich dich stören muß. Ich weiß, der Mann am Empfang hat gesagt, du wolltest nicht gestört werden. Aber ich habe eben bei der Air Canada angerufen, und der einzige Nonstopflug nach Toronto geht mittags. Wenn ich also gleich nachhause fahre, wie du es ja wünschst, dann muß ich jetzt sofort nach San Francisco fahren. Ich rufe eben ein Taxi und sag dir dann Auf Wiedersehen, wenn es da ist. So in zehn Minuten, ja?«

»Ich zieh mich eben an«, sagte er. »Laß das mit dem Taxi. Wir finden hier einen Wagen für dich, Mutter. Ich würde dich ja selbst fahren, aber ich hab dir ja schon erzählt, wenn ich weggehe von hier, dann regnet es.«

»Ich will bloß keine Umstände mehr machen.«

»Das sind doch keine Umstände.«

Er fand die Privatnummer von Mary Ann, die sie ihm für dringende Fälle dagelassen hatte.

»Klar, Tony, ich versteh schon. Ich fahre sie gerne. Ich hol sie dann gleich ab und bin nachmittags wieder hier.«

»Hör mal, ich darf doch Du sagen? Wenn du zurückbist, vielleicht willst du und Fred heute abend mit mir zusammen was essen?«

»Ich denk doch. Gerne. Aber ich rede lieber erstmal mit Fred.«

Zwanzig Minuten später kam Mary Ann, um die Schlüssel für seinen Mietwagen zu holen. Er ging hinunter in die Halle und sah, wie seine Mutter gerade aus ihrem Zimmer kam und ihren Koffer trug, Kopftuch, Hose, den alten Mantel mit dem Nerzkragen, der früher ihr ganzer Stolz gewesen war. Sie hatte ihn nicht gesehen, und während er stehenblieb und sie beobachtete, drehte sie sich um und ging auf den Ausgang zu. Er war plötzlich bewegt, ging hinter ihr her und hielt sie fest, als wollte er sie am Weggehen hindern.

»Tony, Schatz, was ist los? Warte, ich stell nur den Koffer ab.«

Er hielt sie umarmt. Er sprach kein Wort.

»Alles in Ordnung? Was ist los?«

»Nichts, nichts. Ich hab einen Wagen für dich.«

»Das wär aber nicht nötig gewesen.«

Er gab ihr einen Kuß auf die Stirn. »Ach was, nichts dabei.«

Arm in Arm gingen sie zum Wagen. »Mutter, das mit gestern abend tut mir leid. Wirklich. Sehr.«

»Mir auch, Junge. Ich hätte nicht wieder mit Les anfangen sollen.«

»Wir bleiben in Verbindung«, sagte er zu ihr. »Ruf mich heute abend an, wenn du angekommen bist, hörst du? Ich werde das alles hier schon irgendwie klarkriegen.«

»Ich hoffe, Schatz, ich hoffe es sehr.«

Er legte ihren Koffer in den Kofferraum.

»Guten Morgen, Miss McKelvey.«

»Guten Morgen, Mrs. Maloney.«

»Sehr lieb von Ihnen, daß Sie mich fahren. Ich fürchte, Sie halten mich für schrecklich aufdringlich.«

»Aber nein. Keine Sorge.«

Er stand da, das Gesicht seiner Mutter zugewandt. »Na ...«, fing er an. Was aber konnte er ihr sagen? Sie war so weit gereist für ein so hoffnungsloses Unternehmen. Und er hatte gesagt, daß er sie hier nicht haben wollte.

Als er so vor ihr stand, starrte sie zu ihm empor, als wäre er für sie ein unerforschlicher Fremdling, dessen Sprache sie nicht beherrschte. »Hör mal«, sagte sie schließlich, »egal, was auch geschieht, mach dir keine Sorgen, Schatz. Denk daran, daß es immer einen Platz für dich gibt. Denk daran, ja?«

»Einen Platz?« fragte er borniert.

»Ja, natürlich, einen Platz. Ich meine dein Zuhause. Ich kann in dem leeren Zimmer jederzeit für dich ein Bett herrichten.«

V

Am Tag der Abfahrt seiner Mutter erlebte Maloney einen neuen wichtigen Besucherstrom von Experten. Denn an diesem Morgen begann die Forschungsgruppe der Vanderbilt-Universität unter der Leitung von Dr. I. S. Spector mit einer Serie auf Tonband und Film mitgeschnittener Versuche und Interviews, die später das originale Referenzmaterial für alle Gelehrten und alle Reporter werden sollte, die mit der Untersuchung der Erschaffung jener Sammlung beschäftigt sein würden. Außerdem kamen am Nachmittag des selben Tages zudem auch noch Henry Prouse, der Regius-Professor für Geschichte an der Universität von Saskatchewan, und Charles Hendron, der Direktor des Dulwich Memorial Trust, an. Beide galten als hervorragende Gelehrte und Kenner der viktorianischen Zeit und waren die gemeinsamen Verfasser eines zweibändigen Werkes mit dem Titel *Die Wohnhäuser im viktorianischen London.*

Die Management Incorporated verfügte über eine exzellente Forschungsabteilung. Einige Jahre zuvor waren *Die Wohnhäuser im viktorianischen London* im *Times Literary Supplement* verrissen worden. Die anonyme Rezension entstammte der Feder von Yale-Professor H. F. Clews.

Keine drei Stunden nach ihrer Ankunft und der ersten Inspektion der Hauptteile der Sammlung beriefen die neuen Experten eine Pressekonferenz ein.

»Ganz im Gegensatz zu einigen kürzlich erschienenen Berichten in der populären Presse«, bgann Hendron, »ist unsere Ansicht nach der vorläufigen Prüfung die, daß diese Sammlung viele Originalstücke enthält, die zuvor lediglich in Illustrationen oder schriftlichen Beschreibungen der Ära Viktorias oder Edwards angetroffen werden konnten. Allein schon aus diesem Grunde muß die Carmel-Sammlung ganz ohne Zweifel angesehen werden als die größte Einzelkollektion von Viktoriana, die in unserem Jahrhundert entdeckt worden ist.«

Professor Prouse, der sich dieser Ansicht anschloß, ging noch weiter. »Die Tatsache, daß sogar Sir Alfred Mannings, der Generaldirektor der British Imperial Collections, zugeben mußte, er sei nicht in der Lage gewesen, bestimmte, hier gezeigte bekannte Stücke von den Originalen in seinem eigenen Besitz zu unterscheiden, legt doch die Annahme nahe, daß diese Sammlung tatsächlich auf eine bisher völlig unbekannte Art und Weise ins Leben gerufen worden sein *muß*. Ich selbst glaube nicht an Okkultismus. Ich bin ein Liberalhumanist, vom Temperament her Agnostiker. Und trotzdem muß ich ehrlich gestehen – heute, auf diesem Parkplatz, da befand ich mich in der Gegenwart dessen, was vielleicht das erste ganz und gar säkulare Wunder in der Geschichte der Menschheit geworden ist.«

Die anwesenden Reporter rannten zu ihren Schreibmaschinen. Vaterman, der die ganze Bande anführte, verfaßte eine enthusiastische Presseerklärung, die er überschrieb:

NEUE PRÜFUNG DURCH EXPERTEN
OFFENBART GROSSE VIKTORIANA-SAMMLUNG
ALS »SÄKULAR-WUNDER«!

Später an diesem Nachmittag ließ Brewster verlauten: »New York zeigt sich durch die neue Entwicklung sehr beeindruckt. Sie wollen darüber kommenden Montag eine ganze Seite machen, mit einem Stück von mir, einem Kasten von Professor Prouse und einem schönen Fototableau. Das müßte helfen.«

Es gab noch andere ermutigende Zeichen. Zwei Fernsehstationen forderten Interviews an. Bourget erhielt Anrufe von Reportern, die ihn nach freien Zimmern fragten. Durch das Sea Winds Motel wehte ein neuer, optimistischer Wind.

Kurz nach fünf Uhr befand Maloney sich auf seinem täglichen Rundgang durch die Sammlung, als er Vaterman und Mary Ann auf den Parkplatz zukommen sah.

»Hallo. Wie war die Fahrt? Ging mit meiner alten Dame alles glatt?«

»Alles. Sie ist ja eine *so* nette Frau.«

»Ömm«, sagte Vaterman säuerlich.

»Was ist los, Fred?«

»Fred zerbricht sich noch immer den Schädel wegen der Dinge, die Ihre Mutter gesagt hat«, erklärte Mary Ann.

»Fred, ich gebe Ihnen mein Wort: Meine Mutter weiß nicht, was sie sagt. Aber was ist nun? Essen um sieben?«

Vaterman seufzte tief auf. »Wie Sie meinen.« Er wandte sich Mary Ann zu: »Ich möchte mit dir reden, aber allein.«

»Klar, Fred. Entschuldige uns, Tony.«

»Aber ja doch.«

Sie gingen.

Es wurde sieben, die Zeit verstrich, aber von den beiden war weit und breit nichts zu sehen. Tony wartete in der Halle und fühlte sich untröstlich. Es wurde acht, als Brewster ihn fragte, ob er mit ihm zu Abend essen wollte. Verstört und wütend auf Vaterman und Mary Ann, ohne jedes Engagement für diese Art von Gesellschaft beim Essen, dinierte Maloney dann doch, und zwar in einer großen Gruppe, zu der schließlich noch Dr. Spector und zwei Herausgeber eines japanischen Verlagshauses stießen. Zweimal ließ er Mary Ann kleine Botschaften auf ihr Zimmer bringen, aber beide Male wurde ihm bedeutet, sie sei noch nicht wieder eingetroffen. Um zehn rief er beim *Monterey Courier* an und erfuhr, daß Vaterman am Abend gegangen war. Dann versuchte er es in Vatermans Wohnung in Monterey, erwischte dort aber lediglich den Auftragsdienst.

Wo aber konnten sie dann sein? Um halb elf, der Fragen von Dr. Spector und journalistischen Anekdötchen von Brewster überdrüssig, erhob Maloney sich und entschuldigte sich. Dr. Spector, ein stattlicher Mann mit hochgezogenen Schultern und gebeugter Haltung, lehnte sich dicht zu ihm herüber. »Sie sind müde, was? Sie sehen jedenfalls so aus.«

»Ja, etwas, ja.«

»Dann sollten wir Sie hier nicht festhalten. Sie dürfen sich wegen des Traumvorgangs keine grauen Haare wachsen lassen. Träumen Sie gut, und wir, wir können unsere Diskussion ja auch gut morgen fortsetzen.«

Maloney ging auf sein Zimmer. Wie gewohnt verriegelte er auch jetzt die Tür, um sich zurückzuziehen. In diesem Augenblick aber hatte er das Gefühl, daß irgend etwas nicht in Ordnung sein konnte und rannte zum Fenster. Unter ihm, auf dem Parkplatz, kam der Lichtkegel der Lampe des Wachmanns in Sicht, wie er sich den Gang hinuntertastete. Der Lichtstrahl eines zweiten Wächters kreuzte ihn. Beide Lichter wirbelten in zufälligen Bögen durcheinander, als sich die beiden Wachleute trafen und sich Zigaretten ansteckten. An diesem Punkt zog er sich – heimlich und obwohl er nicht wußte warum – die Schuhe aus, zog sich auf die Fensterbank hinauf und kletterte hinunter. Heimlich steuerte er auf Gang Nr. III, Stand IV zu, jenen Platz, der seine Schätze vor den ewig prüfenden Blicken von außen verborgen hielt, behielt dabei aber die Lichtkegel im Auge und bückte sich dann beim Eintreten durch die Tür, vor der eine Arbeit von Matthew Cotes Wyatt stand – die Bronze- und Marmorstatue eines großen Neufundlandretrievers, der in höchst nobler

Haltung auf eine sich windende Schlange trat. Die Inschrift auf der Fußplatte dieses Standbildes lautete: BASHAW: DER TREUE FREUND DES MENSCHEN ZERTRITT SEINEN HEIMTÜCKISCHSTEN FEIND. Er ging an Bashaw vorbei, der dort stand, als sollte er den Eingang bewachen, und bewegte sich von der Dunkelheit draußen in den schwachen, goldenen Schein einer Öllampe, deren Flamme kleingestellt war. Der Stand enthielt die Ausstellung eines Schlafzimmers, deren Zentrum ein reich verziertes französisches Himmelbett darstellte. Etwa 1851 in Birmingham gebaut, war das Bett aus lackiertem Metall gearbeitet, mit Papiermaché-Täfelungen verziert, die ihrerseits bemalt und bronziert waren, und der Himmel war rundherum geschmückt mit in Seide gebundenen Troddeln. Auf einer Seite des Bettes saß Mary Ann. Sie trug ein viktorianisches Abendkleid aus pflaumenblauem glattem Samt mit gebauschtem Rock und Keulenärmeln, dazu schwarze Seidenstrümpfe und schwarze Samtpumps. Auf einem Stuhl im Halbdunkel auf der anderen Seite des Ausstellungsteils saß, wachsam und mißtrauisch, Vaterman.

»Hallo, Tony.«

Schweigend starrte er sie an. Sie wandte sich Vaterman zu. »Ich hab noch nicht mal die Lampe angehabt, als er schon den Gang runterkam. Also kann er uns von seinem Zimmer aus gar nicht gesehen haben.«

Vaterman zuckte leicht mit den Achseln, als überzeugte ihn das nicht.

Dann wandte Mary Ann sich Maloney zu. »Sie haben *gespürt*, daß wir hier sind, nicht wahr?«

»Nein, nicht ganz. Als ich vorhin in mein Zimmer kam, hatte ich nur das Gefühl, daß irgend etwas hier draußen nicht stimmen konnte. Ich konzentrierte mich, und irgend etwas sagte mir dann, daß einige Stücke aus der Jane A. Wooten Trust Collection hierher, in diese Schlafzimmerausstellung in Stand IV, gebracht worden sein mußten.«

»Kleider. War das alles?«

»Ja, das Kleid da, Strümpfe, Schuhe, ein Korsett, Unterwäsche.«

»Aber Sie wußten, du wußtest nicht, daß ich hier war und sie trug?«

»Nein.«

Sie errötete. »Vielleicht gut so. Mir wär nicht wohl bei dem Gedanken, daß du Röntgenaugen haben könntest.«

Jetzt wurde er rot. »Nein, nichts dergleichen.«

»Trotzdem – sind diese Sachen hier nicht einfach toll?« fragte sie. »Das Korsett zum Beispiel. Wie haben die das bloß gemacht? Ich bin doch nicht dick, alles, aber das nicht. Aber ich kriege es einfach nicht zu.«

»Kammerzofen haben sie früher zugeschnürt. Schmale Taillen waren damals das A und O. Wespentaillen nannte man das.«

»Oh! Und die Höschen da sind ja auch reichlich merkwürdig.«

»Schlüpfer. Man nannte sie richtig Schlüpfer.« Er blickte betreten zu Vaterman hinüber, der schweigend dasaß wie ein Richter.

»Aber die fühlen sich ja an, als wär hintenrum überhaupt gar nichts.«

»Sie, ähm, sie sind hinten-äh offen. Da sind-äh Knöpfe, um äh, um sie hinten aufmachen zu können.«

»Oh?« Zu seiner gewaltigen Überraschung hob sie den Saum ihres pflaumenfarbenen Kleides und entblößte makellos schöne Beine in schwarzen Seidenstrümpfen und gelblichvioletten Strumpfbändern. Sie langte unter den Saum des Kleides. »Oh ja, ja, ich hab sie. Knöpfe. Moment.«

Sie kniete sich auf das Bett und tat das, als kniete sie sich in einen Beichtstuhl, und mit beiden Händen fummelte sie hinter sich unter ihrem Kleid herum. »Ja, da. Genau. Das ist ja gut.« Sie ließ das Kleid wieder fallen und setzte sich auf das Bett zurück. »Ich hab mich nur hinten so nackt gefühlt.«

Maloney war heiser. Er räusperte sich. »Naja, Sie sind mit Sicherheit, was dieser Sammlung noch gefehlt hat – ein lebendiges, echtes, viktorianisches Mädchen. Sie sehen aus wie eine Figur aus einem präraphaelitischen Gemälde.«

Plötzlich, ganz unvermittelt, fiel sie in ihre gewohnte Schüchternheit zurück, wand sich und ließ den Kopf hängen. Maloney drehte sich zu Vaterman herum. »Haben Sie denn vergessen, daß wir zum Essen verabredet waren?«

»Es tut mir sehr leid«, sagte Vaterman. »Wir mußten Sie täuschen, damit wir dieses Experiment durchführen konnten.«

»Was für ein Experiment?«

»Erzähl es ihm«, sagte Vaterman zu Mary Ann.

»Nein, mach du's.«

»*Du* tust das«, sagte Vaterman laut, »es war ja schließlich deine Idee.«

»Naja«, begann Mary Ann in ihrer tiefen, stets drängenden Stimme. »Was wir gemacht haben war, uns hier nach sechs, als die Tageswachen Feierabend hatten, zu verstecken. Wir hatten vor, diese Sachen, die ich anhabe, nach Mitternacht in mein Apartment zu bringen, wenn die Nachtwachen Essenspause machen. Ich sagte zu Fred, wenn du heute nacht träumen würdest, dann würdest du in deinem Traum auch erfahren, daß diese Sachen fehlen. Und ich hatte ja recht. Es ist genau, wie es in diesem Magazin gestanden hat. Sie, äh, du bist Hellseher.«

»Vielleicht ist er einer, vielleicht aber auch nicht«, sagte Vaterman. »Er könnte bemerkt haben, daß sich hier unten irgendwas bewegt hat, als er aus dem Fenster gesehen hat.«

»Wollt Ihr damit sagen, daß ich lüge?« fragte Maloney.

»Nein, aber du vergißt eins. Es fehlen noch andere Objekte. Du hast sie nicht erwähnt. Die sind aber genauso von ihren Ständen weggeholt worden.«

»Was für Objekte??« Maloney stierte Vaterman an und hörte sich sogleich wie in Trance sagen: »Du hast zwei Briefbeschwerer aus Glas in deiner linken Tasche. Und du hast unter deinem Hemd eine Haarbürste im indischen Stil mit Elfenbeinrücken.«

»Da siehst du's!« triumphierte Mary Ann, setzte sich im Bett auf und klatschte in die Hände. »Ich hatte recht. Er wußte es. Es stimmt also doch alles!«

»Es tut mir leid.« Vaterman nahm die Sachen aus seiner Tasche. »Ich freu mich ganz genauso. Ich hatte mich in dir getäuscht. Du bist eben ein Genie.«

»In Ordnung jetzt. Niemand bewegt sich. Still da drüben.«

Ein Wachmann stand mit gezogenem Revolver am hinteren Ende des Ausstellungsraumes und hielt sie in Schach. »Oh, verzeihen Sie, Professor. Ich wußte nicht, daß Sie es sind.«

»Schon gut«, sagte Maloney. »Wir wollten gerade gehen.«

»Hab Sie nicht kommen sehen, Sir. Dachte schon, wir kriegen zum erstenmal Ärger.«

»Schon alles klar, Hollis. Gute Nacht.«

»Gute Nacht, Sir.«

Der Wärter zog sich zurück und steckte seine Pistole ins Halfter zurück.

»Na, ich denke, wir sollten auch ruhig ins Bett gehen«, sagte Vaterman.

Maloney ging zu der Lampe hinüber. »Fertig? Dann mach ich die hier aus.«

»Oh, warten Sie.« Mary Ann erhob sich. »Ich sollte aber schnell noch diese Sachen hier ausziehen. Vielleicht könnt Ihr einen Moment draußen warten?«

»Achgottachgott«, sagte Vaterman. »Was da schon dabei ist! Wir gucken schon nicht.«

Und so fand sich Maloney mit dem Blick auf eine Mahagonikommode mit Schubfächern, Baujahr 1838, wieder, derweil er hinter sich Rascheln hörte – Mary Ann entledigte sich der Teile K bis R aus der Jane A. Wooten Trust Collection.

»Übrigens«, sagte Vaterman, »New York hat heute nachmittag angerufen und gesagt, Radiodiffusion française will kommenden Montag ein Fernsehinterview haben. Ist das so in Ordnung?«

»Montag? . . . Jaja«, sagte Maloney beklommen.

Links von ihm, neben der Öllampe, stand ein viktorianischer Toilettentisch mit zwei Schubläden. Auf dem Tisch stand ein größerer ovaler Frisierspiegel, der um dreißig Grad geneigt war. Maloney mußte sich nur ganz wenig bewegen, um sehen zu können, wie Mary Ann das blaue Satinkorsett auszog, jenes Korsett, das sie zuvor nicht hatte festzurren können.

»Du weißt Bescheid wegen des Interviews mit Dr. Spector und den Vanderbiltleuten morgen früh? Um zehn im Salon.«

Jetzt stand sie mit dem Rücken zu ihnen und trug lange Baumwollschlüpfer und schwarze Seidenstrümpfe, rüschenbesetzte Moiré-Strumpfbänder und schwarze Samtpumps mit Silberschnallen. Und während Maloney auf Vatermans Frage eine bestätigende Antwort murmelte, bewegte sie sich direkt in den Spiegel und knöpfte das Hinterteil des Unaussprechlichen auf.

»Ach ja«, sagte Vaterman. »Als ich heute diese Story schrieb, da habe ich entdeckt, daß das nicht Vanderbilt, sondern die Duke-Universität war, wo sie sich zuerst mit diesem Gebiet der außersensorischen Wahrnehmungen beschäftigt haben.«

Eine Sekunde lang lähmten die weißen Rundungen ihres hübschen Hinterns Maloneys Aufmerksamkeit.

»Ja«, sagte er. »Dr. J. B. Rhine an der Duke.«

Er konnte hören, wie ein Kleidungsstück leicht zu Boden fiel. Er versuchte, sich in einen neuen, günstigeren Winkel näher an den Spiegel zu manövrieren.

»Versuche mit den Zufallsgesetzen, nicht wahr?« fragte Vaterman.

»Ja. Mit Karten und Würfeln.«

Ohne Schlüpfer setzte sie sich, streifte die Moiré-Strumpfbänder ab und rollte die schwarzen Strümpfe hinunter. Nackt erhob sie sich wieder und griff nach ihrem eigenen dunkelroten Kleid. In diesem Moment drehte Vaterman sich zu ihr um und fragte: »Na, bald fertig?«

»Ja, noch eine Sekunde.«

Vaterman schaute sie an. *Er* durfte sie anschauen. In diesem Augenblick überkam Maloney zum erstenmal ein Gefühl der Eifersucht, und er drehte die Öllampe bis auf ein winziges, flackerndes Streichholzflämmchen hinunter.

»Oh je, wo sind jetzt bloß meine Schuhe?«

»Hier. Ich hab sie«, sagte Vaterman.

»Tony, können Sie die Lampe bitte einen Moment noch etwas heller machen? Was soll ich mit den Sachen machen?«

»Ich bring sie schon zurück.«

»Nein, lassen Sie mich das machen. Schließlich hab ich sie ja auch geholt.«

»Ich weiß schon, wo sie hingehören«, sagte Maloney, drehte sich um, sah sie an und kniete sich dann hin, um die Kleidungsstücke aufzusammeln. Sie waren noch warm von ihrem Körper.

Vaterman nahm ihren Arm. »Ich bring dich nachhause.«

»Okay. Dank dir. Gute Nacht, Tony.«

»Gute Nacht, Mary Ann.«

Sie gingen vor ihm hinaus. Er folgte ihnen in das warme Mondlicht des Pazifik und blieb dann stehen. Er hielt die Kleidungsstücke fest, lauschte, bis der Klang ihrer Schritte verhallt war. Dann, plötzlich, verstohlen, animalisch, barg er sein Gesicht in dieser, ihrer Seide.

VI

HIER DER BRIEF VON DR. I. S. SPECTOR AN DR. James Whatmore, einen Psychiater, geschrieben zehn Tage nach dem Beginn der Vanderbilt-Universitäts-Experimente.

Lieber Jim,

Dank Dir für Deinen Brief. Besonders interessiert haben mich Deine Fragen und Kommentare hinsichtlich des Problems, wie unser Mann die Strapazen erträgt, ständig den gleichen Traum zu träumen. Dies ist, da stimme ich zu, entscheidend für den präkognitiven Aspekt und ist, was ich schon angedeutet habe, in Beziehung zu bringen mit den Schwierigkeiten, die vor einigen Jahren in Zusammenhang mit den Dement-Fischer-Versuchen aufgetaucht waren. Ich glaube, die Abschrift eines Interviews, die ich Dir am Schluß gebe, könnte Dich interessieren. Aber zuerst, bevor ich versuche, Dir Deine Fragen über unbewußten oder Traum-Streß zu beantworten, will ich einige der Streßerscheinungen im bewußten Zustand unseres Schützlings während seiner Wachstunden erwähnen.

Zuerst macht er sich Sorgen, seine Position als Professor für Geschichte an der McGill-Universität zu verlieren. Weil er in der letzten Woche nicht zu seinem Unterricht zurückgekehrt ist, hat der Chef seiner Fakultät ihn suspendiert. Er befürchtet, daß seine Gegner in akademischen Kreisen in unangemessener Weise die erotischen Aspekte der Sammlung betonen und seine Berichterstattung über ihre Schöpfung konsequenterweise anzweifeln. Das ist natürlich ein wesentlicher Teil seines Gesamtproblems, wie er den Leuten diesen unglaublichen Vorgang plausibel machen kann. Bis jetzt jedenfalls ist seine Berichterstattung darüber, wie die Sammlung entstanden ist, in weiten Kreisen immer noch als nicht glaubhaft anerkannt. Während einige Blätter mit Massenauflagen besonders in Europa unkritisch über das Ergebnis geschrieben haben, sind seriöse Berichte in den Medien aufmerksam, ja sogar skeptisch verfolgt worden. Das irritiert ihn. Tatsächlich ist eine gewisse paranoide Tendenz in seiner Reaktionsweise auf ungünstige Kritiken zu diagnostizieren.

Dann ist da das Problem der Unzugänglichkeit der Sammlung. Weil sie noch nicht für die Öffentlichkeit zur Besichtigung freigegeben wurde, vermuten viele Leute dahinter irgend einen Trick. Die Wachen hier haben berichtet, daß pro Tag etwa 200 Leute abgewiesen würden. Eine ganze Reihe dieser enttäuschten Schaulustigen äußert sich beleidigt und verärgert, was Maloney in seinem Motelzimmer dann sehr gut hören kann.

Schließlich ist da die Untersuchung seiner Geschichte durch die Polizei, eine Untersuchung, durch die er sich – wie er angibt – nicht im geringsten belästigt fühlt, da sie nichts Unrechtes zutagezufördern imstande sei. Wie dem auch immer sei – sogar ein Unschuldiger wird sich belästigt und sogar ein wenig schuldig fühlen, wenn er zum erstenmal in seinem Leben zum Gegenstand einer kriminalpolizeilichen Ermittlung wird.

Ich bin abgeschweift, ich weiß. Du hast mich um die Beschreibung eines typischen Tagesablaufs im gegenwärtigen Leben unseres Falles gebeten.

Der Tag beginnt (für uns alle hier), wenn Maloney morgens aufwacht. Gewöhnlich ist das zwischen acht und neun Uhr früh der Fall. Er hat sich, wie er mir sagte, angewöhnt, nach dem Aufwachen sofort aufzustehen und zum Fenster zu gehen, um durch einen Blick nach draußen festzustellen, ob die Sammlung noch da ist. Er klagt darüber, sich beim Aufwachen ständig in einem angespannten und gereizten Zustand zu befinden, weil es »erschöpfend ist, Nacht für Nacht immer nur den gleichen Traum zu haben«. Kurz nach neun kommt seine gegenwärtige Sekretärin, eine Miss McKelvey, und bringt ihm Kaffee, seine Post und die Zeitungen. Um zehn kommt er in unsere Suite herüber und unterzieht sich dieser oder jener unserer täglichen Test- oder Interviewserien. Das geht so bis um Mittag, wenn er pausiert, um im Salon des Motels gemeinsam mit Miss McKelvey und einem jungen Mann namens Vaterman, der die Public-Relations-Angelegenheiten für die Sammlung betreut, ein leichtes Mittagessen einzunehmen. Mit diesen beiden jungen Leuten scheint er übrigens am vertrautesten zu sein, zumal sie sich in ihrer Art zu kommunizieren von der Norm für ihre Generation nicht unterscheiden.

Nach dem Essen widmet Maloney sich in der Regel eine Stunde lang Gesprächen mit Juristen und Verlagsleuten, in denen es dann um zukünftige Pläne sowie Finanzierungsaspekte für die Ausstellung geht. All das wird gehandhabt von einem Unternehmen namens Management Incorporated und hat für ihn, gerade auch in Hinblick auf die mögliche Demission von seiner Universitätsposition, bemerkenswerte Bedeutung angenommen.

Von drei bis fünf Uhr nachmittags gibt er Interviews für Zeitungs- und andere Medienleute, die um diese Interviews zuvor gebeten haben. Von fünf bis sechs besucht er die Sammlung, dies häufig in Begleitung von Gelehrten und anderen Experten, die um die Zusage eingekommen waren, ihn treffen und die Ausstellungsstücke ansehen zu dürfen. Das ist ganz ohne Zweifel seine glücklichste Stunde. Es macht ihm Spaß, auf Details hinzuweisen und sich zu erinnern, in welchem Museum, welchem Buch oder welcher Gruppe von Illustrationen er jene Objekte schon gesehen habe, die bisher noch in keiner anderen Sammlung entdeckt worden seien. Hin und wieder aktiviert er die Wasserpumpe für den Kristallspringbrunnen im Zentrum oder klettert ins Führerhaus der »Folkstone«, einer Lokomotive der South Eastern Railway Company, die er sehr gerne hat. Zu anderen Gelegenheiten hält er Vorträge über bestimmte Teilsammlungen, setzt einen Webstuhl in Betrieb oder demonstriert die Arbeitsweise einiger beweglicher Objekte, wie beispielsweise eines Klappstuhls für Behinderte.

Um sechs Uhr abends erscheint er in unserer Suite zu

einer weiteren Stunde mit unserem Team. Für gewöhnlich gehören dazu Versuche um präkognitive, telepathische oder hellseherische Fähigkeiten mithilfe parakinetischer und psychokinetischer Methoden, sowie Würfeln, Karten und anderer Stimuli. Außerdem werden in manchen dieser Sitzungen auch EEG-Studien betrieben. Bis jetzt allerdings gibt es bei ihm keinerlei Anzeichen für Fähigkeiten außerhalb der herkömmlichen Zufallsstrukturen, noch ist er in Trancezustände verfallen, wie wir sie auch normalerweise mit Sensitiven assoziieren können.

Kurz nach sieben endet sein öffentlicher Tagesablauf. Früher aß er unten im Motel, aber jetzt geht er in das Apartment seiner Sekretärin. Er und Vaterman helfen ihr beide, es umzudekorieren. So hat er also in den letzten fünf Tagen mit ihr und Vaterman dort gegessen. Er sagte mir, daß er, wenn er in sein Zimmer zurückgeht, gleich ins Bett zu gehen pflegt, noch etwa eine Stunde lang fernsieht und das Licht etwa um elf Uhr abends ausmacht. Und jede Nacht bisher hat er den Traum geträumt, den ich dir in meinem ersten Brief von hier beschrieben habe – der, in dem er seine Sammlung bewacht, bewundert und durchstreift.

Ich habe einen typischen Tag skizziert. Ich muß aber nochmals betonen, daß, seit ich ihn kenne, Maloney sich kein einziges Mal – im Unterschied zu anderen sensitiven Typen, die wir studiert haben – zurückgezogen hat in irgendwelche Phasen der Trance oder der Phantastereien. Dennoch beschäftigt ihn obsessiv, wie du aus dem nachfolgenden Transkript eines Tonbandgesprächs ersehen kannst, die Idee einer völlig neuen Phantasie.

Frage: Was fühlen Sie, wenn Sie jeden Morgen aufwachen und entdecken, daß die Sammlung noch immer da ist?

Maloney: Zuerst empfinde ich so etwas wie Erleichterung und Freude. Oder besser: *Beruhigung*. Aber im Verlauf des Morgens beginne ich mich deprimiert zu fühlen.

F.: Möglicherweise tut es Ihnen leid, daß Sie die Sammlung erschaffen haben?

Maloney: Nein, so würde ich das nicht sagen. Es macht mir großes Vergnügen zu wissen, daß ich das getan *habe*. Aber das muß eben anerkannt werden, wirklich, ich meine, von seriösen Leuten. Für mich wäre natürlich die ideale Antwort die, einen anderen eigenen Traum zum Leben zu erwecken. Das würde alle Probleme lösen. Das wäre halt der einzige Weg, die Leute auch an diesen Traum hier glauben zu lassen.

F.: Haben Sie jemals das Folgende erwogen: Nehmen wir mal an, in dem selben Augenblick, in dem Sie einen neuen Traum haben und ihn zum Leben erwecken, verschwindet der alte Traum, also die Sammlung. Hätten Sie da nicht das Gefühl, Ihren ursprünglichen Traum gewissermaßen »verraten« zu haben?

Maloney: Ja, das wäre gut möglich. Aber ich bin längst dabei, die Sammlung zu »verraten«.

F.: Wieso? Ich verstehe nicht.

Maloney: Nun, ich habe eine Option darauf an ein Konsortium von Geschäftsleuten verkauft, denen mein Agent vorsteht. Die zahlen alle meine Unkosten ein halbes Jahr lang unter der Voraussetzung, daß ich meinen Erstanspruch auf die Ausstellungsrechte abtrete.

F.: Warum haben Sie das getan?

MALONEY: Weil sie zu groß ist, als daß ich mich alleine um sie kümmern könnte. Diese Wachen fressen eine Menge Geld. Und da sind die Gehälter für meine Sekretärin und für Vaterman und meine eigenen Ausgaben. Und außerdem – wenn die Sammlung der Öffentlichkeit zugänglich gemacht werden soll, dann wird es noch eine Menge kosten, Eintrittskarten-Verkaufsstellen einzurichten und so weiter. Und dann habe ich noch ein Verfahren laufen, so daß ich mir Anwälte nehmen mußte.

F.: Ein Verfahren?

MALONEY: Der Staat Kalifornien versucht, seinen Anspruch auf die Sammlung einzuklagen, weil sie hier aufgetaucht ist.

F.: Aber es bestehen doch gute Chancen, daß das Gericht zu Ihren Gunsten entscheidet, nicht wahr?«

MALONEY: Ich hoffe schon. Aber ich frage mich, ob der ganze Aufwand lohnt.

F.: Wie meinen Sie das?

MALONEY: Ich meine, ich frage mich, ob irgend etwas dieser Art es wert ist, daß man ihm sein ganzes Leben widmet. Ehrlich gesagt, mein Instinkt sagt mir gerade: Geh nachhause, vergiß die Sammlung und versuche, deinen alten Job wiederzukriegen.

F.: Und »vergiß, einen neuen Traum zu träumen«?

MALONEY: Darf ich *Sie* mal was fragen? Würden Sie Ihre gegenwärtige Karriere als Wissenschaftler aufgeben, wenn Sie irgend einen Traum hätten und der dann Wirklichkeit werden würde?

F.: Naja, ich würde vielleicht, wenn ich zum Beispiel das Heilmittel für irgend eine schwere, bisher unheilbare Krankheit erträumen könnte.

Maloney: Richtig: Aber solche Träume sind mir nicht möglich. Ein Mensch kann halt nur von Dingen träumen, die er kennt. Und mein Bereich sind nun mal die Viktorianer.

F.: Theoretisch müßte es mit Hilfe von Studien möglich sein, die Traumkräfte eines Menschen zu verändern. So wie Sie durch Ihre Studien von Viktoriana befähigt worden waren, diese Sammlung zu erträumen.

Maloney: Ja, daran habe ich auch schon gedacht.

F.: Gibt es etwas, was Sie gerne studieren würden, um einen neuen Traum träumen zu können?

Maloney (erregt): wir sollten eine Pause machen. Ich denke, für einen Tag habe ich genug gesagt.

VII

DAS TELEFON STÖRTE IHN AUS DER ORDNUNG seines Traumes auf und transportierte ihn mit seinem frühen Klingeln hinein in die Unordnung der Wirklichkeit. Es brachte ihn von seiner nächtlichen Patrouille zu einer Stimme, die verzerrt und dennoch sofort vertraut war.

»Tony, bist du's?«

»Wer ist da?« fragte er völlig unnötigerweise.

»Ich bin's. Barbara. Hast du noch geschlafen?«

Er gab keine Antwort.

»Na, überrascht dich das nicht, daß ich hier bin?«

»Ich hab jedenfalls nicht damit gerechnet.«

»Ich rufe wegen unserer sogenannten Verabredung an. Die sollte eigentlich am Mittwoch stattfinden, nicht?«

»Ja, ja«, sagte er. »Ich hätte dir schreiben sollen. Es tut mir leid.«

»Ah ja. Ich höre, du hast deinen McGill-Job aufgegeben?«

»McGill scheint eher *mich* aufgegeben zu haben.«

»Und ich hab auch gehört, du willst das Apartment vermieten?«

»Na, na, das steht noch nicht fest. Bis jetzt steht

überhaupt noch nichts fest. Diese Situation ist total anomal, verstehst du? Ich meine, diese Sache, die mir hier passiert ist.«

»Egal, was passiert ist«, sagte sie. »Ich rufe dich nur an, weil ich wissen will, was nun weiter mit *uns* passiert. Und es sieht so aus, als hab ich deine Antwort – oder?«

Er sprach nicht. Er hatte mit ihr nicht mehr gesprochen seit jenem Sonntag morgen vor einem Jahr, als sie ihn verlassen hatte. Sie hatten beide noch im Bett gelegen und sich verkrallt in eine absolut ordinäre, dumme Streiterei. Er hatte gesagt, die Flasche Château Latour wäre zu schade zum Abendbrot mit den Comptons. Jack Compton wäre nicht in der Lage, einen Château Latour von einem halben hellen Molson zu unterscheiden, hatte er gesagt. Die Comptons waren *ihre* Freunde, nicht seine. Sie stieg aus dem Bett, nackt, ein großes Mädchen mit tizianrotem Haar und einem vierteldollargroßen Leberfleck auf dem linken Schulterblatt. Sie zog sich nicht weiter Unterwäsche an, zog lediglich ein Kleid drüber und schlüpfte in ein Paar Pumps. Dann ging sie ins Eßzimmer des Apartments, holte die Flasche Château Latour aus dem Sideboard, nahm sie unter den Arm, warf sich ihren Schaffellmantel um und ging.

Sie kam nicht zurück. Zwei Tage später kam ihre Schwester und holte ihre Sachen. Später erfuhr er, daß sie sich auf sechs Monate eine Wohnung an der Sherbrooke Street gemietet hatte. Sie konnte es sich leisten. Sie produzierte Texte für den kanadischen Rundfunk und verdiente damit soviel wie er. Sie rief ihn nicht an und versuchte nicht, mit ihm in Kontakt zu kommen. Nach ihrem Weggang war er lange Zeit allein und wütend und hatte sie vermißt. Aber jetzt, da er ihre Stimme hörte, die er ein Jahr lang nicht gehört hatte, da packte ihn eine ganze Woge der Verärgerung.

»Du machst mir Spaß«, sagte er bitter der Stimme weit weg in Montreal. »Du haust ab, meldest dich ein Jahr lang nicht, und jetzt willst du eine Hopphopp-Entscheidung von mir, wie es weitergehen soll mit uns.«

»Ich will ja gar keine Antwort, Tony. Ich glaube, ich hab die Antwort. Ich glaube, wir hatten genug Zeit und sollten jetzt an unsere Scheidung denken. Meinst du nicht auch?«

»Doch, das tu ich«, sagte er wütend. »Ganz wie du möchtest.«

»Nein, nicht wie *ich* möchte. Das ist schließlich etwas, das wir schon vor Monaten hätten besprechen sollen. Ich weiß, daß ich da zum Teil auch Schuld habe. Aber trotzdem finde ich es merkwürdig, daß du nicht einmal versucht hast, mit mir zusammenzukommen.«

»Aha, findest du. Soso.«

»Ist das alles, was du zu sagen hast?«

»Ist das alles, was *du* zu sagen hast, Barbara?«

»Alles, was ich zu sagen habe ist, ich dachte, wir seien zivilisierte menschliche Wesen.«

»Naja, es sieht aber gar nicht danach aus. Also sag deinem Anwalt, er kann mir ja einen Brief schreiben, wenn es das ist, was du willst.«

»Wenn es das ist, was *du* willst«, sagte sie. »Es ist Harry Crenshaw. Erinnerst du dich noch an ihn?«

»Ja.«

»Ich sag ihm also, er soll sich bei dir melden. Sind deine Möbel und deine Sachen noch im Apartment?«

»Ja. Warum?«

»Naja, da sind die Möbel und das Silber und all diese Sachen, die von mir sind. Ich könnte dir ja eine Liste schicken, und wir könnten dann alles gerecht aufteilen – auch die Hochzeitsgeschenke.«

»Scheiß der Hund auf die Hochzeitsgeschenke.«

»Was soll das heißen?«

»Nimm sie. Nimm dir alles, was du willst.«

»Naja, wenn du das meinst, dann solltest du mir besser eine schriftliche Bestätigung schicken, daß ich mir aus dem Apartment holen kann, was ich brauche.«

»Ich schick dir den Schlüssel. Wiedersehn.«

Er legte den Hörer auf. Da hatte er nun ein Jahr lang gewartet und sich halbverrückt vor lauter Sorgen gemacht, daß er nicht rechtzeitig zurücksein würde. Zum Teufel mit ihr!

Plötzlich fühlte er sich sehr viel besser. Zehn Minuten später klopfte Mary Ann an die Tür. »Fertig? Es gibt Frühstück.«

»Ich kriege meine Scheidung.«

»Oh«, sagte sie und ließ den Kopf hängen. »Ist das gut oder nicht gut?«

»Na gut, sehr gut sogar. Wo ist Fred? Ist er hier?«

»Nein, er ist in der Redaktion. Er sagte, er wollte versuchen, zum Lunch ungefähr hierzusein.«

»Okay, dann sollten wir unsern Lunch gemeinsam essen. Oder hab ich einen Termin?«

»Nein.«

»Also so um eins?«

»Ich werd Fred fragen.«

Auf dem Weg zum Restaurant, vom Rücksitz in Vatermans reichlich mitgenommenem Mustang, beobachtete er, wie Mary Ann Vatermans Nacken massierte. Sofort überkam ihn wieder eine seltsame, schmerzende Eifersucht. Er sah sie noch vor sich, wie sie sich halb nackt um das verzierte Himmelbett bewegte und dann ihren Schlüpfer herunterzog. Natürlich schlief Vaterman mit ihr.

Oder vielleicht nicht? Und überhaupt: Was ging das ihn an?

Und doch, in der Konditorei Karmel, als die drei anstanden nach Smorgasbord, stellte er mit rauher und gewollt zufälliger Beiläufigkeit in der Stimme eine Frage: »Sagt mal, ihr beiden. Was haltet Ihr eigentlich vom Kinderkriegen? Wie steht ihr überhaupt dazu?«

Ihm entging nicht der Blickwechsel zwischen Fred und Mary Ann. »Ach, ich glaube, Mary Ann und ich wollen noch keins, zumindest jetzt noch nicht.«

»Und was haltet ihr vom Heiraten? Oder findet ihr, daß man erstmal so zusammenleben sollte?«

Vaterman schien verlegen. Beklommen wies er auf den gedeckten Tisch. »Oh, heute gibt es ja Rotkohl«, sagte er. »Der ist erstklassig, genau wie die Klöße.«

Maloney sah zu Mary Ann hinüber. Ihr schon gewohntes Erröten bewegte sich bogenförmig von ihrer Wange hinunter zu der langen Linie ihres Halses, aber jetzt – zum erstenmal – zuckte sie unter seinen Blicken nicht mehr zurück. Jetzt war er es, der ihrem

Blick nicht standhalten konnte. Er fühlte sich schuldig und begann, die Klöße zu verteilen. Nein, lieber keine weiteren Fragen. Nein. Lieber nichts mehr fragen.

Einige Dinge aber lassen sich nun mal nicht vermeiden. Einige Abende später kam Vaterman und meinte, sie brauchten etwas mehr Bewegung, und schlug eine Runde Frisbee am Strand vor.

»Was ist mit Mary Ann?«

»Sie hat ihre Flötenstunde drüben in Monterey von halb acht bis halb neun. Wir könnten sie ja danach aufgabeln und zusammen essen gehen.«

»Klar, Fred. Gute Idee.«

Der Sand von Carmel ist aschgrau, der Strand saubergefegt, kein Abfall liegt herum, die lokalen Behörden kümmern sich darum. Lange Brecher kräuseln sich und färben Hunderte von Metern Strand weiß. Dünen, die das ganze Jahr hindurch mit regelrechten Stauden von Eisblumen bedeckt sind, säumen die Straße. In der Ferne verdecken gewaltige Kiefernhaine die Häuser der Reichen, die über der Krümmung der Bucht direkt am Rande von Wasser und Land wohnen. In dem zinnoberroten Pazifikabend erschien Vatermans hellgelber Frisbee schwarz gegen den Himmel und drehte sich wie ein Teller von Hand zu Hand.

»He, toll!«

»Ist genau das Richtige.«

»Los! Da!«

Vaterman, der seine Safarijacke und seine Schuhe ausgezogen hatte, lief in steilen Winkeln hin und her, rutschte durch den Sand, fing die Flugscheibe kraftvoll auf und warf sie zurück. Doch Maloney, obwohl untrainiert, beherrschte dieses typisch amerikanische Fangspiel besser als der frühere Europäer. Und so wurden im Verlauf des Spiels die Abstände immer größer und die Rückgaben immer schneller, bis Vaterman schließlich, außer Atem von seinem unsystematischen Gerenne, in den Sand fiel, keuchte und seine Haare über und in seinen Augen hatte. Maloney hielt reaktionsbereit den Frisbee in der Hand und ging zu Vaterman. In einigen Minuten würde es dunkel sein.

»Bist du okay, Fred?«

»Ja.« Vaterman setzte sich auf und versuchte zu lächeln. Und da, als hätte er ein Geräusch gehört, schaute er über seine Schulter und kniff die Augen zusammen, um in den Dünen etwas erkennen zu können.

»Was ist?«

»Vater«, sagte Vaterman, als wollte er mit dem Vaterunser anfangen.

»Was für ein Vater?«

»Mary Anns. Was tut der *hier*? Immer, wenn wir uns trennen, geht er *ihr* nach.«

Maloney drehte sich um, um etwas sehen zu können.

»Er ist da drüben, gleich neben dem Weg, der zur Straße führt.«

Es war niemand auf der dunklerwerdenden Düne. Niemand stand an dem Weg, der hinauf zur Straße führte. »Ich kann ihn nicht sehen«, sagte Maloney.

»Er hat sich hinter die Bank da geduckt.«

»Aber warum geht er denn dir und Mary Ann nach?«

»Er will uns erwischen, wenn wir miteinander schlafen. Wenn er es schafft, bringt er mich um.«

»Mach keine Witze.«

»Nein. Er ist gefährlich. Er war Ausbilder in Nahkampf ohne Waffen.«

»Ach, komm!«

»Er hat mich schon gewarnt. Ich sag dir, der macht mein Liebesleben verdammt kompliziert. Ich meine, wenn ich versuche, mit ihr zu schlafen, mach ich mir Sorgen, daß er sich in der Nähe rumtreibt und sprungbereit sein könnte.«

»Aber arbeitet er denn nicht? Er kann doch nicht die *ganze* Zeit hinter euch herspionieren.«

»Die Armee zahlt ihm eine Pension. Paß auf – erinnerst du dich an die Nacht, als ich mich mit Mary Ann in der Sammlung versteckt hatte?«

»Ja.«

»Naja, unter uns, einer der Gründe, daß ich ja sagte zu ihrer Idee, war der, daß ich mir dachte, ich könnte da in dem Schuppen mit ihr schlafen. Ich meine, mit den Wachen überall . . . ich war ganz sicher, daß er draußen auf der Straße bleiben würde. Aber weißt du was?«

»Nein. Was?«

Als wir in dieser Nacht den Schuppen verließen und Gutenacht gesagt hatten, da hab ich ihn doch noch gesehen da drin, wie er sich hinter einem Stand versteckt hielt. Es war gut, daß du dann aufgetaucht bist. Ich war drauf und dran, sie auf dem antiken Bett zu besteigen.«

Maloney fühlte, wie in ihm die Hitze aufstieg. Er blickte zu den Dünen hinauf, konnte aber niemanden sehen. »Wollen wir zurückgehen?« fragte er.

»Auch gut.«

Sie stiegen gemeinsam die Stufen zum Sea View Drive empor. Die Straßenlampen waren jetzt erleuchtet, und aus den Bilderbuchfenstern der Häuser nah am Strand schienen Lichter herüber. Ein älteres Ehepaar sah ihnen aus einem vorbeifahrenden Auto nach. Von dem Vater weit und breit keine Spur.

»Ist er weg?«

»Nein, er ist da unten am Strand.«

Maloney drehte sich um und ging schnell zu der Strandmauer hinüber. Unter ihm lag der aschgraue menschenleere Strand. Vaterman stellte sich neben ihn, dann gingen sie im Gleichschritt weiter, und der Gleichklang ihrer Schritte durchdrang die Stille. »Siehst du, er ist eben ein Fachmann im Verstecken«, sagte Vaterman.

Schweigend gingen sie an den letzten Häuserblocks bis zum Motel vorüber.

»Folgt er uns immer noch?«

Vaterman drehte sich um. »Ja.«

»Ich erinnere mich, daß Mary Ann mal von irgendwelchem Krach mit ihm gesprochen hat. Was war das?«

»Das weißt du nicht?« Vaterman sprach leise. »Er ist krank. Ich meine krank im Kopf. Mary Anns Mutter starb, als sie noch sehr klein war. Als sie fünfzehn war, badete er sie noch immer. Kannst du dir sowas vorstellen?«

Hinter ihnen klangen Schritte auf. Maloney

schnellte herum. Ein Junge lief vorbei, hinter ihm ein Boxerhund.

»Mit siebzehn lief sie weg, nach San Francisco. Und er fand sie. Er erzählte der Polizei, sie hätte ihm Geld gestohlen. Er sagte, sie nähme Drogen. Er brachte sie nach Monterey zurück. Und dann hab ich sie getroffen. Ein Jahr später hab ich ihr dann geholfen, nochmal abzuhauen. Sie ging nach Big Sur und versteckte sich da bei einer Freundin. Aber er fand sie. Und so hab ich ihr dann geholfen, nach Carmel umzuziehen, und gleich einen Brief an ihn geschrieben, in dem ich ihm sagte, daß ich gegen ihn klagen würde, wenn er sie nicht in Ruhe lassen sollte, und daß ich aussagen würde, daß er sie bedrohte. Und seitdem will er mich umbringen.«

Sie betraten das Motel. Nein, sagte ihnen Bourget, Mary Ann sei noch nicht wieder zurück.

Eine Stunde später – sie saßen gerade mit einem Sechserpack Dosenbier im Salon – kam sie. Sie trug eine große weiße Pappschachtel. Sie knöpfte eine lange abgetragene Wollweste auf, setzte sich und zeigte ihre langen, eleganten, muskulösen Beine in roten Stiefeln aus Ziegenleder. »Ich hab ein bißchen was zum Essen besorgt«, sagte sie mit ihrer dunklen, drängenden Stimme. »Sandwiches und Strudel. Ich hoffe, es ist euch recht?«

»Klar«, sagte Maloney. »Wie war der Unterricht?«

»Okay. Und euer Frisbee?«

»Heute ist was Ungewöhnliches passiert«, erzählte ihr Vaterman. »Vater kam hinter uns her.«

Sie stand auf, zog die Weste aus und ging zum Fenster hinüber. Eine ganze Weile blieb sie so stehen und blickte zu den Straßenlaternen hinaus. »Hat Tony ihn gesehen?«

»Er hatte sich versteckt«, sagte Vaterman.

Sie drehte sich um, sah Vaterman an, kam zurück und öffnete die große Pappschachtel. Sie nahm die Schachtel und stellte sie vor Maloney hin. »Ich hab Pastrami auf Roggenbrot und Lachs mit Quark. Was möchtest du?«

»Pastrami. Danke.«

»Du kannst von jedem etwas haben, wenn du willst.«

»Na gut. Ich fang mal mit dem Fleisch an. Danke.«

»Er hat graues Haar«, sagte sie. »Und er hat ein bißchen ein rötliches Gesicht. Und manchmal zieht er ein Bein nach, wenn es ihm wehtut. Ich meine, mein Vater.«

Er nahm noch von dem Essiggemüse, das sie ihm anbot.

»Du hast ihn doch nicht gesehen, oder?«

»Nein.«

»Er ist jetzt bestimmt draußen, ich bin absolut sicher«, sagte Vaterman. Er stand auf und ging zu der Schachtel mit den Sandwiches. »Ich möchte Lachs mit Quark.«

Mary Ann reagierte nicht, bot ihm nicht die Schachtel an, so daß Vaterman das Sandwich selber herausnehmen mußte. Stattdessen kniete sie sich auf die Brücke, genau Maloney gegenüber. Sie schaute zu ihm auf wie eine Büßerin im Beichtstuhl. »Er hat graues

Haar, ein rotes Gesicht und humpelt manchmal. *Wenn* du ihn siehst, sag es mir, ja?«

»Natürlich.«

»Er wird ihn noch früh genug zu sehen bekommen«, sagte Vaterman laut. »Er könnte auf die Idee kommen, Tony gleich mit umzulegen.«

VIII

GENAU ZWEI WOCHEN NACH DEM AUFTAUCHEN der Sammlung in Carmel nahm Maloneys Schicksal eine seltsam glückliche Wendung. Es war eine Zeit der Zeichen. An jenem Morgen schaute er wie gewöhnlich wieder aus dem Fenster, um nach der Sammlung zu sehen und blickte hinüber zum Bluff Road, um zu sehen, ob der Verrückte wieder da wäre. Elf Tage lang war der Verrückte Morgen für Morgen Schlag neun gekommen und dann bis zum Einbruch der Dunkelheit auf und abmarschiert, eine große, ungepflegte Figur, barfuß, ohne Hemd, aber mit schmuddeliger schwarzer Anzugjacke und weißen, zu kurzen Hosen, die ein handgemaltes Schild hoch in die Luft hielt:

GOTT ALLEIN IST SCHÖPFER
Glaubt diesen Schwindel nicht

Heute war nichts von ihm zu sehen. Auf unerklärliche Weise froh und glücklich, begann Maloney zu pfeifen.

Am Nachmittag dieses Tages machte er seine Besichtigungstour durch die Sammlung in Begleitung von Lord Rennishawe, einem Hellenisten von Rang und

Eigentümer von Creechmore Castle in Wales, einem Hort viktorianischer Schätze, die Maloney vier Jahre zuvor besichtigt hatte, als er Material für seine Doktorarbeit sammelte. Eine winzige, zerbrechliche Gestalt mit schulterlangem Haar, wurde Lord Rennishawe von allzu kurzsichtigen Leuten ab und an für ein zehnjähriges Mädchen gehalten. Dieser Mangel an Größe sei, so hatte er Maloney zu verstehen gegeben, ein Familienerbe, und tatsächlich hatte in viktorianischen Zeiten Lord John Russell, als er Premierminister war, von den Rennishawes gesagt: »Wenn wir Russels Angehörige der Rasse Großer Zwerge sind, dann sind die Rennishawes Manqué-Knirpse.«

Lord Rennishawe war einundachtzig Jahre alt. In seinem Brief, in dem er die Erlaubnis zur Besichtigung der Sammlung erbat, hatte er einen Bericht von Sir Alfred Mannings zitiert, demgemäß gewisse Stücke an Salonmobiliar in der Sammlung offenbar Kopien von Originalen im Glamis-Flügel von Creechmore Castle sein sollten.

Der Bericht erwies sich als richtig, und genauso wie es anderen Experten ergangen war, die bekannte Schätze plötzlich in der Sammlung dupliziert sahen, mußte auch Lord Rennishawe gestehen, daß er nicht in der Lage war, die Möbelstücke hier in Carmel von den Originalen in Wales zu unterscheiden. Das natürlich war genau die Art von Bestätigung, die Maloney so ersehnte. Er war schon im Begriff, Lord Rennishawe zu bitten, ihm einen Brief mit der Bestätigung für seine Meinung dazulassen, als der winzige Greis sich unter der Säulenhalle eines großen, scheußlichen, aus Kork gefertigten Modells des Heidelberger Schlosses duckte und wie ein Kind hin und her über den Miniaturschloßhof wuselte, eine Korktür öffnete und im nächsten Gang herauskam. »Kommen Sie hierher!« rief er in seinem gebieterischen Falsett. »Kommen Sie auf der Stelle hier herüber, junger Mann!«

Maloney, der durch das Schloßmodell nicht hindurchpaßte, lief bis zum Ende seines Ganges, dann um die Ecke und in den nächsten Parallelgang hinein. Lord Rennishawe stand vor einer der Möbelschauen, einem Raum mit drei Wänden, ähnlich wie in den Ausstellungsräumen der Kaufhäuser. Jedes der Stücke hier war im Maßstab um ein Drittel kleiner nachgebaut, so daß der Raum eher wie eine riesige Puppenstube aussah. Die Wandmalereien auf Seide und die Samtbezüge waren alle in einer besonderen blaßgrünen Schattierung gehalten und hier und da mit subtilen phallischen Motiven verziert. Das Mobiliar in diesem Raum bestand aus einem halben Himmelbett mit einer Chaiselongue am Fußende, vier Eastlake-Kinderstühlen, einem Toilettentisch mit ovalem Spiegel und einem Waschständer geschmückt mit erotischen Motiven und gefertigt im gotischen Stil nach Art von William Burges.

»*Wo* haben Sie *den* denn gesehen?« schrie Lord Rennishawe mit bebender, brechender Stimme.

»Wo hab ich *was* gesehen?«

»Diesen – diesen Raum hier!«

»Ich glaube, es war – jaja, das war ebenfalls an Ihrem Familiensitz, Lord Rennishawe. Creechmore Castle.«

»Und wann?«

»Nun, ich war mal an einem Nachmittag dort, etwa vor vier Jahren, wie ich Ihnen schon gesagt habe.«

»Mein Gott«, sagte Lord Rennishawe. Er ging zu der Chaiselongue hinüber und legte sich darauf nieder. Er probierte die Kinderstühle aus und setzte sich schließlich auf das Bett. »Außergewöhnlich. Alles paßt. Das war für meinen Großvater gemacht worden. Aber *Sie* haben das nicht gesehen, junger Mann. Sie haben auch nichts darüber gelesen, weil nichts, aber auch gar nichts darüber geschrieben worden ist. Sehr wenige haben diese Sachen jemals zu Gesicht bekommen, außer einigen Angehörigen des Dienerstandes. Dieser Raum war das Geheimnis meines Großvaters. Er war verborgen hinter einer falschen Wand in einem alten Sommerhaus im Wäldchen hinter dem Südrasen von Creechmore. Ich weiß, daß weder mein Vater noch meine Brüder ihn jemals sahen. Aber ich. Jawoll, ich ja. Es war in den Sommerferien, und ich kam so lange von der Schule herüber, um sie bei meinen Großeltern zu verbringen. Ich weiß noch, ich war etwa zehn Jahre alt damals, muß also neunzehnzwo gewesen sein. Ja, eines Nachmittags ließ ich auf dem Südrasen einen Drachen steigen. Der Drachen riß sich los, segelte zum Wäldchen hinüber und blieb in einem Baum hängen. Ich ging zum Wäldchen hinüber und kletterte auf den Baum, um meinen Drachen zu retten. Und als ich da oben im Baum saß, hörte ich plötzlich Schritte. Ich schaute hinunter, und unter mir rannte, wie vom leibhaftigen Teufel gejagt, ein junges Hausmädchen, ich glaube ein Unterstubenmädchen oder sowas. Ihr Kleid war offen, von oben bis unten aufgeknöpft, und ich sah, daß sie darunter nackt war. Ich weiß noch, daß ich sehr erregt war. Als sie den Rand des Wäldchens erreicht hatte, raffte sie ihr Kleid zusammen, hielt es eingeschüchtert über dem Busen zusammen und ging um den Rand des Südrasens herum zu den Dienerquartieren, die gleich hinter dem Haupthaus waren.

Ich holte meinen Drachen und kletterte in großer Eile wieder hinunter. Ich fragte mich, wo sie wohl hergekommen sein mochte. Ich wandte mich um und ging den Weg ein Stück zurück und kam zu dem alten Sommerhaus auf der Lichtung. Man hatte mir verboten dort zu spielen, weil, wie mein Großvater sagte, es dort gefährlich sein sollte und es jederzeit einstürzen konnte. Naja ... da war also nun das Sommerhaus, gut und schön, und da stand im Eingang mit einer Zigarre im Mund und einem Brandyglas in der Hand mein Großvater. Ziemlich zerwühlt sah er aus!« An dieser Stelle kam aus Lord Rennishawes Mund ein hohes, kindisches Kichern: »Keine Hose an, verstehen Sie. Im Unterhemd. Und hinter ihm sah ich das alte Sommerhaus, und es sah von vorne wie eine richtige Bühnenkulisse aus mit den verschimmelten Stühlen aus Rohr und dem Tisch ... und dahinter, wo sonst die Wand war, der intimere Raum. Das grüne Zimmer. *Das* Zimmer. Tja ...!

Und in diesem Augenblick schaute mein Großvater auf und sah mich. Ich weiß noch, daß ich ganz schöne Angst hatte. Ich war zwar noch sehr jung, aber mir war schon bewußt, daß ich mich da in allerhand hineingewagt hatte. Naja! Er war ein ganz schöner Großtuer, mein lieber Großpapa. Er grüßte mich, als wär gar nichts weiter los, lud mich ein heranzukommen und erzählte mir dann, daß dies sein Geheimplätzchen war, wohin er manchmal kam, um zu lesen oder ein Schläfchen zu halten. Dann zog er sich seine Hose an, ganz unbekümmert, und nahm mich mit in das geheime Zimmer und zeigte mir, wie die falsche Wand funktionierte und all das, und als ich direkt an genau dem Bett da, das Sie sehen, stand, da sah ich das Leibchen und den weißen Baumwollschlüpfer der jungen Zofe auf der Erde liegen. Ich sehe das, als wäre es gestern gewesen. Nun, mein Großvater rollte die Wand wieder vor und ließ mich schwören zu schweigen, sich mein Ehrenwort geben, daß ich keiner Menschenseele jemals ein Sterbenswörtchen verraten würde. Ich hatte einen Heidenrespekt vor ihm, müssen Sie wissen. Naja! Ein paar Tage später, als ich wieder zur Schule mußte, schob er mir eine kleine Geldbörse als Geschenk zu, und es steckten fünf Sovereigns drin. Auch ein Geheimnis, sagte er noch. So war das also. Ich sprach mit niemandem darüber. Und ein paar Jahre später erfuhr ich, daß meine Großmutter eines Nachts zu dem alten Sommerhaus hinüber gegangen war und dort einen Unfall mit einer Laterne hatte und daß alles bis auf den Grund abgebrannt war. Natürlich, ich wußte schon genau, warum. Oh ja. Und noch ein paar Jahre später beschloß ich, mit meiner Schwester Antonia darüber zu sprechen. Wir verstanden uns damals sehr gut. Aber sie war schockiert und beschwor mich, mit niemand sonst darüber zu reden. Sie meinte, Mama wäre tödlich getroffen, wenn sie es erfahren würde. Tja, und nun ist es also hier. Haargenau das gleiche Zimmer. Schaun Sie, dieses schattierte Grün, das war seine ganz spezielle Farbe. Und sehen Sie nur diese kleinen Beimengsel, diese Phalli auf der Verzierung der Bettdecke, die kleinen lasziven Cupidos da drüben auf dem Eisenwerk des Waschständers? Superb! Oh, da gibt es absolut keinen Zweifel. Es ist völlig ausgeschlossen, daß Sie zu irgendwelchen Dokumenten Zugang haben konnten, die das Zimmer beschreiben. Solche Dokumente *gibt* es nicht. Sie sind ein Geisterbeschwörer, ein Zauberer! Ihre Sammlung hier, die ist zweifellos eines der erstaunlichsten Ereignisse dieses Jahrhunderts!«

Lord Rennishawes Erregung war so gewaltig, daß er damit nicht hinterm Berge halten konnte. Noch bevor der Tag sich neigte, hatte er seiner Überzeugung in mehreren Zeitungsinterviews Ausdruck verliehen und sich einverstanden erklärt, auf seinem Heimweg nach Wales in New York Station zu machen und als Gast einer Fernseh-Talkshow teilzunehmen. Sein hohes Alter, seine klare Diktion und seine winzigen Maße machten ihn, wie sich herausstellen sollte, zu einem nachhaltig eindrucksvollen Fernsehgast. Während er seine Geschichte erzählte, sondierten Fernsehkameras den Inhalt der geheimen Kammer, und diese Story regte sogleich – mehr noch als die Sammlung selber – in höchstem Maße die Phantasie der Zuschauer an und erzeugte einen Sturzbach an Publizität, deren Tenor insgesamt bemerkenswert weniger Skepsis erregte als Maloneys ursprüngliche Bekanntmachung.

Der Aufschwung hielt an. Innerhalb einer Woche

wurde Maloney per Brief davon in Kenntnis gesetzt, daß die FBI-Untersuchung gegen ihn fallengelassen worden sei, da es keinerlei Anhaltspunkte gäbe für irgendwelche kriminellen Absichten oder Verbindungen. Zwar behielt sich Leutnant Polita vom Büro des Sheriffs aus weitere Schritte noch vor, war indessen – zumindest zur Zeit – auf einen dringenderen Fall angesetzt worden. In dieselbe Zeit fiel der Urteilsspruch eines Bundesrichters zu Maloneys Gunsten, demzufolge die Sammlung augenscheinlich sein Eigentum sei und der Staat Kalifornien nur unter der Voraussetzung die Ausstellung besteuern könnte, daß sie ausschließlich innerhalb dieses Hoheitsgebietes zu sehen sein würde.

Die wahrscheinlich wichtigste aller Reaktionen war wohl die Art und Weise, wie Lord Rennishawes Aussage in Maloneys Geburtsstadt aufgenommen wurde. Es war ebenfalls in jener euphorisierenden Woche, daß er eines Abends das Motel verließ, um in Mary Anns Apartment zu essen und einen Anruf aus Montreal erhielt. Der Anrufer war John Palliser, ein Freund aus Oberschulzeiten und mittlerweile Mitglied des Historischen Seminars an der McGill.

»Tony, bist du's?«

»He, John. Schön, dich zu hören.«

»Ich hab dich doch nicht aus den Federn geholt, oder?«

»Ach was, nein. Hier ist es noch früh.«

»Naja, hier ist es schon nach Mitternacht, aber ich bin noch so busy, daß ich dich einfach anrufen mußte. Weißt du, was heute abend passiert ist? Die haben eine

Riesenversammlung im Uni-Klub abgehalten. Und alles bloß wegen dir. Tony, alter Knabe. Da war echt was los.«

»Alles wegen mir?«

»Ja, um zu protestieren gegen das Seminar, wie es mit dir jetzt umgesprungen ist. Das Echo war überwältigend. Es fing an mit dieser Story da, vorgestern, von dem englischen Lord, der gesagt hat, deine Sammlung sei eines der größten Ereignisse des Jahrhunderts. Ehrlich, das hat einen Haufen Stimmen zu dir rübergezogen. Niemand kann diesem Lord Rennishawe vorwerfen, daß er ein Spinner wäre, oder etwa?«

»Neinein.«

»Egal. Jedenfalls fingen plötzlich alle an zu sagen, wie ungerecht alles ist, daß die Uni dich feuern will und all das. Und dann ging das überall auf dem Campus mit diesen Posters los, mit Protesten *für* dich. Alles von Studenten aus. Irre. Und dann haben sich einige von unserem Seminar zusammengesetzt, und heute abend haben wir dann dieses Protestmeeting gemacht. Du hättest mal sehen sollen, wie voll das da war. Erst hab ich gesprochen, dann Jack Monsey, der die Studenten vertritt, dann Lise Roy, und jedenfalls, nach dem Treffen haben wir auch Unterschriften von Assistenten und Lehrkörper zusammengehabt. Ich sag dir, Tony, wenn sie dich nicht behalten, können wir das ganze Geschichtsseminar am ausgestreckten Arm verhungern lassen.«

»Mich nicht behalten?«

»Naja, sie *haben* dich doch gefeuert, oder?«

»Jaja, schonschon, aber ich kann ihnen nicht mal

einen Vorwurf draus machen. Die müssen ja schließlich auch sehn, daß sie jemanden kriegen, der für mich meine Stunden macht.«

»Nana, Tony, mal schön langsam. Was redest du denn da? Der Rest der Lehrkräfte hier hätte leicht deine Klassen aufteilen und den Überhang an Stunden auffangen können. Man hat uns ja noch nicht mal gefragt. Hör zu. Was meinst du, wie lange du noch da unten sein wirst?«

»Ich kann noch nichts Genaues sagen.«

»Naja, was sind deine Pläne? Ich meine, wir wissen ja nur, was wir aus den Zeitungen erfahren, aber soweit ich durchblicke, versuchst du doch, einen Fonds zu kriegen, damit du die Sammlung da unten ausstellen kannst, oder?«

»Ja, das ist richtig.«

»Und wenn das geregelt ist, dann nehme ich an, willst du zurückkommen und hier weitermachen, oder?«

»Naja, verstehst du, die Situation ist schon ziemlich kompliziert.«

»Oder hat man dir einen anderen Lehrjob angeboten?«

»Nein.«

»Dann hätten sie dich auch nicht feuern dürfen.«

Wie in einem Traum starrte Maloney in diesem Moment hinaus auf die verdunkelten Gänge der Sammlung und schien dort unten eine Zuhörermenge aus lauter Fakultätsangehörigen und Studenten in der Dunkelheit des Universitätsklubs sitzen zu sehen, während der erste Sprecher, John Palliser, das Mikrophon richtete, es hochschraubte und so sein gewohntes schrilles Rückkopplungspfeifen erzeugte. Dann Johns Stimme, wie sie – »kein Recht, diesen Mann hier zu feuern« – einen Ruf nach Gerechtigkeit in jene vertraute Atmosphäre aus Zigarettenrauch und dampfenden Wintersachen hinausdröhnte.

»Tony, bist du noch da? Sieh mal, wie ich heute abend in meiner Ansprache gesagt hab, wir reden immer soviel über Forschung und alles das, aber was kann man sich schon als kreativere Forschung vorstellen, als die Kunstwerke einer bestimmten Epoche nur durch einen bloßen Akt der Imagination wiedererstehen zu lassen? Meine Güte, alle Unis außer McGill wären stolz auf das, was du vollbracht hast. Aber wir Kanadier erkennen niemals, was wirklich originell ist, weil wir einfach keine Verwendung dafür haben. Wir setzen *den* Mann auf die Straße, der etwas wirklich Neues erdacht hat. Mein Gott, Tony, das muß man sich klarmachen. Das ist *der* akademische Skandal des Jahrhunderts!«

Ein Skandal. Johns Stimme brüllt »Skandal!«, und Hunderte springen auf, applaudieren, rufen ihm begeistert zu und fordern eine Demonstration. Von jetzt an würde er, Anthony Maloney, ein Heros des Campus sein, eine kontroverse Autorität, über die man im Faculty Club nur hinter vorgehaltener Hand zu reden wagt, über den man fingerzeigend mit Außenseitern redet, wenn er den Campus überquert auf seinem Weg zu seiner Vorlesung. Alles was er zu tun hätte, wäre, nach Hause zu fahren.

»John, hör mal. Ich bin dir verdammt dankbar.

War verdammt Klasse, daß du das alles für mich auf die Beine gestellt hast.«

»Dummes Zeug. Das sind hier nicht nur deine Freunde, Tony. Nach dieser Rennishawe-Geschichte fingen *alle* an, sich Gedanken darüber zu machen, glaub mir. Diesen Gang werden *wir* gewinnen. Wir wollen dich nicht an die Vereinigten Staaten verlieren, du mußt verdammt nochmal zurückkommen. Wir sind stolz auf dich.«

Stolz auf ihn. Es packte ihn hart an, als er diese fünf Wörter hörte.

»Auf jeden Fall«, hörte er John sagen, »ist das hier ein Ferngespräch, und spät ist es auch. Ich schreibe dir morgen und geb dir den Schlachtplan. Paß gut auf dich auf, Tony. Und Gutenacht.«

»Gutenacht, John, und dank dir.«

Eine Erregung wie die eines Spielers mit einem erstklassigen Blatt überkam ihn, als er den Hörer auf die Gabel zurücklegte. Ein volles Haus oben in Montreal; ein Strom von Studenten; Gesichter, die unter ihm dahinschmolzen; ein Campusheld. Ein Held, der seinen Ruhm in den Staaten aufgab, um der gerechten akademischen Sache zu dienen. Ich bin ein Historiker, der Zeuge war, als zum erstenmal in der Geschichte der Traum eines Menschen buchstäblich Wirklichkeit wurde. Ich könnte einen Kursus erarbeiten, sagen wir, über die viktorianische Ära als einen Faktor für das Geschichtsbewußtsein des modernen Menschen, eine Art Erweiterung meiner Doktorarbeit. Ich wäre ein Superdozent, einmalig auf meinem Gebiet.

Er ging ins Badezimmer, um sich die Zähne zu putzen. Er putzte sie sich mit Kraft und Nachdruck, beugte sich tief in die Höhlung des Waschbeckens und sah im Porzellan weiße Schneeflocken, Flocken, die die Grünflächen von McGill zudeckten, sah den freigefegten Weg, der zur Bibliothek hinüberführte und sich selber, wie er auf ihm entlangging. Studenten blieben stehen, starrten ihm nach und flüsterten, und der warme Atem wölkte sich in die kalte Morgenluft, während er weiterging – er, ein akademischer Heros, der Mann, der die weltberühmte Große Viktorianische Sammlung im fernen Carmel ins Leben geträumt hatte.

Er legte seine Zahnbürste zurück und sah sich im Spiegel genau an. So, sagte er zu seinem gespiegelten Selbst, da hast du einen freien Traum. Wenn ich doch bloß einfach heute abend hier ins Bett gehen und träumen könnte, daß ich im Triumphzug nach Montreal zurückkehren werde und alles das hier hinter mir habe.

Er machte das Licht im Bad aus, ging ins Zimmer zurück und setzte sich gedankenverloren auf das Bett. Wenn ich mich doch bloß in irgend eine glücklichere Zukunft träumen könnte; wenn ich das erträumen könnte, was ich mir am meisten wünsche, und wenn das in Erfüllung gehen würde: Das wäre ideal, oder etwa nicht? Natürlich wär's das.

Aber sich selber in die Zukunft hineinzuträumen würde bedeuten, die Gegenwart auszulöschen. Wenn sein Traum also Erfolg hätte, würde da die Zukunft die Sammlung nicht infizieren und einfach verschwinden lassen?

Völlig unerwartet fand er sich total überwältigt von Gewissensbissen. Wie grob von ihm, überhaupt daran zu denken, er könnte seinen Traum auslöschen! Er stand auf, ging zum Fenster, kletterte hinaus und ließ sich auf den Erdboden unter sich fallen. Wieder begann er seinen Weg durch den Mittelgang, blickte einen Moment lang hinauf zu Oslers Kristallspringbrunnen und sah die unzähligen kleinen Glasprismen im klaren pazifischen Mondlicht glitzern. Er schwenkte in Gang IV ein und kam zu seinen Lieblingsausstellungsstücken, den Bildern von Malern der Victorian Royal Academy. Wie von einer unsichtbaren Kraft geführt, streckte er seine Hand aus und fand eine kleine Kerosinlampe, zündete sie an und stellte den Docht auf kleine Flamme. Er hob die Lampe hoch, um sich umzusehen, und erblickte direkt vor sich sogleich ein kreisrundes Gemälde von Charles Baxter mit dem Titel *Die Schwestern.* Flaumige weiche Stoffe ergossen sich über milchweiße Schultern, und mit tränenerfüllten, weit geöffneten Augen von vielleicht kindlicher Unschuld oder weise geworden vielleicht von der verborgenen Schwüle privater Schulzimmer, wer weiß das, tadelten *Die Schwestern* ihn für seine Untreue, die ihn wünschen ließ, sie loszuwerden. Treulos wandte er sich ab, und Sir Edwin Landseers Denkmal zu Ehren der Treue, *Er, der den Schäfer am tiefsten betrauert*, kam ihm in den Blick – ein Hochlandcollie bei der Erfüllung seiner letzten, traurigen Pflicht, seine Nase dicht am Sarg seines Herrn. Innerlich zurechtgewiesen verließ Maloney den Stand und hielt noch immer die Öllampe. Ihm gegenüber war jetzt einer der ganz besonderen Räume der Sammlung, ein Zimmer nämlich, von dem Experten meinten, es existiere gar nicht wirklich, ein Zimmer, von dem er in einem obskuren Werk gelesen hatte, das nur über das Spezialregister des British Museum zu bekommen gewesen war. Es war das Empfangszimmer von Mrs. Beauchamps Bordell im Strand, ein dumpfiger Salon mit obszönen Wandtäfelungen und schwerem, praktischem Mobiliar, zahlreichen Roßhaarsitzkissen, großen Tête-à-tête-Sofas in ausgestopftem, glattem Samt, Chaiselongues beladen mit Schwandaunenkissen, Spucknäpfen aus Blech und kleinen Beistelltischen aus Eisen im türkischen Stil. Noch immer roch es hier nach altem Zigarrenqualm, Patschuli und billigem Parfüm; auf eben diesen Stühlen und Sofas hatten sich schnurrbärtige Männer wachsam zurückgelehnt, wenn Mrs. Beauchamp in die Hände klatschte und die Parade begann: die Mädchen, jung, linkisch und allesamt aus der Arbeiterklasse, schlenderten quer durch den Raum in dem Versuch, zu gefallen; pralle nackte Schenkel in bebänderten Beinkleidern; Haar, das in Kaskaden über weiße Schultern fiel; Corsagen mit kirschroten Schnürbändern, die offen waren, um aufgerichtete Brustwarzen freizulegen; schüchternes, halbes Lächeln zu den trunkenen Blicken der Männer hinüber. Und später – welche Szenen von Grausamkeit und Verworfenheit werden sich hinter den Vorhängen in den Nischen abgespielt haben, unter der berüchtigten Serie von Bildern, die den *Löwen in sündiger Liebe* darstellten und den König der Tiere in bestialischem Liebesspiel mit drei verängstigten Nymphen zeigten?

Maloney stand jetzt auf der Schwelle zu diesem Raum, und seine Lampe erleuchtete alle diese sehr greifbaren Gegenstände, Gegenstände, die heute nur darum existierten, weil er sie im Traum zum Leben erweckt hatte. Wie sollte irgend jemand solche Dinge preisgeben können? Es wäre viel schlimmer als einfach nur Ablehnung: Es wäre ein Verbrechen.

Aber als er die Lampe absetzte, sie auf eines der Eisentischchen stellte und sich wie einer dieser viktorianischen Dandies auf das mit Knöpfen und Troddeln umsäumte Tête-à-tête-Sofa setzte, da blitzte ein neuer Gedanke in seinem Hirn auf. *Dieser Raum ist leer.* Keine siebzehnjährigen Huren paradieren hier mehr vor bewamsten Herren und Angebern vom Piccadilly. In meiner Sammlung fehlt das Leben! Warum sollte ich das Glück meiner Zukunft aufgeben für eine Reihe menschenleerer Räume?

Er ging wieder hinaus, ging Gang II hinunter am Ross-Teleskop vorbei, vorüber an dem 1842er Modell von Liverpooler Docks, dem Coalbrook Dale Dome und zwei Abgüssen arabischer Hengste »in heiterstem Spiele« aus dem Besitz des Königs von Württemberg. Er blieb kurz stehen bei John Bells Statue der Andromeda und dem Seeungeheuer und starrte ihre butterartig glatten Brüste an, die Fülle des weiblichen Körpers, die pupillenlosen Blicke. Und wie er so in diese glatten Augen sah, erschien ihm Mary Anns Bild, ihre lebhaften, ungewöhnlichen Züge, ihre von einem Lächeln umspielten Lippen, ihr plötzliches, schüchternes Erröten, ihre linkischen, ihre natürlichen, fast animalischen

Bewegungen, ihre langen, eleganten Beine in den roten Lederstiefeln.

Wie aber sollte er mit einer bloßen Sammlung von Standbildern leben? Ein Mann muß doch mit einer richtigen Frau zusammenleben. Wie konnte irgend jemand sein Leben damit verbringen, die Gänge eines Museums hinauf- und hinunterzuwandern und Nacht für Nacht immer ein und den selben Traum zu träumen? Nach sechs Monaten, vielleicht nach einem Jahr, würde er nichts mehr davon ansehen können. Er würde all das hassen lernen.

Er hob die Kerosinlampe empor und blies in das Glasrohr hinein, bis die Flamme erlosch. Er lenkte seine Schritte zurück und ließ die Lampe, wo er sie gefunden hatte, unter dem Bild der *Schwestern* stehen. Dann langte er wieder nach seinem Fenster, kletterte hinauf und betrat wieder das Motelzimmer. Er zog das Rollo hinunter, zog sich plötzlich, als wäre dies ein längst feststehender Entschluß, aus und ging zu Bett.

Er wollte träumen, daß er wieder zurück wäre in Montreal, wieder eingestellt, befördert und daß er alle seine Sorgen hinter sich hätte. Er wollte von seiner Zukunft träumen, von dem, was in einem Jahr sein sollte.

Doch kaum hatte er sich dazu entschlossen, da stahl sich, wie ein Dieb, die Sammlung aufs neue in seine Traumwelt hinein. Wenn er jetzt von jenem Leben in der Zukunft träumen würde, könnte es sein, daß er die Sammlung nie wiedersehen würde. Wenn er träumen würde, sie hier in der Vergangenheit zurückzulassen, dann hätte er ihre Zerstörung beschlossen.

Angst packte ihn. Aber ich darf doch nicht weichwerden, dachte er. Ich muß auf die Sammlung verzichten. Ich will auf die Sammlung verzichten. Ich verzichte auf die Sammlung.

Er schloß die Augen. Nach einer Weile ließ seine Panik nach, und ungebeten (wie in Träumen üblich) kam ihm ein Bild, das sich im Spiegel eines Toilettentisches zeigte, vor Augen: die Erinnerung an Mary Ann, wie er sie in jener Nacht erlebt hatte, als sie in der Schlafzimmer-Ausstellung ihre Kleider wechselte. Wie in einem Traum beobachtete er sie, wie sie das blaue Satinkorsett löste, lange weiße Baumwollschlüpfer zeigte, schwarze Seidenstrümpfe und gerüschte Moiréstrumpfbänder und silberbeschlagene schwarze Samtpumps. Sie beugte sich leicht vor und löste das rückwärtige Teil des Schlüpfers. Es fiel zu Boden. Als ihm die weißen Rundungen ihres Hinterns erschienen, sank er in heißen, benommenen Schlaf.

Er döste eine ganze verschwenderische Weile und beobachtete dabei die Bewegungen ihres nackten Gesäßes. Und dann, genau wie in jener Nacht, bewegte sie sich aus dem Spiegelbild hinaus. Das Glas zeigte gar nichts mehr. Er versuchte sich zu drehen, um sie wiederzufinden, aber sein Kopf schien wie in einer entsetzlichen Schelle gefangen. Er war gezwungen, immer weiter in den kahlen, leeren Spiegel des Ankleidetisches zu starren. Er verschwamm, dann verwandelte er sich. Jetzt betrachtete er nicht länger ein viktorianisches Spiegelglas, sondern einen Fernsehschirm, einen, wie man sie von Supermärkten von Überwachungsmonitoren her kennt. Im Traum starrte er jetzt auf den Schirm und hoffte, sie auf ihm wiederzusehen. Stattdessen aber erschien die lange Einstellung auf einen der Gänge der Sammlung. Dreißig Sekunden lang blieb das Bild ruhig. Dann flackerte es kurz auf, und das Auge der Kamera schwenkte hinüber, um einen anderen Gang genau zu prüfen. Maloney lag in seinem Bett und war gezwungen, seine eigene Traumüberwachung zu überwachen.

Der neue Traum war unendlich viel strapaziöser als sein alter Patrouillentraum. In jenem früheren Traum hatte er sich nach Lust und Laune durch die Sammlung bewegt, hatte oft Neugier und Entzücken empfunden und pausiert, um diese oder jene Facette seiner Sammlung zu untersuchen. Jetzt aber zeigte sich ihm nichts als eine distanzierte Totalansicht jedes Ganges, und die Kamera holte einen langweiligen Korridor nach dem anderen herein. Und wo er früher die Sammlung im Traum in all ihren wundersamen Schattierungen und Farben wahrnehmen durfte, blieb ihm jetzt nur jeder Gang als ein unklarer blaugrauer Farbenbrei in schwarzweißen Fernsehbildern. Gefangen, unfähig, seinen Blick abzuwenden oder den Monitor einfach abzuschalten, lag er so acht Stunden lang, ein Gefangener in der Falle dieses banalen und schrecklichen Schauspiels.

Er erwachte. Es war Morgen. Sofort blickte er hinüber in die Zimmerecke. Da war kein Fernsehapparat an der Wand zu sehen. Er setzte sich auf, schwang die Beine herum auf den Boden, stand auf, zitternd und schwitzend und erfüllt von der Panik eines Menschen, der versucht, aus einem brennenden Gebäude zu entkommen. Doch als er sich bewegen wollte, fiel er hin; seine Glieder fühlten sich an wie Ballons, aus denen Luft entweicht. Er lag da, mit dem Gesicht am Boden.

Jemand klopfte.

»Tony, sind Sie wach?«

Dr. Spectors Stimme.

»Ja«, rief er mit einer Stimme, die schwach war wie seine Glieder.

»Wollte nur dran erinnern: Unser Interview ist um neun. Bis dann.«

Er hörte, wie die Schritte sich entfernten. Er straffte sich wie ein Mann, der einen Sprung versucht, versuchte aufzustehen, aber hatte nicht die Kraft dazu. So lag er da, sein Herz pochte, sein Gesicht auf dem Polyesterteppich, und überließ sich einer namenlosen, hoffnungslosen Panik. Nach einiger Zeit hörte er es zum zweitenmal klopfen. Das mußte Mary Ann sein. Die Tür war von innen verschlossen. Torkelnd und taumelnd versuchte er auf die Füße zu kommen, bewegte sich zwei Schritte zur Tür, fingerte mit dem Schlüssel herum und fiel, als er sich im Schloß drehte, erschöpft auf die Knie. Sie kam herein, auf einem Tablett den Morgenkaffee. »Was ist, Tony? Ist dir nicht gut?«

Er schaute zu ihr auf, unfähig zu sprechen. Sofort stellte sie den Kaffee ab und kniete sich neben ihn. »Tony, antworte doch. Bist du in Ordnung?«

Keuchend sog er die Luft ein, beugte den Kopf zur

Seite und legte ihn auf ihre Schulter. »Ich *muß* hier weg«, flüsterte er. »Ich muß *sofort* hier raus.«

»Moment.« Sie half ihm auf die Beine. Er stolperte zum Bett hinüber und kam plumpsend zum Sitzen. »Ich muß weg. Ich muß *jetzt gleich* los.«

»Aber du *kannst* doch gar nicht. Du bist krank.«

»Wenn ich es bis zum Wagen schaffe, ist alles andere auch klar.«

»Wo willst du denn hin?«

»Bitte, hilf mir.«

»Natürlich, ja. Aber ich muß zuerst mit Fred sprechen.«

Er blieb in zitternder Unruhe sitzen, als sie zum Telefon ging. Er hörte, wie sie Vaterman bat, sofort herüberzukommen. Als sie aufgelegt hatte, kam sie zurück und setzte sich neben ihn auf das Bett. »Sag es mir doch endlich. Was ist passiert?«

Er kam wieder zu Atem. »Ist die Sammlung noch da?«

Sie ging zum Fenster. »Ja, sie ist da. Alles unverändert.«

»Welche Farbe hat sie?«

»Was soll das? Alle Farben.«

»Nicht einfach grau?«

»Aber nein. Tony, was ist *passiert?*«

»Ich weiß nicht«, sagte er. Er steckte den Kopf zwischen die Knie, als wollte er sich übergeben. »Letzte Nacht ist mit meinem Traum irgendwas schiefgegangen. Nochmal kann ich das nicht, nochmal nicht.«

»Was kannst du nicht? Was meinst du damit?«

»Ich kann hier nicht bleiben. Ich will irgendwoanders hin, in irgendeine andere Stadt. Los Angeles vielleicht. Ich könnte doch bis heute abend in Los Angeles sein, nicht?«

»Mit dem Wagen? Aber ja doch.«

»Gut. Hilfst du mir zu meinem Wagen?«

»Fred muß jeden Augenblick hiersein. Hier, trink einen Schluck Kaffee.«

»Nein, danke. Bitte, ich will sofort gehen.«

Sie aber schüttelte den Kopf, daß ihre Mähne ihr Gesicht ganz zuschüttete. »Warte noch. Ich hab es Fred versprochen.«

»Was versprochen?«

»Ach, nichts.«

Er drehte sich von ihr weg und legte sich zurück aufs Bett. Sein Zittern wurde heftiger. Er hörte jemanden ins Zimmer kommen. Er hörte sie flüstern, hörte dann Vatermans Stimme eine Antwort wispern. Er konnte nicht heraushören, was sie sagten. Er nahm alle seine Kraft zusammen und sagte laut: »Kann mir jemand hochhelfen?«

Er erkannte Vaterman undeutlich über sich, sah ihn verzerrt, wie optisch abgelenkt. »Warum willst du nach L. A.?«

Er schloß die Augen. Sie sorgten sich um das weitere Schicksal der Sammlung, wenn er sie im Stich lassen würde. Er mußte ihnen schon irgend etwas sagen. »Tony?« Ihre Stimme, murmelnd fast, tief und ganz nah. Er schlug die Augen auf und sah ihr direkt in die Augen. »Tony, ich rufe einen Arzt.«

»Nein«, sagte er. Und da plötzlich begriff er. »Nein, tut das nicht«, sagte er. »Ich werde einen neuen Traum träumen. Aber ich kann das nur, wenn ich hier wegkomme.«

»Einen neuen Traum?« fragte Vaterman aufgeregt. »Na, aber warum sagst du das nicht gleich? Paß auf, ich fahr dich nach L. A. Ich meine, wenn du einen neuen Traum hast und der Wirklichkeit wird, dann will ich der Erste sein, der die Story hat. Logisch, oder?«

»Aber was ist, wenn es regnet, wenn Ihr weg seid?« fragte Mary Ann.

Mit größter Anstrengung erhob sich Maloney auf seinem Bett. »Es wird überhaupt gar nichts passieren. Glaubt mir.«

»Woher willst du das wissen?« fragte Vaterman.

»Ich weiß es eben. Also los jetzt.«

»Zuerst sollte ich«, sagte Vaterman, »nochmal in der Redaktion anrufen und Bescheid sagen, wo ich stecke.«

»Nein, sag niemandem etwas. Ich möchte nicht, daß Dr. Spector oder irgend jemand sonst hinter mir herkommt. Wir können uns durch das Fenster davonmachen.«

»Klar.« Vaterman schien aufgeregt zu sein. »Wir nehmen meinen Wagen. Und Mary Ann kann hierbleiben und die Sammlung beobachten, falls es irgendwelche Veränderungen gibt.«

»Oh, bitte, Tony«, sagte Mary Ann. »Bitte, laßt mich doch mitkommen.«

Maloney stand auf und ging unter einigen Anstrengungen zum Fenster. »Gut, ja«, sagte er. »Ja, laß sie mitkommen.«

Rote Flecken erschienen ihm vor den Augen. Er

schwankte. Vaterman nahm seinen Arm und flüsterte: »Mary Ann, geh du los und hol den Wagen her, zum Parkplatzeingang. Wir treffen uns da. Langsam, Tony.«

Buzz Harvey, der dienstälteste Securiguardbeamte an diesem Morgen, berichtete später, daß er gegen neun Uhr fünfzehn Professor Maloney gesehen hätte, wie er aus dem Fenster gestiegen sei und unsicher auf den Beinen den Mittelgang der Sammlung heruntergekommen sei. Ihm sei Mr. Vaterman gefolgt und hätte eine Art Diplomatenköfferchen bei sich gehabt. Als Maloney sich erhob, schien er zittrig. Er legte die Hand über die Augen.

»Bist du okay?« rief ihm Vaterman zu.

»Ja. Wo ist dein Wagen?«

»Hier lang.«

Harvey berichtete dann weiter, daß er an jener Stelle zu Maloney gegangen sei und ihn gefragt habe, ob er ihm helfen könne. Maloney habe den Kopf geschüttelt und sei hinter Vaterman her zum Eingang des Parkplatzes gegangen. Die übliche Menge der Möchtegern-Schaulustigen starrte von der Straßenseite herüber. Maloney, gab Harvey später an, »ging ganz langsam, wie ein alter Mann. Er sah sehr unwohl aus.«

Einige Minuten später kam Vatermans Wagen zur Parkplatzauffahrt vorgefahren. Miss McKelvey war am Steuer. Harvey und Vaterman halfen Maloney durch den Gang und dann ins Auto.

»Wiedersehen, Buzz«, sagte Vaterman.

»Wiedersehn, Sir. Fahren Sie aus?«

»Ja.«

Als Harvey herbeikam, um die hintere Tür des Wagens zu schließen, senkte Maloney, der hinten saß, seinen Kopf auf seine Knie. »Los! Los!« hörte ihn Harvey Miss McKelvey zurufen.

Der rote Mustang bahnte sich langsam seinen Weg an der üblichen Doppelreihe geparkter Touristenautos vorbei, die sich über zwei oder sogar drei Häuserblocks den Bluff Road hinunter erstreckte. Nachdem er in den Sea View Drive eingebogen war, hielt er vor Mary Anns Apartment.

»Fahr weiter«, rief Maloney.

»Nur eine Minute«, sagte Mary Ann. Sie lief ins Haus. Vaterman setzte sich ans Steuer. Ein paar Minuten später kam sie wieder herausgelaufen und trug jetzt ein gelbes Kleid, Sandalen und einen Schaffellumhang. Sie hatte eine Reisetasche bei sich.

»Na, dann mal los«, sagte Vaterman, legte den Gang ein und fädelte den Wagen blitzschnell in den pulsierenden Verkehrsstrom ein. »Los Angeles, wir kommen!«

»Ich liebe L. A.«, sagte Mary Ann. »Fred, weißt du noch, das letzte Mal, als wir am Strip tanzen waren und die ganze Nacht durchgemacht haben?« Maloney lehnte sich auf seinem Platz zurück und starrte durch das Fenster den metallischen kalifornischen Himmel an. In Salinas gingen sie nach Süden. Der rote Mustang röhrte auf, Reihe auf Reihe blitzten Salatfelder an ihnen vorbei, dann kamen sie auf eine achtspurige Autobahn und mitten hinein in den Berufsverkehr, der nach Süden pulste. Vaterman fuhr absolut konzentriert, nahm die Augen so gut wie nie von der Strecke. Ab und an drehte sich Mary Ann nach Maloney um, um zu sehen, ob er in Ordnung war. Er sprach nicht, blieb träge in seinem Sitz hängen und starrte hinauf zum grellen Himmel.

Die Zeit verstrich. In Pismo Beach, wo sie pausierten, um auf etwas Kaffee und ein Sandwich auszusteigen, bestand Maloney darauf, im Wagen zu bleiben. Und als Mary Ann vorschlug, in Carmel anzurufen, um zu hören, ob die Sammlung noch in Ordnung wäre, brüllte er sie zum allerersten Mal richtig an: »Verdammt nochmal, *kein* Telefon! Ich will keinen Rattenschwanz von Leuten hinter mir herhaben.«

»Tut mir leid.« Sie ging mit Vaterman zur Raststätte hinüber. Allein im Wagen, fand Maloney sich unversehens mit geschlossenen Augen an den Rand des Schlafs getrieben. Aber die panische Angst hielt ihn zurück. Er setzte sich gerade und dachte an den Monitorschlaf.

Sie kamen erst, wie es ihm zumindest vorkam, nach langer Zeit wieder zum Wagen zurück. Mary Ann trug drei Schachteln Crackers bei sich. »Ich hab in Carmel angerufen«, sagte Vaterman leutselig. »Und es wird dich interessieren zu hören, daß deine Vorhersage korrekt war. Es regnet *nicht* in Carmel! Die Sammlung ist völlig okay.«

»Ich hatte doch laut und deutlich gesagt, in Carmel wird *nicht* angerufen.«

»Und ich sage dir laut und deutlich: Ich bin nicht dein Lakai!« schrie Vaterman.

»Egal. Fred hat ja nicht gesagt, von wo aus er anruft«, sagte Mary Ann. »Er hat weiter gar nichts gesagt.«

Sie fuhren weiter. Mary Ann knabberte ihre Crakkers. Am späten Nachmittag fädelten sie sich ein in das gigantische Schlangen- und Sprossengewirr der Autobahnabfahrten um Los Angeles.

»Wo willst du hin, Tony?«

»Egal. *Irgend*wohin.«

»Dann fahren wir eben zu dem Hotel am Strip«, sagte Mary Ann. »Wie das letztemal.«

Sofort drosselte Vaterman den Wagen auf sechzig pro Stunde. »Du meinst das Sunset Plaza?«

»Ja. Ist doch okay, oder?«

Vaterman sagte nichts. Nur wenig später steuerte er den Wagen die schräge Auffahrt zum San Diego Freeway hinauf. »Wir haben Gesellschaft.«

Maloney setzte sich auf, kerzengerade, in Panik. »Wen denn?«

»Mary Anns Vater. Siehst du den grünen Chevy da drüben auf der linken Spur? Der verfolgt uns.«

Maloney sah durch das Rückfenster. Da war ein Chevy auf der linken Spur, ja. Der Fahrer war eine gedrungene Matrone mit rot-gelbem Kopftuch in Taschentuchformat. »Bist du sicher? Für mich ist das eine Frau, die da fährt.«

»Wahrscheinlich eine Freundin von ihm. Er hat sich wohl auf dem Rücksitz versteckt.«

Maloney schaute zu Mary Ann hinüber. »Was meinst du?«

»Ich wünschte bloß, ich hätte noch mehr Crackers.«

»Das ist überhaupt nicht zum Lachen«, sagte Vaterman mürrisch. »Das bedeutet nämlich getrennte Zimmer.«

Sie starrte schief vor sich hin. »Ganz wie du meinst.«

Etwas später verließ der Mustang die Beton-Anonymität der Autobahn und bewegte sich in die von Reklamen zerschilderten Straßen von Hollywood hinein, als überquere er die Grenze von einem fortschrittlichen zu einem Entwicklungsland. Maloney sah den grünen Chevy an ihnen vorbeiziehen und einschwenken in die Ausfahrt San Diego.

»Es scheint, du hast ihn verloren.«

Vaterman schüttelte den Kopf. »Der kommt an der nächsten Auffahrt wieder.«

»Aber wie soll er uns finden? Wir sind meilenweit weg, wenn der da ist.«

»Er findet uns schon«, sagte Vaterman.

Der Mustang bog in den Doheney Drive ein und dann in eine hügelige Straße, die von Gebäuden gesäumt war, die allesamt aussahen wie riesige Blöcke Fürst-Pückler-Eis. Vaterman bog in einen Zubringer ein, an dem zu lesen stand: SUNSET PLAZA & ZI. Das hier schien Maloney nicht gerade großartig anders zu sein als das Hotel, dem er gerade entflohen war. »Es ist toll«, flüsterte Mary Ann, »und es hat einen großen Swimmingpool.«

»Ich möchte kein Zimmer mit Blick auf den Pool«, sagte Maloney. »Ich möchte zur Straße raussehen. Oder, noch besser, auf eine kahle Wand.«

»Warum das denn nun?«

»Ich möchte einfach. Basta.«

Der Mann im Empfang, dem Maloney später seine Bitte vortrug, erwies sich als ein junger Mann von bemerkenswerter Abgeklärtheit. »Aha, Agoraphobie«, meinte er. »Tjaja. Sie würden staunen, wenn Sie wüßten, wieviele Leute damit zu schaffen haben. Mal sehen. Doch, ich kann Ihnen das 14A geben. Das hat ein kleines Fenster genau mit Blick auf eine so ungefähr sechs Meter entfernte kahle Wand.«

»Fein. Und ich möchte, daß der Fernseher herausgenommen wird, bevor ich hinaufgehe.«

»Ganz wie Sie wünschen. Wenn Sie einen Moment warten würden ...«

Ein sechzehnjähriger Hotelpage in Blue Jeans und rosaweißgeblümtem Hemd wurde hinaufgeschickt, um den Fernseher zu entfernen. Später eskortierte er Maloney zu einem kleinen Zimmer im zweiten Stock. Dem Fenster gegenüber stand ein Einzelbett, und der Blick hinaus fiel wie besprochen auf eine nahe Mauer.

Nachdem er dem Pagen ein Trinkgeld gegeben und der dann das Zimmer wieder verlassen hatte, drehte Maloney das Bett so, daß er beim Liegen nicht das Fenster sehen konnte. Dann ging er zum Fenster und sah hinaus. Sein Blick fiel auf eine schmale Straße, auf der eine Reihe Autos geparkt war. Die Mauer gegenüber, etwa sechs, sieben Meter entfernt, war aus kahlem, fensterlosen Backstein.

Es klopfte.

»Herein.«

Mary Ann trat ein, zögernd, fast verstohlen. »Darf ich dich einen Moment stören?«

»Aber ja doch.«

»Ich wollte mich nur wegen Fred entschuldigen. Verstehst du, er wird nun mal komisch, wenn er glaubt, daß man ihn herumkommandieren will. Wenn es dir nichts ausmacht, bitte, versuch ihn nicht verrückt zu machen, okay?«

»Gut, ja«, sagte Maloney. »Ich war heute selber etwas komisch.«

Sie lächelte wieder ihr schüchternes, unbeholfenes Lächeln und schüttelte ihre Kastanienmähne. »Und außerdem mag Fred L. A. nicht. Das letztemal, als wir hierwaren, da hab ich ihn die ganze Nacht mit Tanzen auf den Beinen gehalten.«

»Du tanzt gerne?«

»Ich *liebe* es. Aber, ich meine ... davon wird's ja wohl diesmal nichts geben. Dein Traum, und das alles ...«

»Kümmer dich nicht um meinen Traum. Wir sollten tanzen gehn heute abend.«

»Aber was. Nein.« Sie lachte verlegen. »I wo. Und außerdem brauchst du Ruhe. Du siehst müde aus.«

»Ich will aber keine Ruhe haben. Ich würde wirklich gerne tanzen gehen. Also los, gehn wir tanzen.«

»Meinst du das ernst?«

»Aber klar.«

In diesem Moment sah er das Fenster und die kahle Backsteinwand. »Zuerst möchte ich aber einen Drink«, sagte er. »Und zwar sofort. Wir sollten uns irgendeine Bar suchen, okay?«

»Okay.«

Es klopfte.

»Wer ist da?«

»Ich bin's. Fred.«

Sie machte ihm auf.

»Ah, hier steckst du. Ich wußte nicht, wo du bist, Mary Ann.«

»Wir wollten gerade gehen. Tony möchte was trinken.«

»Er hat uns gefunden«, sagte Vaterman. »Ich hab's euch ja gesagt; er findet uns. Ich hab ein Zimmer zur Straße raus. Ich sah gerade raus, als ein grüner Chevy ganz, ganz langsam vorbeifuhr. Dann bin ich runter, um nachzusehen. Er ist am Ende der Straße geparkt.«

»Schon gut. Gehen wir. Tony sucht eine Bar.«

»Tony?!« sagte Vaterman. »Bevor wir gehen, möchte ich dich noch was fragen. Wann, meinst du, ist eine Story für den *Courier* in Carmel drin? Ich meine nur – weil die doch noch nicht mal wissen, daß ich Carmel verlassen habe.«

Maloney ignorierte die Frage. »Gehen wir.«

»Wir könnten ja zu Jay-Jay gehen«, schlug Mary Ann vor. »Da gibt's was zu trinken und für Hungrige auch was zu essen.«

»Moment mal«, sagte Vaterman. »Tony hat mir meine Frage noch nicht beantwortet.«

Aber Maloney starrte nur die kahle Mauer gegenüber an. »Es ist noch nicht Nacht«, sagte er nur.

»Was meinst du damit?«

Rote Ringe erschienen vor seinen Augen. Es pochte in seinem Schädel.

»Ich sagte: Was meinst du damit?«

»Ich meine damit, daß ich nicht müde bin. Ich möchte was trinken. Und dann möchte ich tanzen. Mary Ann, du willst doch auch tanzen, nicht?«

»Naja, ich ...« Sie warf Vaterman einen hilflosen Blick zu.

»Was soll das mit dem Tanzen?« fragte Vaterman. »Ich dachte, du bist wegen eines neuen Traums hier! Wie kommst du zu einem neuen Traum, wenn du rausgehst und säufst und tanzt?«

»Los jetzt, ab zum Drink«, sagte Maloney laut.

»Fred«, wisperte Mary Ann. »Bitte, hol den Wagen.«

Stunden später, in einem Club wie eine Scheune, groß, fensterlos, grelle Lichtorgelblitze, die prismatisch das Dämmerlicht durchzuckten und allem Sichtbaren den Anschein der Trunkenheit gaben, ein Klang aus so totaler Kakophonie, daß kein anderer Laut den eisernen Herzrhythmus der Musik durchdringen konnte: Hier an diesem Ort, ihre Füße jetzt nackt und schwarz von Tanzbohlenstaub, tanzte Mary Ann. Ein transformiertes Lebewesen. Besessen. Ihre Schüchternheit weggeblasen wie ein Stottern. Pausierte nur für noch einen Coca-Cola-Schluck. Ihre Füße noch immer in unruhiger Bewegung nach erinnerter Musik. Ihre Hände winken, bitten ihn, Maloney, immer nochmal zurück auf die Tanzfläche, und er mantellos, aufgelöst, betrunken, in Drehung und Wirbelkreis eine Parodie auf ihre Virtuosität. Während erschöpft und gegen den Schlaf ankämpfend Vaterman am Tisch saß wie ein alter

Mann im Asyl, vergessen in dieser gewaltigen schreienden Kehle aus Lärm.

»Fred will nachhause«, sagte Mary Ann.

Vaterman brauste auf: »Ach, sei doch bloß still! Hör zu, Tony, ich *muß* eine Story haben. Ich bin *nicht* nach L. A. gekommen, um in einer beschissenen Disco rumzuhocken. Du hast gesagt, du wirst einen neuen Traum träumen. Aber wie soll das gehen, wenn du besoffen bist?«

»Ich bin noch nicht müde«, sagte Maloney und streckte seine Hand aus, um Mary Ann noch einmal zum Tanzen aufzufordern und Vatermans lauten Klagen zu entkommen. Als sie drei Stücke später zum Tisch zurückkehrten, war der Tisch leer. Eine Nachricht war an die Tischlampe geheftet:

Bin nachhause
Vorsicht: Der Vater ist draußen

FXV

Mary Ann las den Zettel durch und zerknüllte ihn. »Das heißt, er ist sauer auf mich.«

»Wer? Dein Vater?«

»Ach was. Fred.«

»Jetzt sag mir nur mal eins«, sagte Maloney. »Warum sollte dein Vater die ganze Strecke bis nach Los Angeles kommen und trotzdem kein Wort mit dir reden? Da stimmt doch was nicht.«

Die Becken lärmten. Der Sologitarrist brüllte in Mikrophone. Jedes Wort erstarb in dem Gestampfe der Musik. Wieder geleitete er sie auf die Tanzfläche, sein trunkener Blick nahm ihren bewegten Körper kaleidoskopartig und fragmentarisch im Zucklicht der Strobokugel wahr. Seine gestellte Frage verschwamm und ging verloren, genauso wie er in diesen vielen Stunden zuckender Bewegung den eigentlichen Grund für seine Angst und seine Flucht verloren zu haben schien. Und doch lauerte die Angst, jetzt nur von ungezählten Whiskeys betäubt, darauf, wieder an die Oberfläche zu kommen.

Dann, endlich, ein gewaltiger Schlußakkord und plötzlich kein Strobolicht mehr, die Musik tot, und die scheunenartige Decke des Tanzlokals in entlarvendem elektrischem Weißlicht. Der Auftritt war vorüber. Die Bühne, ein verlassenes Gewirr von Kabeln, Mikrophonen, Verstärkern, in wertloser Konfusion, still wie die Halbzeit beim Karneval, wenn die Menge nachhause gegangen ist. Mary Ann drehte sich noch immer, allein auf dem staubigen Boden der Tanzfläche. »Was ist los? Ist doch noch nicht Schluß, oder?«

»Doch, ist Schluß. Die Band ist weg.«

»Wie spät?«

»Weiß nicht«, sagte er. »Laß uns noch irgendwo anders hingehn. Muß doch noch irgendwo was geben.«

Aber der Höhlenbewohner im Teensalter, der die Garderobe bewachte, wußte auch nichts zu empfehlen. »Es ist ja auch schon nach vier. Sie werden nichts mehr finden. Höchstens irgend ne Bar mit Musik oder sowas.«

»Na, dann gehen wir eben in eine Bar. Okay, Mary Ann?«

»Okay.« Sie nahm seinen Arm und führte ihn zur Tür. »Weißt du was?!« sagte sie ganz unvermittelt. »Mit dir macht's richtig Spaß. Wußtest du das? Mit Fred macht's keinen, verstehst du?«

»Ich weiß schon. Laß uns noch eine Bar suchen. Ich schätze, ich brauch noch was zu trinken.«

Ein gelbes Taxi, ein letzter amerikanischer Überlebender zwischen den vorwärtsdrängenden ausländischen Autos in Beverley Hills, fand sie und brachte sie zu einer Go-Go-Bar. Nackte Mädchen bewegten sich schlangenhaft zu Plattenmusik in einem Käfig hoch über der Tanzfläche.

»Heeh, gute Musik«, sagte Mary Ann.

Er stand da, starrte die Musikbox an und erinnerte sich plötzlich an seinen Fernsehtraum. Seine Angst war wieder da.

»Was ist los?« fragte sie.

»Ach, nichts. Komm, tanzen wir.«

Sie tanzten. Er trank. Eine Stunde verging. Inzwischen waren die Go-Go-Girls auch schon verschwunden. Nur noch vier andere Kunden außer ihnen am Tresen, keiner mehr nüchtern.

»Glaubst du immer noch, daß dein Vater da rumgeistert?«

Sie zuckte mit den Schultern.

»Glaubst du wirklich, er ist dir bis hierher nachgekommen?«

»Fred sagt das jedenfalls.«

»Aber *du* hast ihn *nicht* gesehen, oder?«

»Nein.«

»Hast du ihn *überhaupt* mal so erwischt?«

»Aber ja doch. Zumindest damals. Er kam immer an und sprach mich mitten auf der Straße an.«

»Was sagte er denn so?«

»Och, er fragte, ob ich auch ein braves Mädchen war. Sowas in der Art. He, was ist mit der Musik?«

»Wir können ja was in die Musikbox stecken. Ich hol Kleingeld.«

Aber bei dem Versuch, zum Tresen zu kommen, stolperte Maloney und fiel. Sie half ihm auf. »Du bist ganz schön abgefüllt heute, stimmt's?«

Er sah sie an, ihr Gesicht war jetzt ganz nah, ihre leuchtenden Augen ganz für ihn allein da, ihr kastanienbraunes Haar wild um ihre Wangen. Und plötzlich überkam ihn ein Gefühl, als müsse er losheulen. »Weißt du«, sagte er, »mein Leben wird von jetzt an einsam sein.«

»Was meinst du damit, Tony?«

»Ach, nichts Bestimmtes. Laß uns noch was tanzen.«

»Bist du sicher? Vielleicht willst du längst ins Bett.«

»Noch nicht. Tanzen wir.«

Aber Minuten später, wie aus heiterem Himmel und ganz und gar unverkennbar, war ihm kotzübel, und er suchte die Toilette. Eine falsche Biegung brachte ihn stattdessen hinaus auf eine rückwärtige Straße. Dort übergab er sich, hob – wieder ernüchtert – seinen Kopf und sah helles Sonnenlicht auf der pastellfarbenen Straßenmauer. Die Nacht war vorüber. Er ging zurück in den Club.

Allein auf der winzigen Tanzfläche bewegte sie sich zu den verworrenen Rhythmen, die sie die Nacht hindurch belebt hatten. Die drei noch übriggebliebenen Kunden, alles Männer, taxierten sie mit verschwommener Konzentration, wie sie sich barfuß mit schweißnassem Haar und in dem weißen Kleid, das eng an ihren aufreizenden Beinen haftete, drehend in Trance bewegte, und ihre großen leuchtenden Augen träumten von einem endlosen rhythmischen Paradies.

»Mary Ann! Mary Ann?!«

Die Musik brach abrupt mit einem plötzlichen Trommelwirbel ab.

»Mary Ann, es ist hellichter Morgen.«

»Jawollja, und ich mach jetzt hier dicht«, erklärte der Barmann den Übriggebliebenen. »Sie können ja da oben an der Straße in dem Pfannkuchenladen was zum Frühstück kriegen.«

»Gute Idee. He, Tony, komm, gehn wir frühstükken!«

Im Pfannkuchen-Haus aß sie eine doppelte Portion Eier und einen Blaubeerpfannkuchen, dazu noch eine Portion Pistazieneis. Maloney trank schwarzen Kaffee.

»Hat doll Spaß gemacht heut nacht, findest du nicht? Weißt du, das war seit langer Zeit wieder mal das Beste, was ich erlebt hab. Wie ist das denn so in Montreal?«

»Schön. Würde dir bestimmt Spaß machen.«

»Wir sollten mal zusammen hinfahren.«

»Aber was würde Fred dazu sagen?«

Sie sah ihn seltsam an. »Wie meinst du das?«

»Ich meine eben ... du bist schließlich Freds Freundin, nicht wahr?«

Sie schaute zur Seite. »Ich bin niemandes Freundin«, flüsterte sie. »So sieht das nämlich aus.«

Die mittelalterliche Kellnerin, die ihnen das Frühstück gebracht hatte, kam heran und hüstelte als Vorwarnung.

»Entschuldigung, die Herrschaften.«

Zwei jüngere Kellnerinnen tauchten plötzlich hinter der ersten auf. Alle drei lächelten etwas merkwürdig.

»Die Rechnung«, sagte Maloney pflichtbewußt.

»Wir haben so'ne Art Wette abgeschlossen«, sagte die ältere Kellnerin. »Darf ich Sie vielleicht mal was fragen?«

»Naja, ja.«

»Sind Sie der Herr, der im Fernsehn war, der mit dieser Sammlung in Carmel?«

»Ja, das bin ich.«

»Gewonnen«, sagte eine der jüngeren Kellnerinnen.

»Vielen Dank«, sagte die ältere Kellnerin. »Es ist uns wirklich eine Ehre, Sie kennengelernt zu haben.«

Als die Kellnerinnen gegangen waren, sagte Mary Ann plötzlich: »Mir ist gerade was eingefallen. Du hast die ganze Nacht nicht geschlafen. Aber wenn du schläfst, dann schützt du damit doch die Sammlung. Wenn nun irgendwas damit passiert ist?«

»Das laß mal ruhig meine Sorge sein.«

Sie wurde rot. »Tut mir leid. Es ist nur, weil ich mich manchmal richtig wie ein Teil dieser Sammlung fühle. Ich kann es nicht erklären. Es ist verrückt, ich weiß.«

»Nein, das ist es nicht«, sagte er. »Vielleicht *hast* du ja irgendwas damit zu tun. Aber angenommen, sie ist wirklich letzte Nacht verschwunden. Angenommen, ich muß nach Montreal zurück und da mein Leben wieder aufnehmen, wie ich es geführt habe, bevor das alles passiert ist. Würdest du mich vergessen, wenn das so wäre?«

Sie schüttelte den Kopf, daß ihr Kastanienhaar wieder ihre Züge verbarg. »Und außerdem wird der Sammlung sowieso nichts passieren, stimmt's?«

»Stimmt«, sagte er.

Im Taxi, am Sunset Boulevard entlang, sagte er: »Ich meine das ganz ernst. Würdest du mit nach Montreal kommen, wenn ich dich darum bitten würde?«

Sie legte ihre Hand auf sein Knie. »Pschsch!«

»Würdest du?«

»War wirklich toll letzte Nacht«, sagte sie. »Fandst du nicht auch?«

»Ich würde meinen Job zurückkriegen. Ich hoffe, sie machen mich dann bald zum Professor im Angestelltenverhältnis. Ich hätte meinen festen Beruf.«

»Was du jetzt zuerst mal brauchst, ist eine große Mütze Schlaf.«

»Schlaf?!« Einen Moment lang spülte seine Panik wieder nach oben.

»Sunset Plaza, ja?« fragte der Fahrer.

»Ja«, sagte Mary Ann.

»Ich will aber nicht schlafen. Ich wünschte, wir könnten jetzt gleich nach Montreal durchfahren.«

Mary Ann blieb still.

»Ich mein's ernst.«

Das Taxi fuhr in die Hotelauffahrt hinein. Mary

Ann stieg zuerst aus. Maloney hinter ihr her, mit einer Handvoll Banknoten herumfuchtelnd; zuviel Trinkgeld für den Fahrer, Geld verstreut auf dem Asphalt. Er beugte sich hinunter, um das Geld aufzuheben, und merkte, er war nicht mehr betrunken. Seine Hände zitterten. Die Angst stieg wieder total groß in ihm auf.

Als sie die Halle durchquerten, um ihre Schlüssel zu holen, sah er rote Ringe vor den Augen. Er nahm seinen Zimmerschlüssel. 14A. Das Bett. Die Kahlwand. Schädelpuls. Die schwarz-weißen Fernsehfarben wie eine Leinwand über seinen Blicken. Endlos wie die monotone öde Reihe von Gefängniszellentüren die Gänge der Sammlung, der nonstop-Prüfung des TVmonitors ausgesetzt, starr, abstoßend, seltsam erschreckend. Als wollte ihr Labyrinthschweigen ihn wie in einem Irrgarten für immer und ewig gefangenhalten, wenn er erstmal drin war. Er fing wieder an zu zittern. Und dann, als käme er wieder aus einer Narkose hoch, tauchten auch die roten Flecken wieder vor ihm auf. Sein Kopf wurde klar.

Vor ihm stand Mary Ann, in der Hand den Schlüssel, und wartete auf den Fahrstuhl. »Kann ich bei dir bleiben?« hörte er sich fragen. »Ich meine nicht miteinander schlafen; nur so, nebeneinanderliegen.«

Er sah, wie sie zurückzuckte. Ein roter Saum der Verlegenheit legte sich wie eine Tresse um ihre Wange. »Warum?«

»Weil – ich habe Angst, allein zu sein.«

Sie wandte sich ab, als wollte sie sich vor seinem Zublick verstecken. Der Fahrstuhl kam. Die Türen schlossen sich hinter ihnen, und der Fahrstuhl begann seinen Aufstieg. Er hielt in ihrem Stockwerk. Plötzlich, linkisch, hastig, nahm sie seinen Arm. »Komm.«

Er fing an zu zittern.

Sie kam aus dem Bad und frottierte sich ihr langes, dunkles Haar. Sie trug ein weißes Baumwollnachthemd mit mexikanischen Weißblütenstickereien auf Kragen und Schultern. Sie sah ihn an.

»Zieh dich aus und dusch dich«, sagte sie. »Dann fühlst du dich gleich besser.«

Gehorsam ging er ins Bad. Als er an ihr vorüberkam, legte sie sich erschlafft in das schmale Bett.

Unter der Dusche packte ihn seine Panik dermaßen, daß er längere Zeit nicht in der Lage war, dem Wasserstrahl auszuweichen. Schlafen ohne zu träumen... Nicht zu träumen. Er sagte es sich immer und immer wieder, wie in einem Gebet. Als er schließlich, noch immer bebend, aus dem Badezimmer kam, war Mary Ann bereits eingeschlafen. Als er durch das Zimmer ging, stieß er gegen den Nachttisch. Eine Gideon-Bibel fiel klatschend zu Boden.

»Mach das Rollo runter, bevor du ins Bett kommst.«

Jetzt, in dieser Dunkelheit hier in diesem neuen Raum, legte er sich neben sie. Er zitterte. Sie drehte sich zu ihm herüber und streichelte seine Brust mit langen, feingliedrigen Fingern. »Schlaf jetzt«, sagte sie zu ihm. »Alles wird schon gut werden. Und wenn wir aufstehen, werden wir einen schönen Tag haben...«

Er nickte. Innerhalb von Sekunden war sie wieder eingeschlafen. Er schloß seine Augen und wartete auf das Erscheinen des Fernsehmonitors in irgendeiner Ecke des Hotelzimmers.

Nach einer Weile öffnete er wieder die Augen. Noch tief im Schlund seiner panischen Angst kam er allmählich zu sich, stützte sich auf einen Ellenbogen und betrachtete das Mädchen, das da neben ihm lag und schlief, das Haar zerzaust wie das eines Kindes, das Laken zerwühlt von ihren langen, nackten Beinen, ihr weißes Nachthemd nach oben gerutscht, eine zarte Rundung ihres Gesäßes entblößt. Einen verführerischen Augenblick lang verwandelte sie sich in ein viktorianisches Hausmädchen, das in seiner Dachkammer schlief, derweil der junge Hausherr ihre Nacktheit betrachtete, er, der das *droit du seigneur* an ihren Reizen besaß. Doch mit diesem einen leichtsinnigen Aufblitzen der Begierde kam, wie ein Übelkeitsanfall, auch schon die Angst wieder, um ihn einen neuen, schwindelerregenden Abhang hinunterzuspülen. Sie schlief. Aber konnte *er*? Was wäre, wenn ihm, außerhalb von Carmel, jeder Schlaf versagt bleiben sollte?

Zitternd, schwitzend, irr vor Anspannung, lag er die nächsten zwei Stunden mit offenen Augen da. Dann ein Klopfen an der Tür.

»Mary Ann?! Ich bin's. Fred!«

Sie setzte sich auf, aufgeschreckt wie jeder Mensch, den man so aus dem tiefsten Schlummer reißt.

»Mary Ann?«

Sie legte den Finger an die Lippen, dann zeigte sie auf das Bad. Plötzlich zum Verschwörer geworden, stand Maloney auf und ging auf Zehenspitzen durch das Zimmer. Als er hinter sich die Badezimmertür schloß, hörte er sie rufen: »Alles in Ordnung. Einen Moment.«

Er stand neben der Badewanne, zitternd, und zog sich hastig an. Er hörte, wie sie die Zimmertür aufschloß.

»Wann bist du nachhause gekommen?«

»So um acht rum.«

»Um *acht??* Dann warst du die ganze liebe lange Nacht mit ihm zusammen?«

»Ja, tanzen.«

»Dein Vater wird ihn umbringen. Das ist dir doch klar, oder?«

»Ach, komm . . .«

»Ich meine das ganz ernst. Als ich den Club verließ, kam er hinter mir her. Er muß die ganze Nacht dageblieben sein und dich und Tony beobachtet haben.«

»Also, *wir* haben ihn jedenfalls *nicht* gesehen.«

»Wo ist Tony?«

»Im Bett, nehme ich an.«

»Er ist nicht im Bett. Ich war dreimal bei ihm. Vor ein paar Minuten hab ich dem Pagen gesagt, er soll den Nachschlüssel rausrücken. Das Bett ist noch nicht mal angerührt worden. Vielleicht ist er wieder weggelaufen?«

»Ach was. Er wird schon auftauchen.«

»Hat er irgendwas zu dir gesagt, bevor ihr euch getrennt habt?«

»Ich glaube, er meinte irgendwas von wegen in Carmel anrufen. Warum gehst du nicht zur Rezeption und fragst nach, ob irgend jemand ihn gesehen hat?«

»Gute Idee. Bis gleich.«

Die Tür fiel ins Schloß. Sie kam ins Bad.

»Schnell. Geh in dein Zimmer, bevor er wieder hier aufkreuzt. Hast du geschlafen?«

»Nein.«

»Oh, armer Tony. Paß auf, ich red nachher mit dir weiter.« Sie beugte sich zu ihm hinüber, küßte ihn auf die Wange und versetzte ihm zugleich einen sanften Stoß, um ihn dann in den Flur hinauszuschieben. Er ging zum Lift hinüber und drückte auf den Knopf. Der Fahrstuhl ließ sich viel Zeit. Als er kam, stand Vaterman drin.

»Tony! Ich hab schon überall nach dir gesucht. Wie geht's dir denn?«

»Müde.«

»Ich habe gerade mit Carmel gesprochen. Sie sagen, sie hätten im Fernsehen gebracht, daß du verschwunden bist.«

Fernsehen. Eine inzwischen vertraute Beklommenheit befiel ihn. »Wie geht's der Sammlung?«

»Was?«

»Der Sammlung. Ist sie in Ordnung?«

Vaterman schien verdutzt. »Nehm ich doch stark an. Ich hab nicht gefragt.«

»Du hast nicht gefragt?«

Er raste an Vaterman vorbei in den Fahrstuhl hinein, ging auf sein Zimmer und ließ sich zitternd und wütend eine Verbindung mit dem Sea Winds Motel geben. Bourget war dran. »Ah, Sie sind's, Professor. Hören Sie, Mr. Hickman ist gerade hier eingetrudelt. Er möchte Sie sprechen.«

»Nein. Geben Sie mir Dr. Spector.«

»Moment. Bleiben Sie am Apparat.«

»Hier Spector.«

»Hier ist Tony Maloney, Doktor.«

»Tony! Wo stecken Sie denn bloß? Ist alles in Ordnung? Warum sind Sie einfach so ausgerückt?«

»Es ist ein Experiment, Doktor. Tut mir leid, ich konnte Ihnen vorher nichts darüber sagen. Haben Sie heute schon nach der Sammlung gesehen?«

»Allerdings, das hab ich, ja.«

»Irgendwelche Veränderungen?«

»Nein. Allerdings hab ich nicht allzu genau reingesehn.«

»Bitte, dann tun Sie's doch jetzt, ja?«

»In Ordnung. Aber worauf soll ich achten?«

»Irgendwelche Beschädigungen. Ich weiß selber nicht genau.«

»Bleiben Sie dran«, sagte Dr. Spector. »Bin gleich zurück.«

Während Maloney wartete, kam Hickman an den Apparat. »Ah, da sind Sie also. Was tun Sie denn in L. A.? Schon gut, sagen Sie nichts, ich will keine Unruhe stiften. Aber offen gesagt, ich wäre schon dankbar gewesen, wenn ich wüßte, wie Ihr Fahrplan so aussieht. Gerade wenn wir mitten in den Optionsverhandlungen stecken, gerade wenn die öffentliche Meinung anfängt, die Idee der Sammlung *einzukaufen*, da verschwinden Sie.«

»Ich mußte. Das ist ein Experiment.«

»Naja, gut. Also ein Experiment. Die Sammlung ist jedenfalls noch hier. Dann stimmt das also nicht, was

Sie letzte Woche sagten, von wegen es regnet, wenn Sie nicht in Carmel sind. Tony, wenn *ich* noch nicht mal sicher sein kann, ob Sie die Wahrheit sagen, wer soll es denn dann überhaupt? Bitte, verstehen Sie das nicht als Kritik.«

»Wenn das keine Kritik ist – was ist es denn dann?«

»Okay, okay. Tut mir leid, Tony. Ich möchte einfach nur, daß Sie mich ins Vertrauen ziehen, das ist alles. Ich möchte helfen. Hören Sie, wie lange wollen Sie noch in L. A. bleiben?«

»Ich weiß noch nicht genau. Kommt ganz drauf an.«

»Naja, aber versuchen Sie auf jeden Fall, so schnell wie möglich zurückzukommen, ja? Wir haben in unserer Angelegenheit noch eine ganze Menge zu tun.«

»Ist gut, ja.«

»Na dann«, sagte Hickman, »passen Sie gut auf sich auf.«

Wieder allein, begann Maloney zu zittern, während er auf die Rückkehr von Dr. Spector wartete.

»Tony?«

»Ja, Doktor. Was ist?«

»Nun, was soll ich Ihnen sagen? Natürlich bin ich kein Fachmann in Viktoriana, darum muß auf meine Beobachtungen kein wissenschaftlicher Verlaß sein. Wenn ich also sage, ich habe gewisse Veränderungen gesehen, dann muß das nicht viel heißen. Es ist, als ob die Objekte, die ich überprüft habe, jetzt alle ein bißchen – wie soll ich sagen – ein bißchen gebrauchter aussehen als vorher. Tut mir leid, wenn ich nicht genauer sein kann. Es kann auch daran liegen, daß wir hier von der Küste her heute morgen Nebel haben und darum das Licht nicht so ist, wie man es sonst hier gewöhnt ist.«

»Sie sind verblaßt«, sagte Maloney.

»Bitte?«

»Sie sehen verblaßt aus, ja?«

»Jaja, so würde ich das auch bezeichnen. Tony, ist Ihnen eigentlich klar, daß das ein erstklassiges präkognitives Exempel ist? Das ist eine der wenigen Gelegenheiten, in denen Ihre Erfahrungen mit anderen Wahrnehmungen parallellaufen. Könnten Sie sich nicht hinsetzen und versuchen, eine ausführliche Beschreibung Ihrer Gefühle zu verfassen?«

»Tut mir leid, Doktor, im Moment nicht. Ich spreche später mit Ihnen.«

Nachdem er aufgelegt hatte, rief Maloney beim Empfang an und sagte dem Portier, er wolle nicht gestört werden. Er schloß ab, zog das Rollo herunter und legte sich zitternd und mit dem Gesicht zur Wand ins Bett. Wann mag die Auflösung begonnen haben? Was mag sie verursacht haben? Lag das vielleicht an seinem Fernseher-Traum oder an seiner Abwesenheit? Oder daran, daß er nicht geschlafen hatte? Er wußte es nicht, er wußte überhaupt gar nichts mehr, und so lag er in seiner alkoholisierten Malaise und nickte langsam dem Schlaf entgegen wie ein Mensch, der nachts am Steuer seines Wagens sitzt, gern schlafen möchte und dennoch Angst vor möglichen Konsequenzen hat, eine Art Purgatorio, in dem er eine Stunde verbrachte, dann noch eine, erschöpft und dennoch ständig und unvermeidbar wach.

Kurz nach Mittag stand er auf, rasierte sich, zog sich an und ging zu ihr. Er klopfte an. Vaterman ließ ihn hinein.

»Ah, da bist du ja. Man sagte uns, du seist schlafengegangen und wolltest nicht gestört werden.«

Hinter Vaterman saß Mary Ann, noch immer in ihrem kurzen Nachthemd, am Toilettentisch und kämmte sorgsam ihr langes Haar. Auf einem anderen Tisch standen Papiertüten mit chinesischem Essen.

»Irgendwelches Glück mit dem neuen Traum?« wollte Vaterman wissen.

»Nein.«

»Was willst du dann tun? Nach Carmel zurückfahren?«

»Nein, ich bleibe hier. Zumindest noch eine Nacht.«

»Das ist doch unverantwortlich«, hielt ihm Vaterman entgegen, »ich habe mit Hickman gesprochen wegen der Optionsverhandlungen. Er will dich in Carmel haben.«

Maloney antwortete nicht. Er antwortete nicht, weil in diesem Augenblick Brechreiz in seiner Kehle würgte. Er lief ins Badezimmer, stieß hinter sich die Tür mit dem Fuß zu, beugte sich über das Toilettenbecken und erbrach sich.

»Tony, bist du in Ordnung?« Mary Anns Stimme draußen, weich, besorgt.

»Bitte, geht. Geht einkaufen oder irgendwas. Gebt mir ein paar Stunden, bitte.«

»Bist du sicher, daß du in Ordnung bist?«

»Jaja.«

Er erbrach sich noch einmal. Nach einiger Zeit hörte er sie draußen Aufwiedersehen rufen, hörte Vaterman etwas sagen, das er aber nicht verstand. Er stand auf, wusch sich das Gesicht ab und die Hände im Waschbecken und ging dann ins Zimmer zurück. Das Erbrechen hatte ihn von einer weiteren Sperre gegen den Schlaf befreit, und jetzt, wie er sich auf ihr Bett setzte, schien er nicht länger fähig, sein Gleichgewicht zu halten. Wie ein nasser Sack fiel er auf ihre Kissen und sog ihren fremdartigen, mädchenhaften Duft ein.

Also war sie durch seine Flucht nicht zerstört worden. Weder Überschwemmungen noch Wolkenbrüche waren über sie gekommen, um sie hinwegzuspülen. Stattdessen verging sie also, zerbrach, löste sie sich also auf. All diese seltsamen und wunderbaren Dinge sollten zerstört werden? Je länger er fortblieb, desto mehr Schaden würde sie nehmen, wie Todkranke, die an einer unheilbaren Krankheit leiden?

Er hatte gedacht, er könnte sie allein mit seiner Willenskraft zerstören. Alles, was er tun zu müssen geglaubt hatte, war, wegzulaufen. Aber jetzt wußte er, daß es kein leichtes Davonkommen geben würde. Die Zerstörung der Sammlung würde Jahre dauern. Sie würde einen schleichenden Tod sterben, in konstantem Vorwurf gegenüber seiner Ablehnung und Indifferenz. Lieber nicht daran denken. Aber in seinem Wunsch nach Umkehrung des beängstigenden Gedankens fiel seine Panik nur in die entgegengesetzte Schicksalslade: Was, wenn er fern von Carmel *überhaupt keinen* Traum zu träumen imstande war? Was, wenn er außerhalb von Carmel überhaupt nicht zu schlafen imstande war?

Er setzte sich auf, steif und verspannt. Die Übelkeit kam wieder. Auf seinem hastigen Weg zum Badezimmer stolperte er wieder und stürzte und stieß den Tisch mit den Resten des Chinaessens um. Papiertüten mit Backreis und Mandelhuhn fielen um ihn herum auf den Teppich. Er stand nicht auf, lag mit dem Gesicht am Boden, seine Hände verkrallten sich in den verrutschten Läufer in dem Versuch, Kontrolle zu bewahren über seinen unkontrollierten Tremor. Früher oder später braucht jeder seinen Schlaf. Der Schlaf war die andere Hälfte des Lebens. Ohne ihn würde jeder sich Irrsinn und Tod ausliefern.

Einige Minuten später erhob er sich vom Boden und rief unten beim Empfang an. Später stieg er, bleich und verschwitzt, aber erfüllt von hoffnungsloser Zielstrebigkeit, aus einem Taxi aus und betrat ein Bürohaus in der Nähe des Sunset Strip. Dort untersuchte ihn ein vom Hotelportier empfohlener Arzt, sagte ihm, er hätte Temperatur und zu hohen Puls, und schrieb ihm widerwillig ein Rezept für eine kleine Dosis Nembutal aus. Kurz darauf kehrte Maloney in sein Hotel zurück, nachdem er sich aus einer Apotheke in der Nähe die Tabletten besorgt hatte. Er ging auf sein Zimmer und hinterließ, auf keinen Fall auch nur im geringsten gestört werden zu wollen. Er schloß sich ein, nahm drei Pillen, zog das Rollo herunter und legte sich auf das Bett, mit dem Gesicht zur Wand.

Um acht Uhr am selben Abend kam Mary Ann zu ihm und klopfte an die Tür. Mit ausgedörrter, schwacher Stimme rief er sofort: »Herein!«

Sie fand ihn halbbekleidet auf dem Bett liegen, zitternd und schwitzend wie ein Mensch mit sehr hohem Fieber und pathetisch im Glück schwelgend, sie wiederzusehen.

»Oh, armer Tony. Was ist denn bloß passiert? Soll ich nicht lieber einen Arzt holen?«

»Nein, nein. Bleib einfach hier bei mir. Ich dachte schon, kein Mensch würde mehr kommen.«

»Man hatte uns gesagt, du schläfst. Übrigens wartet Fred unten auf das Ergebnis deines neuen Traums. Er wäre stocksauer, wenn er wüßte, daß ich hierbin.«

»Ich kann nicht schlafen. Ich hab was eingenommen, aber ich kann einfach nicht schlafen. Mary Ann, bleib bei mir, ja? Ich will jetzt nicht allein sein.«

»Natürlich bleib ich bei dir. Soll ich was zu essen bestellen?«

»Nein, laß uns irgendwas unternehmen. Ja, eine gute Idee. Laß uns rausgehen. Wir sollten noch mal tanzen gehn. Wenn ich tanze, denke ich an nichts. Ja, laß uns tanzen gehn.«

»Aber dir ist doch schlecht!«

»Nein, ich komm schon wieder in Ordnung. Bestimmt.«

Sie zögerte. »Bist du auch ganz sicher?«

»Ja, ganz und gar.«

Er setzte sich im Bett auf und kam, noch unsicher, auf die Beine. Er ging ins Bad und frottierte sein Gesicht und seinen Nacken. Mit fliegenden Fingern band er sich die Krawatte um und zog ein Jackett an. »Ich bin soweit«, sagte er. »Willst du nicht erst noch Fred Bescheid sagen?«

Sie sah ihn an und schüttelte plötzlich heftig den Kopf. »Nein. Los. Gehn wir.«

IX

Aber Vaterman wartete unten in der Halle.

»Kein Traum?«

»Nein«, sagte Maloney. »Wir gehen tanzen. Kommst du mit?«

»Oh, zum Teufel nochmal. Na gut, dann ist das hier eben das Ende der Geschichte. Das Erste, was ich morgen früh machen werde – ich fahre schnurstracks nach Carmel zurück.«

»Tu, was du nicht lassen kannst.«

»Und wenn ihr bis um acht nicht mit mir zurückfahrt, dann könnt ihr sehen, wie ihr zurückkommt.«

»Kein Problem«, sagte Mary Ann. »Kommst du nun mit zum Tanzen, oder kommst du nicht mit?«

Vaterman starrte sie an: »Miststück«, sagte er nur.

Und doch: Noch morgens um vier war er bei ihnen und steuerte den angeschlagenen roten Mustang den Santa Monica Boulevard entlang auf der Suche nach dem Big Bomb Club, einer Disco, die – wie der Parkplatzwächter bei ihrem letzten Stopp sie versichert hatte – bis zum Morgengrauen geöffnet hätte. Maloney, der die ganzen letzten sechs Stunden unablässig getanzt, oder besser: gewirbelt, hatte, saß zusammengesunken auf dem hinteren Sitz. Er hatte eine ganze Menge Bourbon konsumiert und sich zweimal auf Herrentoiletten übergeben müssen. Er sah elend aus.

Vaterman, schlechter gelaunt denn je, schaute von Zeit zu Zeit in den Rückspiegel. Schließlich verkündete er: »Hab ich's mir doch gedacht. Da ist er wieder.«

»Wer?«

»Der Vater.«

»Wo denn?« fragte Maloney.

»Siehst du den grünen Chevy, der uns einholen will?«

»Doch kein grüner.«

»Und ob der grün ist«, sagte Vaterman. »Du bist nur zu besoffen, um das genau zu erkennen.«

Die Neonreklame des Big Bomb Club ragte vor ihnen auf. Der Mustang schwenkte unter einen staubigen Baldachin vor dem Eingang ein. Langhaarige Jungen und Mädchen, die soeben aus dem Club gekommen waren, standen auf dem Parkgelände herum, mit trüben Augen, und warteten, daß die Parkwächter ihre Wagen finden würden.

»Hübsch«, sagte einer der Jungen, als Mary Ann aus dem Mustang stieg. »Hallihaloh, hübsches Kind.«

Vaterman griff Maloney am Kragen. »Jetzt hör mir mal zu. Ich warne dich. Der Vater kann Langhaarige nicht ausstehen. Wir sollten hier verschwinden.« Er beugte sich vor und rief aus dem Wagen: »Mary Ann, los, steig wieder ein. Wir hauen ab.«

Sie drehte sich um, wurde rot, beugte sich dann

plötzlich zum Wagen hinunter und flüsterte Maloney zu: »Los, laß uns reingehn.«

»Hör nicht auf sie«, sagte Vaterman. »Wenn du das tust, dann wird der Verrückte euch finden, wenn ihr wieder rauskommt und dich umlegen, noch auf dem Parkplatz.«

Mary Ann wartete mit rotem Kopf. Maloney öffnete die Wagentür und stieg aus. Sofort beugte sich Vaterman über den Beifahrersitz, zog knallend die Tür zu, ließ den Motor aufheulen, und lärmend schoß der Mustang aus der Auffahrt zum Club – wie ein Fluchtauto nach einem Banküberfall. Maloney sah sich um. Nirgends auch nur die geringste Spur von einem Chevy. Mary Ann, die vor ihm herging, betrat den Clubeingang. Im Inneren, in tunnelähnlichem Fast-Dunkel, stand hinter einem Kartenschalter ein langhaariger Jugendlicher. »Macht aber sechs Dollar pro Person«, warnte er. Lärm überspülte und umwirbelte seine Stimme und verwandelte sie in ein Flüstern. Sie bewegten sich direkt auf den elektronischen Aufstand zu und fanden sich nur Sekunden später erneut auf der Tanzfläche, sie in verschlungenen Synchronbewegungen zum Rhythmus, er clownesk, sich drehend, aus dem Takt, in armseliger Imitation seines Nebentänzers.

Zwischen den einzelnen Musik-Blocks stand er an einer langen Bar und trank eine bräunliche Flüssigkeit, die der Barkeeper mit dem Wort Wein bezeichnet hatte.

»Mary Ann?«

»Ja, was ist?«

»Fred wird ganz schön wütend sein, nicht?«

Die Musik fing wieder an.

»Was??« Er brüllte die Frage.

»Ich weiß nicht. Laß uns tanzen.«

Zwei Stunden später, Schlag sechs, summte Stille im Big Bomb. Während die letzten Kumpane sich auf der Suche nach ihren Fahrzeugen auf dem Parkplatz verliefen, gingen Mary Ann und Maloney Hand in Hand und unsicheren Schritts den Santa Monica Boulevard entlang.

»Siehst du irgendwelche grünen Chevrolets da hinten?«

»Mach dir keine Sorgen«, sagte Mary Ann. »Manoman, ich hab wirklich Spaß gehabt. Du nicht?«

»Ja, doch.«

»Ich meine – irgendwie haben wir uns auf dem Trip doch ganz gut kennengelernt, oder?«

»Ja, nicht?«

»War wie Ferien. Und jetzt sind sie zuende. Ich meine, für mich. Du hast Schlimmes hinter dir. Ich weiß.«

»Hör mal«, sagte er. »Es wäre noch schlimmer gewesen, wenn du nicht hiergewesen wärst. Du bist ein Engel, weißt du das?«

Betroffen drehte sie sich weg. Sie gingen weiter, suchten ein Taxi in dem wenigen Morgenverkehr.

»Was sollen wir tun?« fragte sie nach einiger Zeit. »Zurück nach Carmel?«

Es pulsierte in seinem Kopf. Plötzlich, wie bei Überreichweiten, in seiner Phantasie wieder der Monitorschirm mit seinem graublauen Fernsehbild, das sich an der »Folkstone«-Lok vorbeisenkt und auf einen Gang der Sammlung mit einer Reihe Möbeln von William Morris hält. Panik erfüllte ihn, die Panik eines Gefangenen, die Fallenfurcht, die kommt, wenn in der Dämmerung die Vorladung zur Urteilsverkündung kommt. Rote Ringe tanzten wieder vor seinen Augen. Dann klärte sich seine Vision und offenbarte jetzt bleiche Stuckgebäude und häßliche Reklameflächen, deren Silhouetten sich scharf abhoben gegen den blaßrosigen pazifischen Sonnenaufgang.

»Nein«, sagte er. »Ich will weitergehn.«

»Wohin?«

»Weiß nicht. Montreal vielleicht. Vielleicht kann ich da einen neuen Traum haben.«

Sie sah ihn an und lächelte plötzlich. »Na gut. Warum tun wir's dann nicht?«

»Jetzt gleich?«

»Ja.«

»Meinst du das ernst? Und was ist mit Fred?«

»Ich bin ihm keine Rechenschaft schuldig. Ich bin mit Fred ja nicht verheiratet.«

»Das stimmt. Das bist du nicht.«

»He, da ist ein Taxi.«

»Ist schon besetzt.«

Sie marschierten weiter. Es war nach sieben, als sie – die ganze Strecke zu Fuß – ihr Hotel erreichten. Sie durchquerten die Halle Hand in Hand. Der Mann am Schalter, ein souveräner, wissender Mensch, griff schräg hinter sich und überreichte ihnen schweigend den Schlüssel zu Mary Anns Zimmer.

»Meinen Schlüssel möcht ich auch, bitte«, sagte Maloney.

Der Portier lächelte. »Was immer Sie wünschen.«

Hand in Hand bestiegen sie den Fahrstuhl. Niemand anderes fuhr mit. Auf der Fahrt nach oben beugte sie sich zu ihm und küßte ihn unbeholfen auf die Wange. Tränen traten ihm in die Augen. Sie mag mich. Sie möchte bei mir sein. Ich bin nicht mehr allein. »Hör mal«, sagte er, »ich geh erstmal auf mein Zimmer und versuche, ein, zwei Stunden zu schlafen. Dann hauen wir ab nach Montreal.«

»In Ordnung. Sagst *du* es Fred?«

»Okay.«

Als Maloney in seinem Zimmer war, rief er sofort Vaterman an. »Fred, ich fliege heute nachmittag nach Montreal zurück.«

»Nach Montreal?«

»Es gehört zu dem Experiment.«

»Was soll Hickman dazu sagen? Die denken doch alle, du kommst wieder nach Carmel zurück.«

Maloney spürte, wie er zu zittern begann. »Ach, und übrigens: Mary Ann will mich begleiten.«

»Ich glaube nicht, daß das vernünftig ist, Tony.«

»Wie meinst du das, Fred?«

»Mary Ann ist minderjährig. Der Vater verfolgt euch. Wenn du sie ins Ausland mitnimmst, kann er alle möglichen gesetzlichen Maßnahmen gegen euch ergreifen.«

»Aber der würde uns doch wohl nicht bis rauf nach Kanada hinterherkommen?«

»Warum denn nicht? Egal, es ist ja *deine* Beerdigung. Ich geh jedenfalls nach Carmel zurück.«

»Na gut. Paß auf: Ich ruf dich aus Montreal hier an.«

»Wie du meinst«, sagte Vaterman kühl.

»Und auf Mary Ann paß ich schon gut auf. Mach dir keine Sorgen.«

»Warum sollte ich?« fragte Vaterman. »Sie ist jetzt dein Problem. Aber sag ja nicht, ich hätte dich nicht gewarnt.«

Es klickte in der Leitung.

Einen Augenblick lang dachte Maloney daran, nochmals bei Vaterman anzurufen, um zu versuchen, dem Ende hier eine freundlichere Note zu geben. Aber war das möglich, wenn man die Umstände genau bedachte? Er glaubte nicht. Er ging ins Badezimmer, zog sich das Hemd aus und wusch sich Kopf und Oberkörper in warmem Wasser. Dann schluckte er drei Nembutal, zog das Rollo herunter und legte sich aufs Bett. Nembutal, Alkohol, Erschöpfung: das *mußte* eigentlich klappen.

Tat es aber nicht.

Um zehn rief er bei Air Canada an, rasierte sich dann und packte seine Reisetasche. Bis elf saß er im Sessel. Um zehn nach elf rief er Mary Ann an und bat sie, sich fertig zu machen. Um eins ging eine Maschine nach Montreal.

»Hast du mit Fred gesprochen?«

»Ja. Er geht zurück nach Carmel.«

Stille. Dann sagte sie: »In Ordnung. Treffen wir uns in einer halben Stunde in der Halle. Hast du geschlafen?«

»Ja«, log er.

Die Maschine ging auf Höhe. Der Kapitän sagte durch: »Heute fliegen wir über Las Vegas, Nevada; Salt Lake City, Utah, und dann weiter über Omaha, Nebraska. Dann über Chicago und über den Michigansee nach Toronto und Montreal, Kanada.«

Er suchte Mary Anns Hand und hielt sie fest. Der Kapitän fuhr fort: »Unsere Flugzeit wird vier Stunden und achtundvierzig Minuten betragen, und die Landung in Toronto ist für acht Uhr fünfzig Ortszeit vorgesehen. Das Wetter ist sehr gut, aber auch wenn wir keine Turbulenzen erwarten, möchten wir Sie bitten, während des ganzen Fluges angeschnallt zu bleiben. Dankeschön. Entspannen Sie sich, und genießen Sie den Flug.«

Sie wandte sich ihm zu, ihre Augen in Alarmstimmung weit geöffnet. »Was ist los? Du siehst ja furchtbar aus.«

»Mir ist schlecht.«

»Warum versuchst du nicht, etwas Schlaf zu kriegen? Leg deinen Kopf hier auf das Kopfkissen, und ich sorge dafür, daß dich niemand stört.«

Dankbar nahm er das kleine Kopfkissen und schloß die Augen. Vielleicht würde er hier in einem Düsenclipper, mehr als neuntausend Meter über der Erde, von dem Traum befreit werden oder überhaupt davon befreit werden, träumen zu müssen? Aber wie schon jedes Mal auf dieser Odyssee verweigerte sich ihm der Schlaf auch jetzt. Benommen rekelte er sich in das anästhetisierende Gesumm der Triebwerke ein. Schuldgefühle, die unaufhörlichen Schuldgefühle, abhängig zu sein von der Sammlung, mit ihr verbunden bleiben zu müssen, bemächtigten sich seiner in starken Wellen der Panik. Würde es abnehmen, je weiter er sich von Carmel entfernte? Oder war die Abnahme der Bindung abhängig von dem Zeitbetrag, der ihn von der Sammlung trennte? Er beschloß, Dr. Spector gleich nach der Ankunft in Montreal anzurufen.

In Toronto wurden sie gebeten, das Flugzeug wegen der Zoll- und Paßkontrollen zu verlassen. In dem riesenhaften Flughafen folgte er ihr mit weichen Knien und unsicherem Gang durch die Flure zum Zoll. Der Offizier, der die Pässe kontrollierte, erkannte ihn sofort.

»Sagen Sie mal, hab ich Sie nicht im Fernsehn gesehn? Sind Sie nicht der, der sagt, er hätte diese ganzen Möbel und den vielen Kram in Kalifornien ›erträumt‹?«

»Ja.«

Der Zollbeamte ging, um die Neuigkeit seinen Kollegen mitzuteilen. Drei hörten mit der Kontrollierarbeit auf und starrten herüber. »Naja«, sagte dann der erste Beamte, »lohnt sich wohl nicht zu fragen, ob Sie irgendwas zu verzollen haben. Sie könnten ja doch ein ganzes Lagerhaus voller Zeugs in Ihrem Kopf verstekken.«

Zwei der Beamten brachen in übertriebenes Gelächter aus. Der dritte flüsterte dem ersten Beamten irgend etwas zu.

»Oh, doch. Im Ernst, Sir. Wissen Sie genau, daß Sie nichts Verbotenes bei sich haben? Pornographische Bücher oder Bilder?«

»Nein, nein.«

»Immerhin ist eine Anzahl solcher Sachen in Carmel aufgetaucht«, sagte einer der anderen Offiziere laut.

»Gut, Sir. Wenn Sie bitte Ihre Taschen öffnen würden?«

Die Durchsuchung war gründlich, der Ton herzlich.

»Gehört die junge Dame zu Ihnen?«

»Ja.«

»Kein Alkohol, Miss, keine Geschenke?«

»Nein.«

»Ist in Ordnung. Dann gehen Sie bitte weiter.«

Müde und mit Kopfschmerzen ging Maloney zusammen mit Mary Ann zurück an Bord nach Montreal. Jetzt jedoch hatten die Dinge sich geändert. Kaum waren sie in der Luft, kaum das Schild »Bitte anschnallen« über ihnen erloschen, als ein weiblicher Passagier mit einer Polaroidkamera den Gang herunterkam. »Darf ich ein Foto von Ihnen machen, Professor Maloney?«

Mary Ann fing an, sich ihr Haar zu kämmen.

Blitzlichtwürfel flammten auf. Im Nu füllten sich die Gänge mit Passagieren. Einige baten um Autogramme, andere standen nur da, beobachteten, flüsterten, kicherten. Eine Stewardess kämpfte sich bis zu ihm durch. »Dr. Maloney, wenn es Ihnen und der jungen Dame nichts ausmacht – ich glaube, in der Ersten Klasse haben Sie mehr Ruhe.«

In Montreal wartete bereits eine »Ehren«-Limousine, um sie in die Stadt zu bringen. Als sie dem Flughafen entglitt, fragte der Fahrer respektvoll nach dem Ziel. Maloney saß wortlos da. Er wußte nicht, wohin er fahren sollte. Barbara war in seinem Apartment gewesen. Man hatte ihm gesagt, sie hätte es leergeräumt, alle Laken und Bettdecken, alles Silber und die meisten Möbel mitgenommen. Niemand, nicht einmal seine Mutter, wußte, daß er hier war. Und als er dem Fahrer die Adresse eines Hotels in der Stadt gab, fiel ihm auf, daß er zum ersten Male in seinem Leben seine eigene Stadt als ein Fremder betrat.

Ein Fremder, aber kein Unbekannter: Als ihre Taschen vom Wagen ins Hotel gebracht wurden, erschien ein Stellvertreter des Direktors, auf geheimnisvolle Weise von ihrer Anwesenheit in Kenntnis gesetzt, und wies ihnen eine besondere Suite zu. Innerhalb einer Stunde hatten zwei Zeitungen angerufen, weil sie wissen wollten, wie lange er in Montreal zu bleiben vorhätte. Ob es wahr wäre, daß er plante, die Sammlung auf Tournee zu schicken? Oder ob er vielleicht sogar vorhätte, die Sammlung fest in Kanada unterzubringen?

Um halb zehn sah er sein Konterfei auf dem Fernsehschirm. Der Ansager sagte, er sei mit seiner Sekretärin unterwegs und residiere zur Zeit in einem Hotel in der Stadt. Wider alle Vernunft tätigte er sodann selber einen Anruf.

»Mutter?«

»Ich hab dich gerade eben im Fernsehen gesehen! Wo steckst du denn? Was soll das, daß du in einem Hotel wohnst? Warum nicht hier? Oder weil du ein Mädchen bei dir hast? Hör zu, ich könnte es so einrichten, daß sie auch hier wohnen kann. Ich bin ja nicht *ganz* so beschränkt ...«

»Mutter, das kam alles ganz plötzlich. Ich hab heute abend nur erstmal angerufen, um Gutentag zu sagen, weil ich dann erstmal etwas Schlaf brauche. Ich ruf dich dann morgen wieder an.«

»Kann ich John Palliser sagen, daß du hier bist? Er ist ganz wild darauf, dich zu sehen. Ist es nicht wunderbar, was er und die anderen alle für dich in McGill getan haben? So ein netter Junge, dieser John.«

»Mutter, ich rufe John morgen an. Ich bin total kaputt. Und versprich mir bitte, daß du keiner Menschenseele sagst, wo ich bin.«

»Naja, ich glaube doch, du solltest wenigstens Les kurz Gutentag sagen. Er könnte sich sonst beleidigt fühlen.«

»Nein, Mutter. Ich mach das sofort morgen früh. Gute Nacht erstmal. Bis morgen.«

Er verlangte die Zentrale, sie sollte alle Anrufe für ihn auffangen. Er ging zum Fenster und sah hinaus auf die großen Dominosteine erleuchteter Fenster, die hohen Büroblocks, die jetzt den nächtlichen Reinemachefrauen überlassen waren. Unter ihm lag weit hingestreckt das Ostende der Stadt und weit in der Ferne, auf der anderen Seite des schwarzen Nachtbandes, das der St.-Lawrence-Fluß war, der Glühwurmschein der Wohnhauslichter auf der anderen Seite des Flusses. Da war es, wo er neunundzwanzig Jahre zuvor in einem Zimmer des Hospitals Notre Dame de Grâce geboren worden war; hier war er, als Kind, in einem Red-River-Mantel im Westmount Park Schlittschuh gelaufen; hier, in den häßlichen Klassenzimmern der Verdun High School, hatte er die ersten Metamorphosen in ein gewöhnliches Leben unternommen: ein Schuljunge, übereifrig, schnell entmutigt; an der Universität ein Student der Unterstufe, der eines schönen Tages Universitätsprofessor sein würde; ein Sohn, der Ehemann wird; ein Liebender, der eines Tages wieder alleine ist. In all diesen Jahren hatte er sich anonym durch die Adern dieser Straßen hier bewegt, ein Mikrokosmos seiner Stadt. Heute aber hatte er diese Anonymität verloren, und ihr Verlust hatte ihn entfremdet.

Er wandte sich wieder vom Fenster ab und nahm, gleichsam als Bestätigung seines veränderten Status, die unvertraute Eleganz der Suite wahr. Er setzte sich auf ein Biedermeiersofa im Wohnzimmer und betrachtete die geschlossenen Empire-Türen der angrenzenden Schlafzimmer. In diesem Augenblick befiel ihn wieder die Schläfrigkeit. Sein Kopf fiel nach vornüber, und er schloß die angeschwollenen Lider. Plötzlich, wie in ein Visier eingekeilt, versteifte sich sein Nacken, und wieder sahen seine Augen das graublaue Bild, wie es sich langsam an der »Folkestone«-Lok vorbei auf den Gang der Sammlung zubewegte, der eine Ausstellung von

William Morris' Möbeln enthielt. Diesmal jedoch, sogar noch in der Verschwommenheit des Fernsehbildes, signalisierten ihm die Stände und Kojen den Atem des Verfalls, einen Eindruck der Selbstüberlassenheit, der Grabesstille. Rote Ringe traten vor seine Augen. Sein Blick wurde klar. Er erwachte und rief ihren Namen.

Sofort kam sie aus dem Badezimmer zu ihm und wickelte sich dabei in ein großes weißes Badetuch ein. »Tony? Alles in Ordnung?«

»Ja«, sagte er. »Laß uns was unternehmen.«

»Ehrlich? Du bist doch nicht angeschlagen?«

»Nein«, sagte er. »Ich möchte dir ein bißchen was zeigen. Du willst doch Montreal sehen, oder?«

»Tja, naja. Wenn du meinst ...«

»Na dann. Gut. Beeil dich, zieh dich an.«

Sie eilte ins Bad zurück. Sie gehorchte wie ein wohlerzogenes Kind, und nach nur wenigen Augenblicken erschien sie wieder und trug nun ihren langen gelben Kaftan. »Fertig«, sagte sie.

Er sah sie an, voller Verlangen, mit der Galgenmiene des Liebenden.

André's Grande Allée war ein Studententreff. Hier hatte Maloney zum erstenmal seine spätere Frau getroffen. Davor und danach hatte er hier unzählige Abende verbracht, mit Freunden, zum Bier, zum Tanzen oder zum Essen von André's Pizza spezial. Sogar die Graffiti an den Wänden der Herrentoilette waren ihm so vertraut, daß er, ganz ohne Absicht, die meisten von ihnen auswendig kannte. Zu André zu kommen, das war in gewisser Weise wie nach Hause zu kommen. Zuhause ist, wo das Erwartete das Normale ist. An all diesen Abenden war nichts Berühmtes, Gefahrvolles oder irgendwie Ungewöhnliches innerhalb dieser Wände geschehen.

Bis zu dieser Nacht jedenfalls. Denn als Maloney und Mary Ann hereinkamen, fanden beide sich hier als die große Attraktion des Raums, der Brennpunkt für eine ganze Mauer unermüdlicher Blicke. Im Moment glaubte er, daß Mary Ann der Grund dafür war, dieses Mädchen, das so ganz anders war als alle anderen, die er früher hierherbegleitet hatte. Doch als René Turcotte, der Chef, sie zu den Tischen direkt an der Tanzfläche führte, die nur den besten Kunden vorbehalten waren, ein »Reserviert«-Schild wegfegte, als er ihnen die Stühle zurechtrückte und eine Lage Bier aufs Haus bestellte, da begann ein Abend bei André, wie er ihn hier noch niemals zuvor erlebt hatte. Studenten, die er kannte und Dutzende, die er nicht kannte, zeigten auf ihn und machten ihn zum Mittelpunkt einer Aufmerksamkeit, wie er sie in all seinen Vorlesungs- und Seminarstunden zwar sehnlichst erwünscht, aber nie erlebt hatte. Als wollten sie ihn berühren, drängten sie sich immer näher an ihn heran. »Sie sind Dr. Maloney, stimmt's?« oder »Hallo, Sir, erkennen Sie mich?«, während andere einfach nur in gekünstelter Weise ehrerbietig nickend Erkennen signalisierten, die Köpfe auf und ab bewegten und halbe Sätze wie Gebetsejakulationen murmelten: »Phantastisch, sag ich dir!« – »Echt irre.«

»Echt irre.« Jetzt, endlich, wie in einem wahrgewordenen Traum, war ihm eine Art Heiligsprechung widerfahren – wie einem Schutzheiligen der Jugend. »Ich hoffe, man stellt Sie sofort wieder ein, Sir, ich möchte nun mal keine Ihrer Stunden versäumen«, sagte ein hübsches amerikanisches Mädchen und legte ihm voller Respekt die Hand auf den Arm. »Ja, die sollten im Historischen Institut mal endlich klar Schiff machen«, warnte ein rothaariger Basketballhüne. »Hopp, hopp!« assistierten die Vorreiter des Hünen.

Die Musik ging los. Mary Ann, von seinen Fans übersehen, warf ihm quer über den Tisch hoffnungsvoll lächelnde Blicke zu. Er erhob sich und führte sie zur Tanzfläche. Und da, genau wie in einer alten Filmszene, als er so schwerfällig seine geschmeidige Partnerin herumschwenkte, hörten die anderen Tänzer auf und versammelten sich, um zuzusehen. Kurze Zeit waren er und Mary Ann das einzige Paar, das sich auf der Fläche bewegte. Dann begannen die anderen Paare wieder zu tanzen, nun allerdings voller Respekt.

»Ich kam mir vor, als wären wir auf dem Präsentierteller«, sagte sie und errötete heftig. »Ich bin halb gestorben, du nicht?«

Jetzt tanzten sie. Und sobald sie wieder zu ihren Plätzen zurückkehrten, waren sie wieder der Mittelpunkt für die Menge der Bewunderer. Strategen seiner Wiedereinstellung stellten Fragen und boten Rat an. Es wurde schwieriger, zur Tanzfläche zurückzufinden. Das Bier allein verhalf ihm nicht zu der erwünschten Betrunkenheit. Die Fragen und Gespräche machten ihn schwindlig. Kurz nach Mitternacht flüsterte Mary

Ann, die seine auf dem Boden scharrenden Füße beobachtete und selber, fast bewegungslos, nur so tat, als tanzte sie: »Warum gehen wir nicht nach Hause? Ich bin hundemüde, genau wie du.«

Aber das war gar nicht so leicht. Als er versuchte, seine Rechnung zu bezahlen, protestierten neue Freunde und eifrige Fremde gegen seine Absicht zu gehen und erboten sich dann, sie woandershin zu fahren. Draußen auf der Straße tauchten noch mehr Studenten unter dem Vorwand auf, Autogrammjäger zu sein, und als sie endlich ein Taxi gefunden hatten, das sie zurück ins Hotel brachte, sprang ein junger Mann, der auf sie gewartet hatte, aus einem weißen Kleinbus auf der anderen Seite der Straße und kam auf Maloney zugelaufen. »Mr. Maloney, ich bin vom Nachtprogramm der CKHL. Würde es Ihnen was ausmachen, mich ins Studio zu begleiten und sich mit unserem Studio-Gastgeber zu unterhalten? Er heißt Don Ireland und erwartet Sie schon sehnsüchtig.«

»Nein, vielen Dank.«

»Nun, dann könnten wir doch was für morgen abend festmachen?«

»Ich weiß noch gar nicht genau, wo ich mich morgen abend aufhalten werde.«

Sie betraten die Hotelhalle. Der Fahrstuhl kam. Als er zur fünfzehnten Etage emporkletterte, fühlte sich Maloney plötzlich benommen und streckte, um sich Halt zu verschaffen, den Arm in einer Weise nach ihr aus, die wie eine Umarmung aussehen mußte. Und sie drängte sich sofort dicht an ihn, ihre Brüste preßten sich gegen seine Brust. Als ihm der Blick wieder klar wurde, fand er sich tief in ihre dunklen Augen blikkend wieder, in Augen wie jene der älteren der beiden eben erst geschlechtsreifen Schwestern in Baxters viktorianischem Porträt, und eine Sekunde lang schien es ihm, als hielte er gerade jene lang verwelkte Mädchenhaftigkeit, neu erschaffen aus Fleisch und Blut, in seinen Armen fest. Begierde richtete ihn auf, hob ihn empor aus seiner trunkenen Erschöpfung. Er ließ seine Hände ihren langen Rücken hinabwandern, betastete weiche Hinterbacken, seine Lippen suchten den Eingang zu ihrer Kehle.

»Komm, gehen wir auf mein Zimmer«, flüsterte sie.

Ihre Stimme brach den Zauber. Es war *ihre* Stimme, die einer Amerikanerin – nicht das lange vergangene englische Lispeln. Ihm fiel ein, daß er versäumt hatte, Dr. Spector anzurufen. Er hatte es fertiggebracht, den ganzen Abend ohne einen einzigen Gedanken an jene dahinwelkenden Schätze in Carmel zu verbringen. *Die Schwestern.* Vielleicht brach gerade in diesem Moment die schützende Plane, um jene dunklen, glänzenden Blicke zu trüben?

Als sie das Zimmer betraten, ließ sie ihren Übermantel fallen und hob schüchtern ihr Gesicht zum Kuß zu ihm auf. Zitternd drehte er seinen Kopf weg. Einen elektrisierenden Sekundenbruchteil starrte sie ihn an, ihre Wangen gerötet, nahm hastig ihr Cape auf und eilte in ihr Schlafzimmer. Er lief hinter ihr her und erreichte die Schlafzimmertür.

»Mary Ann, es tut mir leid.«

»Dir muß nichts leid tun. Du bist müde, das ist alles. Dann bis morgen.«

Er hörte, wie sie die Tür zum Schlafzimmer verschloß. Bebend stand er einen Moment lang da, dann stürzte er in plötzlicher Panik zum Telefon und rief in Carmel an. »Mr. Bourget, hier ist Tony Maloney. Kann ich Dr. Spector haben?«

»Nicht zu machen.«

»Schläft er?«

»Er und seine Gruppe sind letzte Nacht ausgezogen. Ich sitz da mit sechs leeren Zimmern.«

»Aber ich dachte, sie wollten noch zwei Wochen bleiben?!«

»Sie sind nach New York für irgendeine Fernseh-Show. Schulfernsehen, glaub ich, hat er gesagt.«

»Kommen sie denn nicht zurück?«

»Davon hat er nichts gesagt. New York hat heute nachmittag angerufen, und sie sind nach dem Essen weg.«

»Ist die Sammlung noch in Ordnung?«

»Nehm doch an. Sie ist jedenfalls noch da, soviel weiß ich.«

»Und hat es geregnet oder nicht?«

»Nein.«

»Gut, Mr. Bourget. Ich ruf Sie morgen wieder an. Gute Nacht.«

Es war zwei Uhr früh. Die Stadt schlief. Er stand da, in der Stille des Hotelsalons, und ihm fiel mit einemmal auf, daß alles, dem er zu entfliehen gedacht hatte, alles, was er gesucht hatte, zugleich unentrinnbar und unerreichbar und unveränderbar war. Die Art, wie er sich in Mary Ann verliebt hatte, war ein weiteres Symptom für sein seltsames Schicksal. Für ihn konnte es eben kein weiteres *reales* Leben geben – nichts an Leben, das jenseits der Sammlung gedieh. Weder hier noch anderswo – einen neuen Traum würde es auch nicht geben. Und fern von Carmel würde sogar jeder Schlaf unmöglich sein. Und so vermied er es sogar (vielleicht auf der Suche nach einer endgültigen Niederlage) sein Schlafzimmer zu betreten, sondern ganz, als wünschte er sich nun die schlimmste Schicksalswendung, zog er sich bis auf die Unterwäsche aus, machte den Fernseher an für eine Serie stummer Bilder und setzte sich wie ein Preisboxer, der auf die erlösende Glocke wartet, in einen Sessel, ließ die Arme hängen und drehte sein Gesicht dem Apparat zu.

Er, der den Fernsehtraum so fürchtete, quer über einen Kontinent geflohen war, um ihm zu entkommen, er saß nun da und suchte ihn in seiner Geburtsstadt. Er heftete seine Blicke auf den klanglosen Fluß von Bildern aus einem Spätfilm und wollte, daß sie verschwanden und ersetzt würden durch die gefilmten grauen Stände und Kojen im Auge der Monitorkamera, in ihrer unbeugsamen Prüfung der Großen Viktorianischen Sammlung.

Doch es geschah nichts.

Ganz in der Ferne heulte die Sirene eines Krankenwagens durch die nächtliche Stadt. Sie hörte sich ihm wie eine Totenglocke an. Würde er, der Schlaflose mit dem von Drogen und Alkohol mißbrauchten Körper, wie jeder andere, der nicht mehr die Träume träumen konnte, die ihn berühmt gemacht haben, seine verbleibenden Tage in einer Irrenanstalt verbringen oder im Selbstmördergrab liegen?

Um vier Uhr in der Frühe – er saß noch immer da und starrte in den Fernseher – wurden die Bilder durch ein Testbild ersetzt. Er stand auf, ging zum Apparat und schaltete ihn aus. Er war der Gefangene des Eisens, das er selbst geschmiedet hatte.

Man sollte schnellstens zurückfliegen.

Um sieben klopfte er, wieder in Hose und Hemd, an ihre Tür.

»Mary Ann?«

Sie öffnete ihm die Tür und sah verschlafen und rührend aus in ihrem weißen Baumwollnachthemd. »Was ist denn los?«

»Darf ich einen Moment reinkommen?«

»Klar.«

Zum Schlafen waren die Rollos heruntergelassen worden. Als sie wach wurde, hatte sie eine Nachttischlampe angemacht. Jetzt bewegte sie sich in dem kleinen Lichtkegel der Lampe zurück zu ihrem Bett, schlüpfte hinein und zog sich die Decke bis unter das Kinn. »Wie spät ist es, Tony?« flüsterte sie.

»Sieben rum. Wir müssen nach Carmel zurück.«

»Oh! Warum?«

»Ich hab dir nichts davon gesagt«, sagte er, »aber ich habe, seit wir von dort weg sind, kein Auge mehr zugetan. Ich bin seit über sechzig Stunden wach.«

»Aber in L. A. hast du geschlafen.«

»Ich hab geschwindelt.«

»Also warst du noch nicht mal schläfrig«, sagte sie. Es war eine Feststellung, keine Frage.

»Ich hab es mit Pillen versucht, mit Schnaps, mit allem. Aber das nützt alles nichts. Es kommt mir vor, als könnte ich nicht schlafen, wenn ich nicht bei der Sammlung bin.«

Sie wurde plötzlich rot und fragte: »Was ist mit Sex?«

»Was?«

»Sex. *Der* macht die Leute doch müde.«

»Oh? Tjaja, ich glaub schon.«

»Na? Was ist?« Sie warf ihr Haar zurück und starrte ihn an, gespannt, voller Erwartung. Beklommen zögerte er und studierte seine Handrücken.

»Tony, mit mir muß doch irgendwas sein, nicht?«

»Mit *dir?* Wie kommst du denn *da*rauf?«

»Erst Fred und jetzt du. Warum wollt ihr nicht mit mir schlafen?«

»Fred?«

»Na klar. Was glaubst du wohl, warum er dauernd so tut, als wär mein Vater hinter uns her? Das macht es ihm doch kinderleicht, mich in Ruhe zu lassen.«

»Aha, so ist das also«, sagte Maloney. »Mary Ann, schau mal. Du bist schön. Ich glaube, ich will mit dir ins Bett, seit ich dich da in dieser einen Nacht sah – du weißt doch, als du diese viktorianischen Sachen anhattest!«

»Hör mal, du brauchst keine Vorträge zu halten. Das ist wie mit Leuten, die schlechten Atem haben. Niemand will es ihnen sagen.«

»Bitte«, sagte er. »Wein doch nicht. Du *irrst* dich. Natürlich will ich mit dir schlafen!«

»Ehrlich?«

»Ehrlich wahr.«

Unbeholfen schlug sie die Bettdecke zurück und fing an, den Saum ihres Nachthemds hochzuschieben.

»Warte«, sagte er. »Laß mich dein Nachthemd ausziehn.«

Gehorsam legte sie sich ins Bett zurück. Er ging zu ihr und beugte sie nach vorne, um den bebänderten, verzierten Kragen des Nachthemdes zu einem Bilde viktorianischer Unschuld zurechtzudrapieren. Dann erhob er sich wieder und blickte auf sie herab. Erschöpft und zitternd, fast am Ende seiner Kraft, rief er sich die ersten erotischen Erinnerungen an sie ins Gedächtnis zurück, erblickte sie wieder in den Wänden der Sammlung, wo er sie nackt gesehen hatte, ließ wieder seine Phantasie von ihr als einem Hausmädchen aufleben – unschuldig, zart, zerbrechlich –, das gerade in seinem Dachstubenbett liegt, bereit, der Lust ihres Herrn zu Gefallen zu sein. Langsam wie ein Schauspieler, der seine Rolle durchspielt, ließ er seine Hose fallen und zog das Hemd über seinen Kopf. Nackt beugte er sich über sie, und während sein verstörtes, müdes Hirn sich mit seinen Phantasien auflud, löste er die Bänder, die das Nachthemd am Kragen zusammenhielten, schob es über ihre Schultern hinab und entblößte ihre herrlichen Brüste, die Brustwarzen hart und steif unter seiner Berührung. Langsam, fast ehrfurchtsvoll, schob er ihr das Nachthemd bis auf die Knöchel hinunter, und er drehte sie auf die Seite und liebkoste sie vom Nacken bis zu den Schenkeln. Und während er dies tat, streckte sie bebend und erregt die Hand nach ihm aus und ergriff seinen Penis. Sie war wirklich, war kein Traum, sie war Mary Ann, linkisch in ihrer Jugend, drängend in ihrer Begierde, wie sie jetzt begann, sein Glied auf und ab zu massieren, als wollte sie ihn mahnen an verzweifelte Bedürfnisse. Und so machte ihn, den Träumer, der er immer war und immer bleiben würde, diese Wirklichkeit wieder unglücklich. Nicht länger ein Mann und ein Mädchen aus jenen fernen Zeiten der Torheit, waren sie jetzt gleich und gleich, Wettstreiter, fast Feinde. Schweigend rangen sie auf ihrem Lager, und schweigend, flüchtig und provisorisch erfuhr er einen kurzen Moment der Erleichterung. Ein onanistischer Moment, er war dessen sicher: seine unbeholfene Partnerin schien kaum richtig begonnen zu haben. Schuldbewußt versuchte er ihr Glück zu geben, doch als hätte er durch seinen vorzeitigen Höhepunkt all ihre schlimmsten Selbstzweifel bestätigt, schob sie ihn weg von sich und setzte sich auf und schüttelte ihr Kastanienhaar über ihr Gesicht wie einen Schleier der Reinheit. Er fühlte seine Augäpfel von Mitleidstränen zucken. Sie stand auf und lief niedergeschlagen ins Bad. Die Dusche lief. Er lauschte. Das Duschgeräusch hörte auf. Nach einer kurzen Weile fühlte er sie zurückkommen. »Wenn wir nach Kalifornien wollen«, flüsterte ihre Stimme, »dann sollten wir uns fertigmachen.«

Er setzte sich auf. »Mary Ann, es tut mir unendlich leid. Beim nächsten Mal wird es bestimmt besser gehn.«

»Ich bin in einer halben Stunde fertig. Du solltest

jetzt besser auf dein eigenes Zimmer gehen und dich anziehen.«

»Vielleicht sollten wir erst noch 'was frühstücken?«

»Nein, danke. Ich habe keinen Hunger.«

Er kehrte in sein eigenes Zimmer zurück, zog sich an und packte. Als er die Tür öffnete, um zu gehen, sah er ihre kleine Tasche am Boden stehen. Am Griff steckte eine Nachricht.

Nimm sie bitte mit, wenn du hinuntergehst.
Ich seh Dich um neun in der Halle.

Er betrachtete die Tasche. Und dann, wie ein Mensch, der Angst davor hat, irgend etwas vergessen haben zu können, kehrte er noch einmal in ihr Zimmer zurück, starrte auf das zerwühlte Bett und erinnerte sich ihrer Tränen.

Nach kurzer Zeit kam er wieder heraus und ging hinüber zu den Fenstern des Wohnzimmerteils, der hinausführte auf die Sherbrooke Street. Weit unter ihm pulste unhörbar hinter den Thermopane-Scheiben der Morgenverkehr. Grauer Dunst, schmutzig wie Vorhänge in Mietskasernen, siebte die Sonnenstrahlen. Er dachte an Mary Ann, die die Sammlung so geliebt hatte; die, wie sie gesagt hatte, so gern ein Teil davon wäre. Und plötzlich weinte auch er.

Um zehn vor neun fuhr er in die Halle hinunter. Mary Ann wartete bereits. Wortlos bestiegen sie den Bus und saßen wortlos nebeneinander, als er abfuhr. Im Flugzeug tat sie, als ob sie schlief.

Vaterman erwartete sie in Monterey. Mary Ann eilte zu ihm und fiel ihm um den Hals. Vorsichtig streckte Maloney seine Hand aus. »Hallo, Fred, wie ist es gegangen?«

»Viel zu tun, viel zu tun«, verkündete Vaterman. »Hickman bereitet eine phantastische Volksentscheidssache vor. Sehr wichtig für Carmel und die ganze Umgebung. Yorkin ist schon mächtig aufgeregt. Sie haben mir zugesagt, daß ich die Geschichte machen kann und daß sie der Aufmacher wird, sobald die Einigung da ist. Ehrlich, das ist ne Riesensache.«

Er war nicht, war Maloney aufgefallen, auf Mary Anns stürmischen Zärtlichkeitsanfall eingegangen. Verstimmt schien er auf der anderen Seite mit ihr aber auch nicht zu sein. Mit Vollgas fuhren sie nach Carmel. In Sachen Montreal wurden keinerlei Fragen gestellt.

»Da sind Sie also wieder.« Hickman, in lachsfarbenem Hemd, stand eingekeilt im Moteleingang, umdrängt von Fremden. Die Fremden waren mittleren Alters. Sie trugen ihr Haar nach neuester Mode lang, dies allerdings ohne innere Überzeugung, nur so, als wollten sie sich einem puren Hang zur Konformität folgend verkleiden – dem auch ihre grellbunte Art der Kleidung gerade zu entsprechen schien. Hickman, nickend und winkend wie ein Fremdenführer, versammelte sie um sich. »Meine Herrschaften, das hier ist mein Freund und Kunde, Professor Maloney, der Schöpfer dieser wundervollen Sammlung. Tony, diese Herren sind Mitglieder des Direktoriums unseres Geschäftskonsortiums.«

Die Fremden, herzlich und doch distanziert wie

höhere Beamte, traten mit aufgesetztem Lächeln auf ihn zu, die Hände zur Begrüßung ausgestreckt. Fremde Hände schüttelten die seinen. Beinahe unterbewußt nahm er wahr, wie Mary Ann und Vaterman sich um das Ende der Gruppe herumdrückten und in der Halle verschwanden.

»Tony, jetzt, wo Sie zurück sind, können Sie uns vielleicht helfen. Die Herren Direktoren haben sich einige der Stücke hier angesehen, haben die erotischen Kollektionen, die geheimen Zimmer und das alles noch nicht besichtigen können. Wäre es vermessen, Sie zu bitten, uns auf einer kleinen Tour zu führen?«

»Es tut mir leid. Vielleicht später? Ich bin gerade erst aus Montreal angekommen und sehr müde. Wenn Sie mich jetzt entschuldigen würden – –«

»Sie sehen tatsächlich etwas mitgenommen aus«, stimmte einer der Fremden zu. »Anstrengender Flug?«

»Ja, das war's.«

»Okay, Tony, dann ruh dich halt etwas aus«, sagte Hickman, jetzt weniger förmlich. »Morgen haben wir ja den ganzen Tag Termine, also wird genug Zeit sein, um eine kleine Tour zu veranstalten, wenn du besser in Form bist. Einverstanden, meine Herren?«

»Selbstverständlich.«

»Glücklich, Sie zu sehen, Professor.«

»Uns ein Vergnügen, Dr. Maloney.«

Sie standen im Halbkreis und beobachteten, wie er ging, überrascht, ihn nicht die Motelhalle ansteuern zu sehen, sondern den Parkplatz und dann den Zentralgang der Sammlung.

Ja, sie verblichen. Doch war das nicht (was er zunächst erhofft hatte) ein altersbedingtes Stumpfwerden, sozusagen die Patina, die eine von der Zeit verschliffene Statue einer Jungfrau schöner macht, als es eine vergleichbare Statue ist, die unbeschädigt überlebt hat. Nein, da war ganz deutlich Auflösung zu erkennen: und etwas noch viel Schlimmeres. Als er nämlich am Ende des Hauptganges Oslers großen Springbrunnen erreichte, starrte er hinauf zu den großen polierten Blöcken aus Glas in ungezählten Schnörkeln und Pilastern. Er machte die Beleuchtung dazu an und setzte die Wasserpumpe in Betrieb. Wasser schoß heraus und schimmerte auf dem Glas. Plötzliches Unwohlsein überfiel ihn. Er schaltete das Wasser ab, lehnte sich über den Rand des Brunnens und starrte auf einige der kleineren Wandpfeiler. Er zog sich Schuhe und Socken aus und stieg, um besser sehen zu können, in den Brunnen hinein. All diese Blöcke aus Glas, ehedem ganz real und schön, wiesen nun einige auf, die gar nicht sehr real aussahen. Unheimlicherweise wiesen bestimmte Blöcke die künstliche Helle von Plexiglas auf, ein Material, das zu viktorianischen Zeiten noch gänzlich unbekannt war. Und doch – sie waren aus Glas. Es kam ihm jetzt vor, als stünden diese falsch leuchtenden Blöcke da wie ganz offensichtliche Imitationen, dreiste Lügen, die die Perfektion aller anderen verdarben.

Er zog sich wieder Schuhe und Socken an und ging zum Gang III zurück und damit zu einer Teil-Ausstellung, von der er sicher war, daß er sie in der vergangenen Zeit gründlich genug geprüft hatte: eine reichverzierte Uhr, die Mary Ann sehr verehrte, für die ihr

Erbauer Jacob Loudan vierunddreißig Jahre Arbeit aufgewendet hatte. Kleiner im Maßstab, in der Genialität aber ihrer großen Nebenbuhlerin im Straßburger Münster in nichts nachstehend, gehörten zu ihren kompliziert geordneten beweglichen Teilen ein szenisches Panorama von Tag und Nacht, ein ewiger Kalender, ein Glockenstuhl mit Läutvorrichtungen und eine kleine mechanische Orgel. Maloney beeilte sich, denn seine Uhr sagte ihm, daß er nur noch eine Minute bis zur vollen Stunde hatte. Dann blieb er stehen und wartete.

Doch, alles schien normal zu sein. Der Stundenschlag erklang, das mechanische Pfeifenklavier trällerte, der Kalender stellte sich als korrekt heraus, die Register von Ebbe und Flut, die der Mondphasen, des Tages und Monats – alle diese Anzeigen funktionierten. Und doch, als die kleinen Glockenschläger aus ihrem Glockenstuhl traten, stimmte etwas nicht. Die Uhr, sonst stets einwandfrei, arbeitete jetzt, als hätten sich einige Teile ihres Mechanismus abgenutzt. Die Glokkenschläger glitten vor, während sie sich der Glocke näherten, ihre Hämmer schlugen kraftvoll an. Der kleine Hahn oben auf dem Glockengestühl, der zum letzten Schlag auffliegen sollte, erhob sich nur schwach taumelnd, um dann wieder zurückzusinken, als sei seine kleine Sperrklinke ausgeleiert. Nach dem letzten ihrer Schläge verschwanden auch die Glockenschläger nicht wieder vollständig, sondern blieben halb außerhalb und halb schon innerhalb ihres kleinen Häuschens stecken.

Er ging weiter. Er blieb stehen an einer Gruppe von Klavieren aus dem Hause Collard und Collard, hob einen Deckel auf und spielte eine Oktave. Das Klavier war zuvor absolut sauber gestimmt gewesen, jetzt aber war es leicht verstimmt und die Töne gequetscht, als hätten die Hämmer eine Erneuerung ihrer Filze nötig. Er wandte sich ab und erblickte, hoch über der Parkplatzmauer, ein handgemaltes Schild:

GOTT ALLEIN IST SCHÖPFER
Glaubt diesen Schwindel nicht

Der Verrückte war wieder da.

Wie ein Gefangener, der in seine Zelle zurückkehrt, ging Maloney auf den Moteleingang zu. Hickman und die Mitglieder des Konsortiums stiegen gerade in einige Limousinen ein. Kein Zeichen weit und breit von Vaterman oder Mary Ann. Erschöpft und unwohl betrat Maloney die vertraute Halle, in der Bourget wie ein Gefängniswärter hinter seinem Schalter saß. Er gab Maloney seinen Schlüssel. Maloney bat, nicht mehr gestört zu werden, und ging hinauf in sein Zimmer.

Er schloß hinter sich ab. Er zog sich aus, zog einen Schlafanzug an und legte sich auf das Bett. Er kümmerte sich nicht einmal darum, das Rollo herunterzulassen. Hatte möglicherweise nur jene eine einzige Nacht des Televisionstraums diese ganze Auflösung ausgelöst? Oder waren es die drei Nächte ohne Schlaf in Los Angeles und Montreal gewesen? Es gab nur einen Weg, das herauszufinden. Durch Schlaf – wenn er noch schlafen konnte.

Er schloß die Augen. Sofort kam auf seiner Netzhaut wieder der Fernsehschirm zum Vorschein, genauso, wie er ihn damals erblickt hatte. Die Kamera untersuchte einen Gang der Sammlung. Dreißig Sekunden lang blieb sie regungslos stehen; dann, mit einem Aufblitzen des blaugrauen Bildes, bewegte sie sich in einen anderen Gang hinein. Er lag in der Falle, überwachte wieder den Überwacher, war gezwungen, jeden Einzelgang zu beobachten, solange die Kamera das auch tat. Und so schlief er, nach Carmel zurückgekehrt, endlich doch ein. Und träumte, wieder, den Fernsehtraum.

Er erwachte am nächsten Morgen. Die Sonne schien. Er stand auf und ging zum Fenster. Die Sammlung stand. Er öffnete das Fenster, stieg in den Zentralgang hinunter und ging sofort zu Oslers Springbrunnen. Er stieg barfuß ins Wasser und watete hinüber zu dem niedrigeren Band von Glaspilastern, das er noch am Abend zuvor so gründlich geprüft hatte. Der dritte Pilaster von links, der gestern noch nicht das Plexiglasaussehen mancher der anderen hatte, wies jetzt auch diese neue, ein wenig matt und wie Plastik wirkende Oberfläche auf. Er stieg wieder aus dem Brunnen hinaus, ging sofort zu dem Klavier von Collard und Collard und schlug die selbe Tonleiter an, die er auch gestern intoniert hatte. Die Töne klangen jetzt schrill, noch verstimmter, der Nachhall noch gestoppter.

Die Wachleute beobachteten ihn. Erst jetzt merkte er, daß er noch immer im Pyjama herumlief. Er nickte ihnen zu, zog sich zurück, stieg wieder durch das Fenster und stand dann wieder in seinem Zimmer und starrte auf die Sammlung hinab. All diese Blechdächer, diese Holzschuppen, diese grauen und grünen Regenplanen, das Ineinander von Gängen und Eingängen, das gestern prosaisch und willkürlich gewirkt hatte wie ein Durchgangslager für Wanderarbeiter, glitzerte jetzt im Sonnenlicht dieses Morgens, entfernt und geheimnisvoll wie die Minarette von Samarkand. Und, wie er sie jetzt betrachtete, sah er seine Sammlung zum ersten Male, wie sie wirklich war: ein Märchenort, in dem es summte und surrte von Zauber und Wunder, ein Netz aus Kunstfertigkeit, das so anders ist als die Wirklichkeit, die es abzubilden sucht, wie ein Gedicht über den Frühling anders ist als der Frühling selbst.

Er fror. Ein eigenartiger Schauder ging von diesen Dächern und Ständen aus. In diesem Moment übertrat er die Grenze in ein neues Meer der Ungewißheit. Bis jetzt hatte er geglaubt, durch seine Aktionen, seinen Mangel an Aufmerksamkeit und seine Unwürdigkeit diese Sammlung, die er auf so wunderbare und gleichzeitig zufällige Art und Weise erschaffen hatte, zerstören zu können. Was aber, wenn diese Sammlung, so einzigartig, märchenhaft und falsch sie auch sein mochte, angefangen hatte, mit wahrer Kunstfertigkeit *ihn zu zerstören?*

Er schaute zum Bluff Road hinüber. Nur wenige Schaulustige waren zu sehen. Ein Sheriff-Auto kam langsam die Straße herunter und bog in die Motelauffahrt ein. Leutnant Polita stieg aus.

Und oben, am höchsten Punkt der Straße, erschien ein handgemaltes Schild. Es tragend, trübäugig und die Lippen bewegend in stummem Gebet, kam sein Besitzer heran: der Verrückte.

X

AN DIESEM SELBEN MORGEN, ALS MALONEY ENDlich der Abgeschiedenheit seines Zimmers entstieg, war es, als wartete die ganze Welt darauf, daß er sich erheben sollte. Die geschäftsmäßigen Fremden von gestern waren da; Dr. Spector und sein Forschungsteam waren wieder aus New York zurückgekehrt; Vaterman mit einem Reporter im Schlepptau; Leutnant Polita samt einer Klage einer Bürgerinitiative, dergemäß die Sammlung demoralisierende Objekte von gemeinschaftsschädigendem Charakter enthielt; Mrs. Bourget, um zu fragen, was er zum Frühstück wünschte.

Von Mary Ann war nichts zu sehen.

»Wo steckt sie?« fragte er Vaterman.

»Mary Ann? Ich glaub nicht, daß sie kommen wird.«

»Ist sie krank?«

»Können wir später darüber sprechen, Tony? Das ist Harold Greenfeld von United Press International. Er ist daran interessiert, eine Story zu machen über die Gründe, die dich nach Los Angeles und Montreal gebracht haben.«

»Ich hab gefragt, ob sie krank ist.«

»Sie hat mir gestern gesagt, daß sie nicht weiter für dich arbeiten will.«

»Ahaha, da stecken Sie also!« Hickman, klein, haarig und entscheidungsfreudig, drängelte sich durch die überfüllte Halle, hinter ihm her zwei Männer mit großen Ledermappen. »Los, Tony, du kommst gerade recht zu unserem Treffen.«

»Entschuldigen Sie mich einen Moment.« Maloney wandte sich Vaterman zu. »Bitte, kannst du sie nicht fragen, ob sie nicht mit mir Mittag essen möchte?«

»Wenn ich das tue, sprichst du dann mit meinem Freund Greenfeld?«

»Ja.«

Hickman griff seinen Arm. »Tony, können wir bitte *gleich* in den Salon gehen? Wir haben Sie erwartet. Meine Partner wollen gerade mit der Hauptsitzung anfangen, und wir brauchen Ihre Stellungnahmen.«

»Eine Sekunde.« Maloney wandte sich noch einmal Vaterman zu. »Ruf sie bitte gleich an. Wenn du das für mich tust, geb ich Greenfeld das Interview, sobald ich hier Luft habe.«

In Bourgets düsterem Vordersalon saßen die dienstlichen Fremdlinge ungemütlich dicht an dicht, mit offenen Aktentaschen auf den Schößen, einige tippten auf Taschenrechner ein, derweil sie Blaupausen verglichen, andere konversierten in tiefen Vorstandszimmer-Stimmen. Die beiden Männer, die Hickman und Maloney in den Raum gefolgt waren, öffneten ihre großen Ledermappen und stellten Bleistiftzeichnungen auf eine Staffelei. Dann nahm der jüngere der beiden einen Zeigestock zur Hand und nickte, um seine Bereitschaft zu sprechen anzuzeigen.

»Meine Herren«, sagte Hickman. »Lassen Sie mich Ihnen Robert Athelston und seinen Assistenten Billy Longworth vorstellen. Mr. Athelston hat, wie die meisten von Ihnen wissen, einige der größten Einkaufszentren und die wichtigsten Erholungsanlagen entwikkelt und gebaut. Bob!«

Robert Athelston lächelte dankbar für die Laudatio. »Guten Morgen«, sagte er. Sein Zeigestock tippte auf die Zeichnung. »Meine Herren, einige von Ihnen werden das hier wiedererkennen. Professor Maloney kennt es sicher auch. Professor?«

Maloney, der neben der Tür gestanden hatte, trat vor und musterte die Zeichnung. »Das ist eine etwas veränderte Darstellung vom Südportico des Kristallpalasts.«

»Stimmt genau. Und der Kristallpalast, meine Herren, war die große viktorianische Ausstellungshalle, ein Wunder seiner Zeit, auf Order von Prinz Albert errichtet, dem Gemahl von Königin Viktoria, um dort die Große Ausstellung von 1851 unterzubringen. Stimmt's, Professor?«

In diesem Augenblick kam Mrs. Bourget mit dem Frühstückstablett für Maloney herein. Sofort sprang einer der Fremden auf, um seinen Platz zu räumen. »Hier, setzen Sie sich, Professor.«

»Vielen Dank.«

Während Maloney, das Tablett balancierend, Platz auf dem freien Stuhl nahm, schlug Athelston leicht mit dem Zeigestock gegen die Staffelei. Es wurde still im Raum. »Nun, meine Herren, was ich Ihnen vorzuschlagen habe, ist, daß wir diese Säulenhalle zum Warenzeichen machen, an dem die ganze Welt die Sammlung erkennen soll. Wir würden mit dem Bau eines Replikats dieser Fassade am Eingang zu dem beginnen, was wir dann das Große Viktorianische Dorf nennen sollten. Von dem Punkt an sollten alle unsere gedruckten Reklamen, Werbefilme, Aufkleber, Schlüsselringe oder was auch immer diese Säulenhalle zeigen. Sie wird das Wahrzeichen und das Warenzeichen werden, durch das die Sammlung bekannt werden soll.«

»Entschuldigen Sie«, sagte einer der Fremden. »Aber eine Sache ist mir dabei nicht ganz klar. Wollen Sie dieses Tor außerhalb der Sammlung oder außerhalb des Großen Viktorianischen Dorfes errichten?«

»Eine sehr gute Frage, Mr. Stewart. Unser Großes Viktorianisches Dorf wird sich *nicht* da befinden, wo jetzt die Sammlung steht. Unsere Untersuchungen besagen, daß für eine Optimierung der Planungsmöglichkeiten für das Dorf dessen beste Lage nahe am Autobahnsystem angenommen werden muß. Es wird an einem kommerziell günstigen Platz errichtet, der nämlich zu äußerst vorteilhaften Konditionen zu bekommen wäre.«

»Aber wie verträgt sich dann das Eintrittsgeld für das Dorf mit dem Standort der eigentlichen Ausstellung?«

Athelston warf Maloney nervöse Blicke zu. »Nun, Mr. Stewart, man sollte die Tatsache akzeptieren, daß die Restaurants, Boutiquen, Moteleinheiten und so weiter nicht unbedingt direkt neben dem Originalkonzept beziehungsweise der Ausstellung stehen müssen.«

Ein weiterer Fremder meldete sich zu Wort. »Dürfte ich eine Frage an Professor Maloney richten? Wäre es denn nicht möglich, die Sammlung aus dem Parkplatz dort draußen an einen passenderen Ort zu versetzen, zum Beispiel in die Nähe des neuen Platzes und der Hauptautobahn?«

»Nein«, sagte Maloney. »Ich glaube nicht. Würden Sie mich einen Moment entschuldigen? Ich muß ein Telefonat erledigen.«

Hickman sprang auf. »Tony, wir möchten Sie nicht länger aufhalten als nötig, aber es gibt da *eine* Frage, die wir Ihnen sehr gerne jetzt gleich stellen würden, eine Frage, die sich bei unserem ersten Treffen gestern abend ergeben hat.«

»Gut. Um was geht es?« fragte Maloney. Er hätte sie gleich selbst anrufen sollen. Es war ein Fehler, Vaterman für ihn anrufen zu lassen.

»Nun ja, das Dorf selbst wird ein kommerzielles Unternehmen. Aber dieser Säulengang, den Bob Athelston uns gezeigt hat, wäre ja auch ein Kunstwerk, ähnlich wie die Sachen, die Sie erträumt haben. Trotzdem wäre er nur eine Kopie, wenn *wir* ihn bauen würden, also ganz anders als die echten Antiquitäten in der Sammlung. Und, außerdem, das Ganze würde ziemlich teuer kommen. Stimmt's, Bob?«

»Richtig.«

»Also, Tony, gibt es irgend eine Chance, daß Sie für dieses eine Mal für uns diese Säulenhalle träumen könnten? Ich habe den Herren hier erzählt, daß es aus unseren früheren Gesprächen unter vier Augen angebracht erscheint daran zu zweifeln, daß Sie das tun würden. Dennoch wollte ich den Vorschlag nicht unerwähnt lassen.«

»Sie machen Witze, oder?«

»Tony, wir versuchen nur, alle Möglichkeiten auszuloten.«

Sie warteten. Er war jetzt schließlich in ihren Diensten. Sarkasmus oder Wut würden sie nur gegen ihn aufbringen. Sie würden ihn abqualifizieren, zumindest in ihren Köpfen, als genau die Sorte von launenhaftem Idioten, in der sie sich Leute wie ihn eben normalerweise vorstellten.

»Also planen Sie eine Art Stadt, meine Herren?«

»Nein, nein, es käme viel eher auf so eine Art Einkaufszentrum hinaus, eine schattige Straße mit angrenzenden Motels, Springbrunnen, Restaurants und einer Plaza.«

»Nun, dann«, sagte Maloney, »denke ich, daß Sie, Mr. Athelston, als Architekt verstehen werden, was ich meine. Alles, was ich tun kann, ist, dem treu zu bleiben, was ich weiß. Wenn ich dies also erträumen würde, würde ich mit größter Wahrscheinlichkeit auch nur die originale Struktur zum Leben erwecken können. Das Südportico allein und erweitert um, sagen wir, sieben Häuserblocks. Wenn ich also das Original erträumen könnte, wären Sie gezwungen, aus Gründen der Anpassung im sehr großen Stil Grund aufzukaufen. Und Grund und Boden in der Nähe von Autobahnen kommt heute reichlich teuer, wie man mir sagte.«

»Ah ja«, sagte Athelston. »Natürlich haben wir in dieser Stufe unserer Planung noch keinerlei Vor-Ort-Untersuchungen unternommen. Wir haben lediglich mit Hilfe von Zeichnungen und so weiter gearbeitet. Also hätten wir noch keinerlei Möglichkeiten gehabt, festzustellen, daß das originale Bauwerk so groß geworden wäre.«

Die Vorstandszimmermurmeleien nahmen an Intensität zu. Köpfe wandten sich mal nach hier, mal nach dort.

»Dann würde«, sagte Hickman, »wenn Tony sie träumen würde, die Konstruktion sehr groß werden, verstehe ich das richtig?«

»Nicht zu machen«, sagte einer der beamtenartigen Fremden.

»Das führt uns nicht weiter«, sagte der mit dem Namen Stewart. »Und die Möglichkeit der Zensur? Wenn ich das recht verstehe, gibt es in dieser Sammlung gewisse Dinge, die zwar ein spezielles Publikum ansprechen, aber dennoch kaum als sozusagen jugendfrei bezeichnet werden könnten. Allein schon aus diesem Grund wäre es ratsam, die Investitionen gering zu halten, und zwar, wenn ich es so sagen darf, dort, wo sich die echte Sammlung befindet. Ich meine, für den Fall der praktizierten Zensur.«

»Sehr gut, Mr. Stewart.«

Maloney stand da. »Nun gut, wenn Sie mich dann bitte entschuldigen würden, meine Herren?«

Die Fremden nickten zerstreut. Die Diskussion ging weiter, als er den Raum verließ.

In der Halle war von Vaterman und dem UPI-Mann nichts zu sehen. Dafür war Dr. Spector da. »Tony, ich hab das ganze Team jetzt zusammen, damit wir den hoffentlich letzten Teil filmen und aufnehmen können.«

»Entschuldigen Sie, Doktor, ich muß eben schnell telefonieren.«

»Wenn ich sage, daß es hoffentlich der letzte Teil ist, dann will ich damit um Gottes willen nicht sagen, daß wir kein Interesse mehr hätten.«

»Neinein. Verzeihen Sie bitte. Bin gleich zurück.«

Sie war zu Hause.

»Mary Ann?«

Langes Schweigen am anderen Ende der Leitung.

»Ja.«

»Hat Fred mit dir wegen des Mittagessens gesprochen?«

»Fred?«

»Hat er dich nicht angerufen?«

»Nein.«

»Nun ... wollen wir nicht zusammen essen?«

Wieder Schweigen. Dann fragte sie: »Hast du dich inzwischen schlafengelegt?«

»Ja, endlich. Mary Ann, gerad darüber wollte ich mit dir reden. Ich weiß, daß ich gestern im Bett furchtbar war, aber ich glaube, daß ich inzwischen wieder ziemlich normal bin. Ich möchte dich sehen. Bitte, komm doch zum Essen.«

»Nein«, flüsterte sie. »Und außerdem kommt mein Vater nachher.«

»Na, und was ist mit später?«

»Es ist besser, wenn wir aufhören. Leb wohl, Tony.«

»Warte. Auch wenn du mit mir nicht mehr zusammensein willst, kannst du nicht als meine Sekretärin noch bleiben?«

»Tut mir leid. Ich dank dir für alles, okay? Und noch was: Es war nicht deine Schuld.«

»Sieh mal, warum können wir uns nicht einfach treffen und reden? Du hast damals mal gesagt, du wolltest so gern ein Teil der Sammlung sein. Willst du das denn jetzt nicht mehr?«

»Oh, Tony«, flüsterte sie, »das ist doch vorbei, verstehst du denn nicht? Versteh das doch. Viel Glück. Und viel Glück für deinen neuen Traum und das alles.«

»Auch keine halbe Stunde?«

Aber sie hatte schon aufgelegt.

Im Eingang wartete Vaterman. Der United-Press-Reporter folgte ihm auf den Fersen. »Ah, da bist du ja. Bist du bereit?«

»Warum hast du Mary Ann nicht angerufen?«

»Wieso, ich hab sie doch angerufen. Sie kommt zu dir, um mit dir zu essen. Ich hab meinen Teil getan. Jetzt bist du dran. Hier, mein Freund muß jetzt mit dir sprechen.«

»Du sagst, du *hast* sie angerufen?«

»Na, sicher.«

»Dann hat sie – paß auf, ich kann das Interview noch nicht gleich machen. Entschuldige.«

Er drängte an ihnen vorbei. In der Halle wartete

Dr. Spector und trat wie ein Reiher auf Eis von einem Bein auf das andere. »Fertig? Haben Sie telefoniert?«

»Kann ich Ihren Wagen eben haben? Es ist ein Notfall.«

»Klar. Wird es lange dauern?«

»Ich rufe Sie an, Doktor. Wo steht er?«

»Das Oldsmobile ganz hinten an der Straße. Es wäre günstig, wenn wir unsere Sitzung noch vor dem Mittagessen machen könnten. Meine Leute werden langsam unruhig.«

»Ich tu mein Bestes, Doktor. Und danke für den Wagen.«

Ihr Apartment war sechs Straßen weiter, die oberste Wohnung in einem Bungalow mit vier Parteien. Es war erreichbar über eine Außentreppe, die hinaufführte zu einem langen Außendeck. Er und Vaterman hatten ihr beim Einzug geholfen. Er hatte das kleine, unpersönliche Wohnzimmer neu gestrichen und Vorhänge im Schlafzimmer aufgehängt. Jetzt aber, als Maloney das Oldsmobile auf dem Parkplatz abstellte und hinaufstieg, fiel ihm auf, daß etwas anders war. Die Vorhänge fehlten. Der Deck-Stuhl fehlte; die Wohnungstür war angelehnt. Er klopfte an und trat ein. Das kärgliche Mobiliar, das von den Vermietern zur Verfügung gestellt worden war, stand noch da: Alles, was ihr gehörte, war weg.

»Mary Ann?«

Das Schlafzimmer leer, das Bett abgezogen, eine Kleenex-Schachtel im Papierkorb. Die Badezimmertüren standen offen, die Kleiderständer ein wirres

Durcheinander von Drahtbügeln. Die winzige Küche blitzte wie nie während der Zeit, als sie hier wohnte. Er betastete den Gasring auf dem Herd: er war noch warm. Er ging zurück ins Wohnzimmer, um nach einer Nachricht zu sehen. Es gab keine Nachricht.

Er nahm den Telefonhörer auf. Der Anschluß war noch intakt, aber wen sollte er anrufen? Er hielt den Hörer und starrte die Wand an, suchte den Nagel, an dem er einen Druck von Peter Max aufgehängt hatte. Ja, er war noch da, war nicht in das falsche Apartment geraten. Im Hörer noch immer der Frei-Ton. Er legte auf und erinnerte sich, daß die Hauseigentümerin im Parterre wohnte. Vielleicht hatte Mary Ann ihr irgendeine neue Adresse hinterlassen? Er ging auf das Sonnendeck hinaus. Die Sonne, warm und zeitlos, heizte die Betonwand unter seiner Berührung auf. Er ging die Außentreppen wieder hinunter und läutete und starrte durch die seitliche Glasfüllung am Apartment der Frau, um zu sehen, ob irgend jemand da wäre. Bestürzung überfiel ihn, als er einen mehrere Tage alten Postberg im Flur hinter der Tür erkannte.

Eine Autotür schlug hinter ihm auf dem Parkplatz zu, und Schritte kreuzten herüber. Er drehte sich um, sah die Schuhe eines Mannes auf dem Weg über die Außentreppe und trat hinaus, um mehr erkennen zu können. Ein rotgesichtiger Mann mit kurzem, stacheligem Grauhaar ging über das obere Sonnendeck. Der Mann zog deutlich sein linkes Bein nach. Maloney beobachtete, wie er Mary Anns Apartment betrat. Maloney nahm zwei Stufen auf einmal nach oben und ging auf Zehenspitzen das Sonnendeck bis zur offenen

Apartmenttür entlang. Der Mann stand in ihrer Küche. Er holte sich aus einem der Wandschränke einen Pappkarton, öffnete den Eisschrank und fing an, Töpfe mit Essigobst, eine Milchtüte, Butter und ein Paket mit Hamburger-Pastetchen in den Karton zu tun. Als er damit fertig war, zog er den Stecker aus der Wand und ließ die Tür offenstehen. Maloney zog sich vom Eingang zurück, bis er außer Sicht war, als der Mann aus dem Apartment kam und den Pappkarton abstellte. Aus seiner Hosentasche zauberte der Mann einen Schlüssel und schloß ab. Dann, als hätte er die ganze Zeit gewußt, daß Maloney da war, drehte er sich um, lächelte und zwinkerte gemütlich mit den Augen. »Hallo, Professor, wie geht's Ihnen denn heute?«

»Sind Sie ihr Vater?«

»Ich *bin* der Vater.«

»Mr. McKelvey, ich muß mit ihr sprechen, es ist sehr wichtig.«

Der Vater beugte sich hinab, um den Karton aufzunehmen. »Das glaub ich sicher.«

»Nein, hören Sie ...« Maloney fing an, stockte, war nicht fähig, es zu sagen. Der Vater, rotgesichtig, grauschläfig, beobachtete ihn wie ein alter Alaska-Bär, der zwar müde, aber immer noch fähig war zum unvermittelten, lähmenden Schlag. »Ich höre«, sagte der Vater.

»Sie fehlt mir so.«

Der Vater schüttelte seinen Kopf wie jemand, der gerade zu Bewußtsein kommt. »Gehen wir runter und nehmen einen Schluck. Ich habn Flachmann im Wagen.«

Auf dem Parkplatz stand ein grüner Chevy direkt gegenüber dem Oldsmobile von Dr. Spector. Der Vater öffnete die Vordertür des Chevy und nahm eine Flasche aus dem Handschuhfach. Er hielt sie gegen das Licht und entdeckte gerade noch einen Finger breit Scotch. »Sapperlot nochmal. Dachte, wär noch mehr. 'ch sag Ihnen was. Gehn wir los und besorgen noch ne Buddel, und dann ab zu Ihnen. Denke, Sie haben was zu erzählen.«

»In Ordnung«, sagte Maloney. Wenn er den alten Herrn betrunken machen könnte, würde der vielleicht plaudern, wo Mary Ann stecken könnte.

»Nehmen Sie Ihren Wagen, ich komm in meinem hinterher. Okay, Professor?«

Maloney setzte sich in das Oldsmobile und fuhr zum Sea Winds Motel zurück. Der Chevy folgte ihm in leichten Schlangenlinien. Als Maloney in die Motelauffahrt einbog, sah er gerade Hickman und seine Leute in ihre Limousinen steigen. »Hallo, Tony«, rief ihm Hickman zu. »Wir wollen gerade los, uns ein paar Standorte ansehen. Wollen Sie nicht mitkommen?«

Maloney lehnte ab. Dr. Spector trat aus der Halle ins Freie, voller Unruhe und dennoch höflich wie immer. »Ah, Sie sind zurück. Ich hoffe, es ist alles in Ordnung?«

In diesem Augenblick kam der grüne Chevy durch das Vordertor und scherte gefährlich knapp zwischen den anderen Wagen ein. Der Vater lehnte sich aus dem Fenster. »Heh! Wir haben ja die Flasche vergessen.«

»Tut mir leid«, sagte Maloney.

»Schon okay, ich gehe schnell ins Ocean runter und hol eine. Bin gleich zurück.«

»Vielleicht können wir jetzt mit der Tonbandsitzung anfangen?« schlug Dr. Spector vor.

»Ja, ich denke auch«, sagte Maloney. »Aber ich muß den Mann sehen, wenn er zurückkommt.«

»Gut. Aber wenn wir jetzt anfangen könnten, wäre uns schon sehr geholfen. Kommen Sie?«

Auf dem Weg zu Dr. Spectors Suite sah Maloney Vaterman in der öffentlichen Telefonzelle stehen. Erbost stieß Vaterman die Tür auf. »Du hast mich ganz schön verarscht, weißt du das?! Erst sagst du, ich soll für dich die PR-Arbeit machen, und dann behandelst du einen Reporter von ner Spitzen-Agentur wie den letzten Mist. Du glaubst wohl, mit mir kannst du's ja machen, was?!«

»Mary Ann ist verschwunden«, sagte Maloney.

»Mary Ann, Mary Ann! Ich hör bloß immer noch Mary Ann. Sie ist *mein* Mädchen, verstehst du! Das wollen wir nur mal klarstellen, und zwar in aller Deutlichkeit.«

»Sie ist niemandes Mädchen«, sagte Maloney. »Sie ist weg, verschwunden. Ihr Apartment ist ratzekahl leer!«

»Blödsinn.«

»Fahr doch hin und sieh's dir selbst an.«

»Tony, *bitte*«, drängte jetzt Dr. Spector. »Wir warten auf Sie.«

»Ja, richtig«, sagte Maloney. Er ging mit ihm in die Suite. Vaterman ließ er draußen vor der Tür.

Ein Mann mit einer Arriflex-Kamera kam auf ihn zu, um ihn ins Bild zu bekommen. Tonbandmaschinen sirrten. »Interview 8. Patient und Spector. Take 1«, deklamierte Dr. Spector. Die Kamera drehte herum.

Zehn Minuten später, während einer Pause zum Neuladen der Filmkassetten, sah Maloney aus dem Fenster und entdeckte den grünen Chevy, der jetzt direkt am Vordereingang geparkt war. »Tut mir sehr leid«, erklärte er Dr. Spector, »aber ich habe mit dem Mann dort zu reden. Ich bin zurück, sobald ich kann.«

»Ich hoffe, wirklich bald!«

»Ich auch«, sagte Maloney.

Er ging zur Vordertür, wo der Vater mit einigermaßen verhängtem Blick im Chevy saß und eine angebrochene Flasche Schnaps in der Hand hielt. »Haben mir gesagt, daß Sie mit irgend einem Interview oder sowas zu tun haben. Also hab ich schon mal'n paar Züge vorgelegt. Ich hab Canadian Club für Sie, ist das okay? Sie *sind* doch Kanadier, oder?«

»Dann gehen wir besser auf mein Zimmer«, sagte Maloney.

»Ich denk bei sowas immer daran, welche *Sorte* man am besten nimmt«, sagte der Vater, »weil ich bei der Truppe Versorgungsoffizier war. Ich hab mich um die PX-Läden gekümmert, wissen Sie, die meisten in Übersee. Zwanzig Jahre im Dienst, aber wie man so schön sagt: Zwanzig Jahre unfallfrei gesoffen.«

Sie gingen auf Maloneys Zimmer. »Waren Sie auch mit Mary Ann in Übersee?«

»Ein paar Mal, ja. Ihre Mutter starb, als sie noch ein Säugling war, also mußte ich Vater und Mutter zugleich für sie sein. Haben *Sie* Kinder, Professor?«

»Nein. Möchten Sie's mit Soda?«

»Pur.« Der Vater saß massig auf Maloneys Bett und kippte sich einen nach dem anderen. »Es ist nicht einfach, muß ich Ihnen sagen. Ein Mädchen, das so aussieht ... muß man schon auf den Fersen bleiben, sowas.«

»Sind Sie uns nach Los Angeles gefolgt?«

»Hat Vaterman wohl erzählt, was?« Der Vater brach in Lachen aus, aber das Lachen zerfiel schnell in einem Hustenanfall.

»Ich will einfach nur mit ihr sprechen. Sie werden doch nichts dagegen haben, wenn ich einfach nur mit ihr reden möchte?«

»Sie kommen zu spät.«

»Warum?«

»Weil sie jetzt frei ist. Frei von uns allen.«

»Oh mein Gott«, sagte Maloney in plötzlicher Angst. »Was ist passiert?«

»Nehmen Sie'n Schluck.«

»Nein, jetzt nicht. Was haben Sie mit ihr gemacht?«

»Jetzt reißen Sie sich aber mal am Riemen, ja!?«, sagte der Vater. »Dieser andre Stinker da wollte mir was anhängn von wegen, da wär was zwischen mir und Mary. Mit meiner eignen Tochter rummachen! Wo gibt's *das* denn! Ich bin ihr Vater, und ich liebe sie auch wie ein Vater. Und darum helf ich ihr jetzt.«

»Wie helfen Sie ihr denn?«

Der Vater füllte die Gläser. »Ich hab sie gehen lassen«, sagte der Vater. »Ich hab sie in ein Taxi zum Flughafen verfrachtet. Sie ist weg.«

»Ein Flugzeug. Wohin denn bloß? Nach Übersee? In den Osten?«

»Ja, sie hat nen Flug gebucht. Aber mehr sag ich Ihnen nich. Also, Professor, keine weiteren Fragen.«

»Sie fehlt mir«, sagte Maloney. Plötzlich fühlte er sich, als müßte er weinen. »Ich weiß nicht, was ich ohne sie tun soll.«

»Sie kommen schon noch drüber weg. Leute wie Sie müssen schon in sich selber verliebt sein. Oder wie kommen Sie sonst dazu, Sachen zu träumen, damit die Welt auf Sie scharf wird?«

»Mr. McKelvey, mein Traum war ein Zufall. Glauben Sie mir, es gibt nichts, was ich lieber hätte, als wieder ein ganz normaler Lehrer zu sein.«

»Das können Sie aber nicht, oder? Und außerdem, ich glaube nicht, daß Sie der Richtige für meine Mary gewesen wären.«

»Aber sie mochte mich doch. Und sie bewunderte die Sammlung.«

Der Vater seufzte und erhob sich. »Ich seh besser zu, daß ich weiterkomme.«

»Schauen Sie, wenn ich Ihnen einen Brief für sie gebe, würden Sie ihn ihr geben?«

»Nein.«

»Warum nicht? Einen harmlosen Brief?!«

»Jetzt hörn Sie mal genau hin«, sagte der Vater. »Gestern war ich auf der Bank und hab Mary zehntausend Dollar überschrieben. Und ich hab keine dummen Fragen gestellt von wegen wo fliegst du hin und was machst du dann. Ich will ihr helfen, sich auf eigene Füße zu stellen. Das ist eben Vaterliebe. *Sie* können das *nicht* verstehen.«

»Also wissen Sie selber gar nicht, wie sie zu erreichen ist?«

»Genau das. Ich weiß nicht mal, welche Maschine sie heute morgen genommen hat. Und ich will's auch gar nicht wissen.«

»Aber vielleicht schreibt sie Ihnen.«

»Möglich.«

»Gut, *wenn* sie es tut, würden Sie dann einen Brief von mir weiterleiten? Bitte!«

»Behalten Sie man die Flasche«, sagte der Vater. Er wandte sich der Tür zu. »Das hilft. Für ne Weile jedenfalls.«

»Ich brauche nur zwei Minuten für den Brief. Nur eine kurze Nachricht. Bitte!«

»Schönen Tag noch«, sagte der Vater. Die Tür fiel ins Schloß.

Maloney stand auf, um hinter ihm herzugehen, geriet aber ins Schwanken, als der Boden, eben noch sehr weit weg, plötzlich auf ihn zu kam. Er setzte sich plump auf sein Bett. Ein Trinker war er nicht, absolut nicht, aber in seiner Ungeduld, in seiner Erregtheit hatte er ein großes Glas Whisky geleert wie eine Cola. Sein Kopf schien sich aufzublasen, als der Whisky von seinen Sinnen Besitz ergriff. Er saß da und starrte auf den Boden.

Irgend jemand klopfte. Dann ein zweites, nachdrücklicheres Mal.

»Ich komme«, rief er und erhob sich unsicher.

Der Besucher war Vaterman.

»Du hast recht, Tony, sie *ist* weg. Ich hab ganz Monterey abgegrast, hab mit Mona, ihrer Freundin, gesprochen, ich war in ihrer Wohnung und bei den Leuten, die ihr das Auto vermietet haben. Sie hat das Auto heute morgen abgeliefert. Niemand weiß was. Der Vater muß da dahinterstecken. Der muß sie irgendwohin gebracht haben. Womöglich noch gegen ihren Willen.«

»Der Vater ist es nicht«, sagte Maloney mit vager Bedächtigkeit.

»Du kennst ihn nicht. Er ist ausgebufft.«

»Er war bis vor ein paar Minuten hier.«

»Er war hier? Du hast ihn GESEHN?«

»Er hat den Whisky hier mitgebracht. Willst du einen?«

»Was hat er gesagt?«

Maloney erzählte es ihm.

»Er hat ihr ZEHNTAUSEND DOLLAR gegeben? Willst Du damit sagen, daß Du den Mumpitz glaubst??«

Maloney stand auf, wusch das Glas vom Vater im Badezimmer aus und schenkte zwei Whiskies ein. »Hier. Du solltest das auch ruhig glauben.«

Vaterman ergriff das Glas, setzte es dann aber ab, ohne angetrunken zu haben. »Das ist einzig und allein deine Schuld«, sagte er in hoher, wütender Stimme. »Ich hätte mich gleich aus deinem Kram raushalten sollen. Ich hab's von Anfang an gewußt, daß an deiner Geschichte was nicht ganz dicht ist. Wenn ich als Reporter etwas beschlagener gewesen wäre, hätte ich sowieso bis auf den Grund gebuddelt. Viele Leute hast du jedenfalls nicht aufs Kreuz gelegt, verstehst du? Sogar jetzt noch glauben die meisten Leute von der Presse, daß du einen Haschmich hast. Tony Haschmich Maloney. Ich weiß noch ganz genau, wie deine Mutter gesagt hat, daß du gern die Leute ankohlst. Glaub man nicht, daß ich das vergessen hätte. Ich bin zu treuherzig, das ist mein Fehler. Was war ich doch für ein Idiot, euch beide nach Montreal ziehen zu lassen. Deshalb hab ich mein Mädchen verloren.«

»Es tut mir leid. Ich weiß, wie dir zumute ist.«

»Ach was, nichts weißt du. Das Kreuz bei dir ist, daß du dich nicht darum scherst, was andere Leute fühlen. Alles, was du im Kopf hast, ist deine bekloppte Sammlung. Was für ne Posse! Die Große Viktorianische Sammlung! Ob du sie nun geträumt hast oder nicht, hast du dich mal drum gekümmert, was seriöse Leute davon halten? Ach herrje, sagen die, das ist doch Tinneff, das ist doch total knochenalter Kram, das hat nicht die Bohne was mit unserer Wirklichkeit hier und jetzt zu tun. So reden die nämlich, und recht haben sie.«

»*Wer* sagt das?«

»Leute eben. Leute, die sich nicht verarschen lassen wie ich. Und wie ich mich hab verarschen lassen. Weißt du, was du bist? Ein Schwindler bist du, kein Träumer, i wo, das einzige, was dich scharfmacht, ist, anderen Leuten die Mädchen wegzuschnappen, sie mit faulen Ausreden nach Montreal zu locken und sie wegzuschmeißen wie heiße Kartoffeln, du Sau – –«

Plötzlich sich vergessend griff er Maloney an, der mit seinem Glas in der Hand auf dem Bettrand saß. Vatermans Finger krallten sich in Maloneys Gesicht. Whisky floß auf den Teppich. »Was hast du mit ihr gemacht? Sie kam ja völlig verändert zurück!«

»Warte doch, warte«, sagte Maloney flach und legte die Arme über den Kopf, um sich gegen Vaterman zu schützen, der über ihm stand und immer weiter schlug. »Hör zu, Fred. Sie will mit keinem von uns noch was zu tun haben.«

»Und du hast noch die Courage, über sie zu sprechen, du Sau?!« brüllte Vaterman. »Wir beide sind fertig. Du kannst dir deine Scheißsammlung in die Haare schmiern. Große Viktorianische Sammlung! Ein Totalflop, n Witz, ne Ansammlung von lauter Schrott, für den sich kein Mensch interessiert, out of date, bevor sie überhaupt ans Tageslicht kommt! Man stelle sich vor, die Leute solln da auch noch löhnen, wenn sie den Schrott sehen wollen, nicht zu fassen ist das! Und was ist überhaupt mit diesen anderen Träumen, von denen du gefaselt hast, na? Hör mir mal gut zu. Du hast zwar gedacht, du kommst damit durch, aber glaub das man ja nich. Tief unten hat dir doch kein *Mensch* geglaubt. Und, bei Gott, wenn es das Letzte ist, was ich tue: Ich laß dich hochgehen und werde der Welt erzählen, was für ein krummer Hund du bist!«

»Fred, hör doch, nur einen Moment – –«

»Nenn mich nicht Fred! Geh zur Hölle, du!«

Die Tür knallte zu. Benommen kam Maloney auf die Beine. Ihm war, als hätte das Gebrüll und die

Schläge sein Gehirn leergepustet und ihn zu schwach gemacht, als daß er noch Wut oder Abscheu hätte empfinden können. Stattdessen überfiel ihn Schläfrigkeit, ein richtiges Mittagstief, das ihn sofort total übermannte. Er fühlte noch, wie seine Augenlider bleischwer wurden. Wenn er jetzt einschlief, mitten am Tage, würde er nicht einmal träumen.

Er gähnte, schlief fast schon, und ging zum Telefon.

»Mr. Bourget, hier Maloney. Ich möchte bis auf weiteres nicht mehr gestört werden.«

»Aber was ist mit Dr. Spector? Er erwartet Sie.«

»Nicht mal von Dr. Spector.«

Er legte sich hin. Ohne Vorwarnung fiel er in einen stumpfen Schlummer. So schlief er bis zum Nachmittag weiter, in schwerem, narkotischem und traumlosem Schwebezustand, bis er, irgendwann vor Einbruch der Dunkelheit, in einen neuen, anderen Schlaf fiel und anfing zu träumen.

Es war kein neuer Traum. Es war der Fernsehtraum. Aber er träumte ihn, wie eben ein Betrunkener träumt, unzusammenhängend, ohne tieferes Bewußtsein, mitten in der zeigerlosen Uhr der Betäubung, träumte von den unerbittlichen Wartereien, bevor die Kamera in Überwachungsstellung von Gang zu Gang schwebte. Er bewachte die Sammlung, wie ein Betrunkener sie bewachen würde, surrealistisch in seiner Verantwortungslosigkeit – die Kamera tanzte wie wild in diesen grauen Gängen auf und ab. Und so verwandelte der Fernsehtraum sich zum ersten Mal in eine unbeständige, inkonsequente Phantasie. Und so schlief er fort bis tief in die Nacht und erwachte erst vor Sonnenaufgang, mit trockenem Mund, mit Kater, immer noch betrunken.

Um fünf Uhr früh schlief er wieder ein. Jetzt aber, in dem Maße, in dem seine Betrunkenheit nachließ, straffte sich auch der Fernsehtraum wieder. Die Kamera hielt lange und ruhig auf jeden einzelnen Gang. Und in den letzten zwei Stunden seines Schlafs durchlitt er wieder die vertrauten Qualen des Überwachungstraums.

Um sieben wachte er auf. Um acht rief Dr. Spector an. Eine Stunde später war das abschließende Interview für die Vanderbilt-Serie im Kasten. Im *Journal of Parapsychology*, Jahrgang XX, Nummer IV, erschien dieser Kurzbericht in Dr. Spectors Zusammenfassung jenes Interviews:

In diesem letzten aufgezeichneten Interview war im Verhalten unseres Patienten eine merkliche Veränderung zu registrieren. Die emotionale Unruhe, die wir bei vorangegangenen Gelegenheiten konstatieren konnten und die besonders augenscheinlich in den drei letzten Sitzungen hervortrat, fehlte jetzt entscheidend. Gegen Ende des Gesprächs gab der Patient auf die Frage nach der offenkundigen Veränderung seines Zustandes Folgendes zu Protokoll:
MALONEY: Nun ja, ich nehme an, ich habe mich damit abgefunden. Ich bin mir darüber im klaren, was mit mir geschehen ist. Es vermittelt eine gewisse Ruhe, das Schlimmste zu wissen.

F.: Das Schlimmste? Können Sie das etwas zu erläutern versuchen?

Maloney: Nun ja, bisher hatte ich immer geglaubt, daß die Sammlung, weil ich sie ja erträumt habe, mir gehöre. Ich fühlte mich für sie verantwortlich. Inzwischen komme ich nun zu dem Schluß, daß es wohl eher umgekehrt ist.

F.: Entschuldigen Sie, aber ich verstehe nicht recht.

Maloney: Nun, wenn etwas, was ich geträumt habe, durch den Traum zum Leben erweckt worden ist, dann muß angenommen werden, daß das dann ein eigenes Leben entwickelt. Und aus diesem Grunde hat sie mich von sich abhängig gemacht.

F.: In welcher Weise denn?

Maloney: Sie hat mich von meiner Vergangenheit abgeschnitten, von meinem Beruf und so weiter. Ich kann nicht einmal meine Zukunft planen. Ich bin ein Gefangener. Die einzige Möglichkeit, zu entkommen, wäre meiner Ansicht nach, wenn ich einen neuen Traum träumen könnte. Dann aber würde ich vermutlich der Gefangene des neuen Traumes werden.

F.: Sie haben früher gesagt, daß es Sie erschöpft, den gleichen Traum immer und immer wieder jede Nacht zu träumen. Haben Sie je daran gedacht, mit Hilfe irgendwelcher Mittel Einfluß auf ihr Bewußtsein auszuüben? Vielleicht könnte ja eine halluzinogene Droge einen neuen Traum induzieren?

Maloney: Ich glaube nicht, daß das klappen würde. Diese Dinge produzieren ja keine echten Träume.

F.: Und wie wäre es mit einem Sedativum? Ein Mittel,

das Sie tief schlafen ließe, traumlos, und Ihren Dauertraum ausblocken könnte?

MALONEY: Ich habe in Los Angeles Barbiturate probiert. Aber ich konnte nicht einmal einschlafen.

F.: Also gibt es Ihrer Meinung nach nichts, was Sie von der nächtlichen Qual dieses Traums befreien könnte?

MALONEY: Whisky scheint da doch zu helfen.

F.: Sie haben es mit Whisky probiert?

MALONEY: Ja. Sehen Sie, können wir nicht – –

F.: – – Sie möchten aufhören?

MALONEY: Ja.

F.: Gut. Das war ja sowieso unser Schlußinterview. Vielen Dank, Tony.

MALONEY: Ich danke Ihnen, Doktor.

XI

SECHS MONATE SPÄTER KONNTE DEM AUGE EINES Reisenden auf den kalifornischen Autobahnen in Richtung Los Angeles, San Francisco, den Spielzentren der Wüste, wie den entfernten nationalen Denkmälern, etwa Joshua Tree oder Death Valley, nicht das Schild entgehen, das ihn alle achtzig Kilometer anblitzte. Unter der vereinfachten Darstellung des Südporticos des Kristallpalastes stand zu lesen:

BESUCHEN SIE CARMEL-BY-THE-SEA

Die Geburtsstadt

der Großen Viktorianischen Sammlung

Mehr Daten waren völlig überflüssig. Hickman hatte diese Art der Werbung den Disneyland-Technikern abgeschaut. Disneyland ist bekannt. Es ist völlig unnötig, in großen Anzeigen zu erklären, worum es sich dabei handelt. Und genau so, genau wie Hickman es vorhergesagt hatte, wurde die Sammlung auch bekannt. Allerdings begann sie ihr Dasein als eine öffentliche Ausstellung in einer Atmosphäre der Irritation – was ihren Anspruch betraf. Dr. Spectors Team fuhr fort mit seinen überwachten Befragungen ohne, jedenfalls bis zu diesem Zeitpunkt, irgend etwas davon veröffentlicht zu haben. Andere Experten, andere Fachgebiete – Historiker, Antiquare und Sammler, alle zeigten sich interessiert, tendierten aber allesamt dazu, den Aspekt des Übernatürlichen zu ignorieren. Und was das allgemeine Publikum anging, so akzeptierten die meisten Leute, die die Sammlung besuchten, die Erklärung, daß sie durch einen *Traum* zum Leben erweckt worden war, mit einer Mischung aus Verlegenheit und Amüsement. Einige wenige, wirklich die Minderheit, erfüllten Neid und Neugier und der Wunsch, Maloney zu begegnen und sich mit ihm über ihre eigenen Träume zu unterhalten. Und was die Medien anging, so waren diese schon lange zu anderen Themen übergegangen und hatten Themen, die die Ausstellung betrafen, populären Wochenmagazinen und Sonntagsbeilagen überlassen, denen also, die immer nach Wundern gierten und dem Traum-Aspekt völlig unkritisch begegneten.

Anfangs sah es ganz so aus, als sollte die Sammlung ein gewaltiger Publikumserfolg werden. Vorbestellungen für Eintrittskarten trafen in eindrucksvoller Menge ein. Als allerdings der Staat Kalifornien bekanntgab, daß das Züchtigungs-Zimmer, der Bordell-Salon, die erotische Bibliothek und die Sammlung pädophiler Fotografien für die Öffentlichkeit unter Verschluß bleiben würden, sank der Kartenverkauf rapide ab. Sofort protestierte Hickmans Konsortium gegen diese Entscheidung und argumentierte, als Co-

Exhibitor damit des größten Trumpfes beraubt worden zu sein. Dieser Protest aber wurde sofort fallengelassen, als das Konsortium erfuhr, daß der Popularitätsrückgang der eigentlichen Sammlung lediglich zu einem Zuwachs an Popularität des Großen Viktorianischen Dorfes geführt hatte, das drei Meilen östlich von der Sammlung entfernt lag. Das Dorf, eine imposante Konstruktion, die zu hundert Prozent in Händen des Konsortiums lag, enthielt dreihundert Moteleinheiten und zwei Einkaufs-Plazas, die eine Anzahl von Kaufhäusern beherbergten, welche ganz und gar in viktorianischer Manier dekoriert waren. Der Lüsternheit wurde in Mrs. Beauchamps Salon begegnet, einem Nachtclub, der eine wesentlich entschärfte Imitation des Bordells der Sammlung darstellte: Das echte Bordell war geschlossen worden wegen seiner allzu tierischen Wanddekorationen. In Mrs. Beauchamps Salon bedienten junge kalifornische Mädchen in schwarzen Baumwollstrümpfen und weißen Baumwollschlüpfern, deren Hinterteile abgeknöpft werden konnten, um die nackten Gesäße zu zeigen, servierten Getränke und trugen ihre Brüste in provozierenden Deshabillés zur Schau. Dann gab es da auch den Penny Gaff, die Imitation einer viktorianischen Music Hall mit drittklassigen Komödianten, Can-Can-Tänzerinnen oben ohne und drei nackten Mädchen in roten Seidenstrümpfen, die in roten Samtschaukeln über die Köpfe der Zuschauer segelten und ihre nackten Hinterteile elegant auf weiße Schwandaunsitze postiert hatten.

Dazu gab es dann auch noch zwei große Familienrestaurants, das General Gordon und das Gladstone, einen Lebensmittelmarkt namens Covent Garden und eine ganze Zahl von Läden, darunter den Olde Curiosity Shoppe, den Florence Nightingale Tea Room, den Oscar Wilde Way Out (eine Boutique für Männer) und schließlich auch noch ein riesiges Supermarkt-Kaufhaus mit billigen Reproduktionen von Viktoriana, das irreführenderweise auch noch »Die Große Viktorianische Sammlung« hieß. Vor dem ganzen Gelände stand nun auch – in veränderten Abmessungen – ein Nachbau des Südporticos des Kristallpalastes, den man gerade noch als Nachbau des Originals erkennen konnte.

Und tatsächlich: Je mehr Zeit verging – inzwischen waren Monate ins Land gegangen – desto offensichtlicher wurde es auch, daß eine überraschende Anzahl der Tausenden von Touristen, die nach Carmel strömten, um die Sammlung zu sehen, die meiste, wenn nicht gar die ganze Zeit in diesem Dorf verbrachte. Und viele von denen, so fand Maloney alsbald heraus, glaubten, daß das Supermarkt-Kaufhaus im Dorf selbst die Sammlung wäre!

Maloney zog es selten in dieses Dorf. Er blieb weiter nahe bei der ursprünglichen Sammlung in seinem Motelzimmer im Sea Winds Motel wohnen. Die Verantwortung für Aufrechterhaltung und Bewachung der Sammlung – dazu gehörten auch Zahlungen an Wachleute und Fremdenführer – hatte der California Park Service übernommen. In Zusammenarbeit mit dem Hickman-Konsortium hatte der Park Service hier noch ein zweites, noch kleineres Replikat des Südporticos des Kristallpalastes errichtet. Und dieser eher bescheidene Eingang enthielt nun auch Kartenhäuschen, Toiletten und einen Raum, in dem die Touristen sich vor und nach Führungen versammeln konnten.

Diese Führungen wurden von den Park Service Rangers geleitet, die ihre normalen Khaki-Uniformen trugen, glattpolierte Reitstiefel und die scoutähnlichen Hüte. Hickman sprach von ihnen als von den »Smokey Bears« – ein etwas geringschätziger Vergleich mit den Comic-Bären in Rangeruniform, die man auf Feuerschutzplakaten sehen kann. Maloney aber mochte sie. Schließlich waren dies auch Menschen, denen er jeden Tag begegnete. Sie kamen oft zu ihm und holten sich Antworten auf Fragen, die ihnen von den Touristengruppen gestellt wurden. Als Rangers ausgebildet, waren diese Männer unbeugbar höflich und anständig und pflegten zu salutieren, wenn ihr Weg sich mit dem Maloneys kreuzte.

Nach den ersten Wochen, in denen die Sammlung zur Ausstellung gemacht worden war, erließ Maloney eine Art Verordnung, nach der er vor den Touristen bewahrt zu werden hätte. Die geringe Befriedigung nämlich, von Fremden auf Anhieb erkannt zu werden, verpuffte, als sie zur Alltäglichkeit wurde und als die Touristen begannen – wie das Touristen überall auf der ganzen Welt nun mal zu tun pflegen –, ihm mit Fragen und Autogrammwünschen auf den Nerv zu gehen, und ihn immer wieder baten, für Fotos mit ihren Gruppen zu posieren. Als allerdings Hickman und der Direktor des California Park Service von seiner neuen Entscheidung erfuhren, wurde alles mögliche versucht, ihn umzustimmen. Eine vom Service durchgeführte Umfrage hatte ergeben, daß die häufigste Bitte der Besucher die war, das Zimmer besichtigen zu dürfen, in dem der ursprüngliche Traum stattgefunden hatte. Die zweithäufigste Bitte war die Erlaubnis, den Schöpfer der Sammlung treffen beziehungsweise zumindest einmal sehen zu dürfen.

»Viermal pro Tag und jedesmal nicht länger als fünf Minuten, und unsere Einnahmen werden sich verdreifachen. Das kann ich Ihnen garantieren«, sagte der Direktor.

»Aber das ist doch kein Zirkus hier. Ich bin doch kein Kalb mit zwei Köpfen. Ich bin ein ganz normaler Mensch. Was ich *getan* habe, das ist von mir aus ungewöhnlich, ja, und wenn Sie da nämlich mal bis zu Ende denken, dann würden Sie begreifen, daß die Leute ganz schnell das Interesse an der eigentlichen Sammlung verlieren würden.«

»Ganz genau«, sagte Hickman. »Genau das passiert ihr auch. Verstehen Sie denn nicht? Was glauben Sie denn wohl, wieviele Leute hier noch herkommen, um sich den Rest der Sachen anzusehen, seit das Parks Department die scharfen Sachen weggesperrt hat? Verstehen Sie mich bitte nicht falsch, Tony, ich will gar nicht an Ihrer Sammlung rütteln. Es ist nur so, daß sich die wenigsten für Kunstsachen interessieren. Was die wollen, ist eben eine richtige Show, ein bißchen was Würziges und Prickelndes. Und genau das geben wir ihnen drüben im Dorf. Aber was wir ihnen da *nicht* geben können, das sind Sie. Jeder möchte mal den

Mann sehen, der es geschafft hat, seinen Traum zu verwirklichen. Ihretwegen kommen die Leute *hier*her.«

»Gut, ja, aber was passiert schon, *wenn* sie mich sehen? Ich bin als Mensch ziemlich uninteressant. Und vielleicht gerade des*halb*, *weil* ich relativ uninteressant bin, bin ich ein Träumer geworden und hab den Kram hier erträumt.«

»Naja, gut, schließlich ist das ja auch Ihre Sache«, sagte der Direktor. »Wenn Sie so sehr an Ihrer Privatsphäre hängen, dann ziehe ich meinen Vorschlag eben zurück.«

»Moment«, sagte Hickman. »Ganz so schnell sollten wir den Plan nun doch nicht an den Nagel hängen. Warum besprechen wir das nicht nochmal in, sagen wir, acht Wochen?! Und für die Zeit bis dahin hab ich auch schon was. Wie wär's, wenn wir eines von diesen Motelzimmern – die sehen ja doch alle gleich aus – ein bißchen herrichten, so mit ein paar Büchern und all solchem Kram, und das dann ausstellen als Tonys Traumzimmer?! Auf die Weise hätten wir wenigstens *et*was, um das hier etwas anzuheben.«

So wurde es dann auch gemacht. Die Frage nach Maloneys persönlichem Erscheinen wurde nicht mehr aufgeworfen. Denn als die acht Wochen verstrichen waren, hatte sich sein Zustand dermaßen verändert, daß die Fremdenführer, wenn sie ihn zu Gesicht bekommen, ihre Gruppen schleunigst in einen anderen Gang geschoben hätten.

Es fiel etwa in diese Zeit, daß Maloney mit seinem privaten Tagebuch begann, aus dem Dr. Spector später Auszüge veröffentlichte – als Anhang zu seinem langen Aufsatz »Psychokinetische Elemente in der Manifestation von Träumen: Die Carmel-Experimente«, der im *Journal of Parapsychology*, Jahrgang XX, Nummer 5 erschien.

Im Vorwort zu diesem Anhang schreibt Dr. Spector: »Zunächst scheint das Tagebuch einzig aus privaten Motiven der Versuchsperson verfaßt worden zu sein, und zwar als Auflistung bestimmter Aufgaben, die sie zu erfüllen imstande war. Die Eintragungen bestehen aus wenigen Zeilen unter jedem Datum, nämlich:

21. April
TV-Traum drei Stunden? Schrieb Mutter vormttgs.
Katalogeintrag Smithsonian betr. Anfrage ibid.
Nacht: Trainiert am Strand, Mitternacht bis 3 früh

»Zwei Tage vor dem Jahrestag des Urtraums der Sammlung allerdings ändert sich der Stil. Wie man sehen wird, scheint die Testperson jetzt zu versuchen, seine Erfahrung einem möglichen Leser mitteilen zu wollen.«

8. Mai
Ich habe über Alpträume gelesen. Mediziner sagen, ein Traum ist ein Alptraum, wenn er so unerträglich wird, daß der Träumer gezwungen ist, davon zu erwachen. Das passiert mir. Jede Nacht wache ich von dem Fernsehtraum auf und schreie, meine Kehle ist rauh.

Wenn das geschieht, stehe ich auf, gehe in die Mitte des Zimmers und bleibe da stehen, Stunden um Stun-

den, bis andere aufwachen. So lange ich stehe, schlafe ich nicht ein und muß nicht träumen. Heute morgen stand ich bis um acht, bis ich Mrs. Bourgets Radiouhr unten in der Halle hörte. Dann ging ich ins Bad und duschte. Ich stand unter der Dusche und dachte an Leute, die ich als Kind gekannt habe, und versuchte mich daran zu erinnern, wie bestimmte Straßen und die Möbel in bestimmten Zimmern ausgesehen haben. Als das Wasser aus der Dusche kalt wurde, fiel mir auf, daß ich schon wieder eine lange Zeit gestanden hatte, ohne irgend etwas getan zu haben. Es macht mir nichts mehr aus, die Zeit auf diese Weise zu vertun. Schließlich bin ich wenigstens nicht mehr eingeschlafen. Also war das für mich ein Sieg. Dieser Morgen, meine ich.

Aber dann machte ich einen Fehler. Als ich mich rasiert hatte, ging ich in den Schlafraum zurück, um mich anzuziehen. Ich kam am Fenster vorbei, und weil ich nicht auf Wache war, schaute ich eben hinaus. Vor Wochen, ich weiß nicht mehr genau, wann, wachte ich einmal mit einem Kater auf und blieb aus irgend einem Grund bis um vier Uhr nachmittags da, ohne irgend etwas zu tun. Sonst gehe ich, wenn ich aufgewacht bin, immer zum Fenster und sehe hinaus, um mich zu vergewissern, daß die Sammlung noch da ist. Aber an diesem Morgen vergaß ich das. Und so verblieb ich in einem mir seit langem vertrauten Zustand. Ich hatte keine Angst. Ich dachte nicht an Mary Ann. Ich dachte auch nicht über mein früheres Leben nach. Und vor allem: ich dachte nicht daran, wie es der Sammlung geht. Und so habe ich angefangen, mir mit einer Intensität diesen Zustand des Vergessens zu wünschen, wie ich mir noch niemals etwas gewünscht habe, auch keine andere Sinneswahrnehmung. Manchmal schaffe ich es, einige Stunden früh morgens zu verbringen, ohne an die Sammlung zu denken. Aber sobald ich das tue, zieht es mich zum Fenster. Und wenn ich dann hinausschaue und sie da auf dem Parkplatz sehe, dann benehme ich mich wie ein Schlafwandler, wie in Trance. Ich öffne das Fenster, klettere hinaus und steige hinunter und wandere kreuz und quer durch alle Gänge und Stände. Und dann bin ich kaputt, mein neuer Tag stürzt über mir zusammen.

Denn der Sammlung geschieht etwas Furchtbares. Viel Furchtbares, um genau zu sein. Da gibt es die Fälle, in denen die originalen Materialien jetzt wie gefälscht aussehen. Und andere Fälle, in denen die echte Zerstörung nicht zu übersehen ist. Zum Beispiel der Springbrunnen. Oslers großartiger Kristallbrunnen: diese perfekten Blöcke aus poliertem Glas sind jetzt fast alle getrübt, wiegen weniger und sind tot wie Plastik. Sie sind wohl kein Plexiglas, denn sie sind ja noch immer aus ganz richtigem Glas. Aber sie sehen aus und fühlen sich an wie Plexiglas, nicht wie richtiges Glas. Genauso mit den Silbersachen. Die Feingehaltsstempel sind völlig verschwunden, so daß ich nicht mehr bestimmen kann, ob es sich um Silber oder nur Silberauflage handelt. Das Staffordshire-Geschirr hat seinen Glanz verloren: Es sieht wie nachgemacht aus. Aber in den meisten Fällen geht es nicht um Veränderungen, sondern um ganz einfache Zerstörung, obwohl ich keine Ahnung habe, woher sie kommt. Der Parks Service hat eine absolut sichere Überdachung ange-

bracht, die die Gänge und Stände völlig von Regen oder Sonne abschirmt. Trotzdem sind die Maschinen verbogen oder zerbrochen, bekommt die Leinwand Risse, erscheint die Füllung in den Möbeln, lassen die Spielsachen sich nicht aufziehen, bewegen sich die Augen der Puppen nicht mehr, hat der Damast und die Wäsche braune Flecken, und ich weiß nicht, woher das alles kommt. Ich will die Auflösung der Intarsienmöbel, der Regale und Schreibpulte gar nicht erst beschreiben. Ich sage ganz einfach, daß Türen nicht mehr schließen, Holz aufbricht, Schubfächer sperren. Die Bildhauerarbeiten bekommen Risse, sogar die Statuen aus Gußeisen. Die Musikinstrumente klingen falsch, die Zobel und Hermeline haben merkwürdig blanke Stellen, die Linsen im Ross-Teleskop sind getrübt, ich habe sie ein Dutzend Male geputzt, aber es nützt nichts. Ein Rad der Folkstone-Lokomotive ist übel verkrümmt, so daß die ganze Lok schief steht wie nach einem Unfall. Warum soll ich noch mehr sagen, man kann es ganz simpel ausdrücken, wenn man sagt, daß ich bei der Untersuchung irgend eines x-beliebigen Stückes in irgend einer Teilkollektion mit Sicherheit feststellen muß, daß damit etwas nicht mehr stimmt, irgend etwas gebrochen ist oder irgend ein Defekt vorliegt, der vor sechs Monaten noch nicht da war. Die Sammlung ist in Auflösung begriffen, und die Auflösung wird immer schlimmer.

Man mag fragen, warum ich mich darum so aufrege. Will sagen: Habe ich nicht wirklich alles versucht, um die Sammlung loszuwerden, habe ich nicht versucht, von ihr fortzulaufen, leide ich ihretwegen nicht jede

Nacht unter Alpträumen? All das ist wahr. Ich weiß, daß diese Auflösung nicht mein Fehler ist. Ich habe mein Bestes getan. Ich habe meinen Beruf aufgegeben, Mary Ann, alles, nur um hierbleiben und mich um sie kümmern zu können.

Es ist also nicht mein Fehler, wenn sie sich auflöst, nicht wahr?

15. Mai

Ich fühle mich krank, mir ist fast nur noch schlecht. Ich trinke, um den Tag herumzubringen. Ich verstecke mich vor anderen Menschen. Wenn ich in der Sammlung umhergehe und eine Touristengruppe kommen sehe, renne ich sofort in eines der verbotenen Zimmer wie Mrs. Beauchamps Salon oder das Züchtigungs-Zimmer. Manchmal verbringe ich Stunden im Züchtigungs-Zimmer, aber nicht, weil ich mich sonderlich für Grausamkeiten interessieren würde, sondern weil es so privat ist, so schön abgeschieden vom Rest der Sammlung.

Natürlich wird es dort ebenso schmerzhaft wie überall sonst in der Sammlung. Die Holzbänke sind verzogen, die Peitschen und Haarbürsten verlieren ihre Riemen und Borsten, die Polsterung des Züchtigungsbocks ist furchig und schlaff, die Bestrafungskostüme sind moderig und mottenzerfressen. In der Flagellations-Bibliothek leiden die Bücher immer größere Zerstörung. Bücherrücken haben sich gelöst, die Ränder der Seiten werden schwach wie das Bindematerial, dessen Leim nichts mehr hält, so daß, wie es mir neulich morgens ging, als ich in einer schönen Ausgabe von

Villiots La Flagellation Amoureuse *blättern wollte, die Seiten wie Konfetti umherflogen und ich ermüdende zwei Stunden damit zubringen mußte, die Blätter aufzuheben und Texte und Illustration zusammenzupassen.*

Dennoch habe ich in diesem Zimmer weniger Angst. Ich glaube, das liegt daran, daß nur sehr wenige Leute es gesehen haben, wie es vor der Auflösung war. Das gilt nicht für den Rest der Sammlung. Ich habe das Gefühl, die Touristen wissen, was geschieht. Von meinen Verstecken aus sehe ich sie mir an, wenn sie an den Gängen entlanggehen. Erst kommt der Führer, der stehen bleibt und wartet, bis sie sich im Halbkreis um ihn versammelt haben, dann hält er seinen Vortrag, und dann geht es weiter. Die Touristen kommen schlendernd und plaudernd hinterher, um sich beim nächsten Punkt zum Vortrag zu versammeln. Ich studiere ihre gelangweilten Gesichter. Ich weiß, daß sie, wie alle Touristen auf der ganzen Welt, keine Ahnung haben von dem, was ihnen erzählt wird. Aber ich glaube doch, daß wohl sogar das dümmste Volk den Unterschied spürt zwischen solchen Dingen, die Jahrhunderte überdauert haben und solchen, die kein Menschenleben halten. Anders als andere antiquarische Plätze steht die Sammlung nicht fernab von allem, gleichgültig gegenüber philisterhafter Besichtigung. Diese Objekte hier, die ich so liebe, scheinen vielmehr die Aufmerksamkeit und die Achtung der Touristen zu erbitten. Vergebens. Ich sehe eine gar nicht mehr so ferne Zeit vor mir, in der nur noch sehr wenige Touristen die Bürde auf sich laden werden, das Große Vik-

torianische Dorf zu verlassen, um die Straße hinaufzukommen und nach meiner Sammlung zu sehen.

19. MAI

Es gibt einen Sessel im Züchtigungs-Zimmer, aus dem, wenn man eine verborgene Feder drückt, plötzlich Eisenbänder geschossen kommen, die dem arglosen Opfer Hände und Füße fesseln. Charles Everett, ein stadtbekannter Londoner Wüstling, hat ihn entwickelt als sogenannten »Verführer-Stuhl«. Nun habe ich neulich festgestellt, daß die Feder auf Druck nicht mehr reagiert, der ganze Mechanismus verrostet und kaputt ist. Bis dahin saß ich immer am liebsten in eben diesem Sessel. Er ist sehr bequem. Letzte Nacht hatte ich nun mehr getrunken als gut für mich war, und ich kam hierher und wollte versuchen, in ihm zu schlafen. Ich hatte den vagen Eindruck, daß ich, wenn ich innerhalb der Sammlung schlafe, möglicherweise den Fernsehtraum nicht haben muß.

Das Experiment funktionierte nicht. Ich habe kein Auge zugetan. Nicht nur das: Ich habe noch mehr Angst gehabt als sonst, wenn ich mitten in meinem Motelzimmer stehe und zittere. Darum bin ich nach ein paar Stunden hinausgegangen und zurück auf mein Zimmer. Ich habe mich hingelegt und, wie gewöhnlich, den Monitortraum gehabt.

22. MAI

Ich habe mit Hickman seit zwei Wochen nicht mehr gesprochen. Als mein Agent hat er mich sonst jeden Tag angerufen. Und Vaterman habe ich auch nicht mehr gesehen seit dem Tag, als er von hier fortging und mich anschrie, die Sammlung sei Betrug. Seltsam, aber ich würde Fred gerne wiedersehen. Ich frage mich, wie es ihm geht. Ob er wohl noch immer bei der Monterey-Zeitung ist? Ich könnte ihn ja mal anrufen. Aber ich glaube, ich tu's doch nicht.

26. Mai

Vielleicht weiß Fred etwas Neues über Mary Ann. Ich sollte ihn morgen anrufen, wenn ich mich besser fühle.

13. Juni

Vor zehn Tagen bin ich betrunken zwischen Gartenmöbeln von William Robinson und Gertrude Jekyll hin und her spaziert. Ich stieß an eine Terracotta-Vase, fiel und holte mir eine Knöchelverstauchung. Ein Arzt wurde gerufen, und im Verlauf der Untersuchung sagte er mir, ich hätte zu hohen Blutdruck und beschrieb meinen Zustand als »einen der Erschöpfung«. Der Satz hat mich getroffen. Ich versuchte ihm, natürlich in etwas abgemilderter Form, meine Schlafprobleme zu erklären.

»Was ist mit Schlaftabletten?« sagte er.

Zunächst war ich dagegen und erklärte ihm auch, daß ich gerade versuchte, einen neuen Traum zu entwickeln, und annehme, daß er unter dem Einfluß von Tabletten nicht zustandekommen kann.

»Warum trinken Sie dann aber?« fragte der Arzt. »Alkohol ist ja auch eine Droge, und zwar eine gefährliche.«

Darauf hatte ich keine Antwort. Ich sagte allerdings, daß ich trinke, um durch den Tag zu kommen.

»Beruhigungstabletten wären viel besser«, sagte der Doktor. »Wenn Sie so weitermachen wie jetzt, werden Sie sich noch umbringen. Und wenn Sie nichts dagegen haben, will ich Ihnen noch etwas sagen. Sie verbringen zuviel Zeit in diesem Zimmer. Haben Sie ein Mädchen?«

Ich merkte, wie mir die Tränen in die Augen schossen, als er das sagte, und verbarg sie unter dem Vorwand, mir die Nase putzen zu müssen. Aber der Doktor war nicht zu überlisten. »Sehen Sie mal«, sagte er freundlich, »Sie sind nun mal abgespannt. Sie sind ein emotionaler Mensch und leicht erregbar. Es tut mir leid, aber ich habe das Gefühl, daß Sie jetzt dringend Anstrengungen unternehmen müssen, um sich wieder zusammenzureißen.«

»Vielleicht bin ich ballaballa«, sagte ich.

»Bitte?«

»Ach, nichts. Tut mir leid.«

Dann füllte der Doktor ein Rezept aus, riß es ab und gab es mir. »So, hier. Holen Sie sich das. Besser für Sie als der ganze Schnaps.«

Ich erwähne den Arztbesuch, weil er mich sozusagen zu mir zurückgebracht hat. Obwohl ich die Tabletten für das Rezept habe, stehen sie unberührt auf meinem Nachttisch. Ich habe meine Trinkerei eingeschränkt auf einen Scotch vor dem Mittagessen und zwei vor dem Schlafengehen. Ich habe mich daran begeben, meine Post zu erledigen und den Gelehrten, die Arbeiten über verschiedene Aspekte der Sammlung schrei-

ben, behilflich zu sein. Ich habe auch wieder angefangen zu lesen. Im Moment, so könnte man sagen, ist mein Leben der Verbesserung meines Lebens gewidmet. Und das ist, finde ich, ein Ganztagsberuf.

Drei Wochen später findet sich eine weitere Eintragung.

3. JULI

Vielleicht ist das eine gute Gelegenheit, einen Fortschrittsbericht zu liefern. Obwohl es ein paar Rückfälle gab, leide ich trotzdem nicht mehr unter Alpträumen. Ich träume zwar den Fernsehtraum, aber irgendwie scheine ich fähig, ihn zu ertragen. Ich schlafe die ganze Nacht, darum bin ich weniger erschöpft. Während meines ersten Rückfalls habe ich zum ersten und einzigen Mal von den verschriebenen Schlaftabletten Gebrauch gemacht. Sie haben nicht geholfen, und ich fühle auch keine Versuchung, damit weiterzumachen. Ich finde, ich kann nicht einfach »beruhigt« werden, nur weil ich Pillen nehme.

9. JULI

Fortschrittsbericht. Ich versuche, die Sammlung nicht zu besuchen. In den letzten drei Tagen war ich nicht einmal dort. Ich sage mir, diese Auflösung ist eine Sache, die nicht aufgehalten werden kann. Es gibt keinen Grund für mich, mich darüber aufzuregen. Vielleicht ist das ein Zwischenschritt innerhalb meiner Entwicklung. Ich muß jetzt alles für einen neuen Traum tun, einen Traum, der dauerhafter sein sollte als die

Sammlung. Ich verstehe, was benötigt wird. Alles was ich dazu zu tun habe, ist, das Trinken einzuschränken, Alpträume zu verhindern und vor allem, mich zu konzentrieren. Ich muß meinen Verstand darauf vorbereiten, daß er durchbrechen muß zu einer neuen Traumschwelle.

Eine Woche später eine Ein-Wort-Eintragung.

16. JULI
Alptraum.

Vier Tage später diese Eintragung:

20. JULI
Heute habe ich mich gezwungen gesehen, in die Sammlung zurückzukehren. Ich saß stundenlang im Züchtigungs-Zimmer.

Vielleicht werde ich so lange nicht fähig sein, einen neuen Traum zu träumen, bis die Sammlung sich völlig aufgelöst hat und als Müll abgefahren sein wird?

21. JULI
Wieder der Fernseh-Traum. Ich wachte auf und schrie.

Ich habe keine Fortschritte gemacht. Ich darf mir nichts vormachen.

Am Nachmittag des 25. Juli kam Park Ranger William Hutton, der gerade eine Touristengruppe durch die Sammlung führte, an den Stand, der die W.-Hunt-&-Son-Ausstellung doppelter Damastwäsche enthielt, die für Königin Viktoria zum Gebrauch in den Highlands angefertigt worden war. Mit einer angezündeten Zeitung fächelnd, kniete der Schöpfer der Sammlung vor den Damastteilen. Er wollte versuchen, den Stand in Brand zu setzen. »Er war betrunken«, berichtete Ranger Hutton später Dr. Spector. »Er hörte gar nicht auf, mit dem Feuer über der Wäsche, den Rahmen und dem ganzen Stand herumzuwedeln. ›Sehen Sie mal‹, sagte er, ›der ist unbrennbar. Hier ist alles unbrennbar. Eigentlich müßte es brennbar sein, aber es ist es nicht. Das ist nicht erlaubt, verstehen Sie?‹«

Hutton rief beim Haupttor an. Zwei Rangers wurden an den Stand beordert, wo sie die Flammen erstickten und Maloney zurück zu seinem Motelzimmer begleiteten. Er schien abwesend und betrunken. An diesem Abend bestellte er kein Abendessen und verließ dann sein Zimmer bis zum nächsten Morgen nicht mehr.

Zwei Tage später ein kurzer Eintrag.

27. Juli
Erst mit Feuer probiert, dann mit Gewalt. Ich habe einen Hammer benutzt, konnte aber kein einziges der zerbrechlichen Stücke vom Staffordshire zerstören.

Am 31. Juli, um vier Uhr morgens, wachte Paul Bourget, der neunzehnjährige Sohn des Motelbesitzers, der gerade in den Schulferien seine Eltern besuchte, von Lärm vor seinem Zimmer auf. Er sah aus dem Fenster und erblickte Maloney, der nur mit der Pyjamahose bekleidet war und im Mittelgang der Sammlung stand. Er hatte gerade die Beleuchtung für den Osler-Brunnen angemacht und watete jetzt in den Brunnen hinein, um zu versuchen, den Wassermechanismus in Bewegung zu bringen. Es funktionierte nicht. Eine Weile machte sich Maloney noch an den Hebeln zu schaffen, dann blieb er niedergeschlagen im Brunnen stehen, unternahm nichts mehr, bewegte sich auch nicht mehr, starrte nur hinauf zu den imposanten, hell erleuchteten Reihen von Glas. Die Temperatur betrug knappe vier Grad über Null, und vom Ozean her kam Nebel auf. Der junge Bourget, der die Sorge seines Vaters wegen Maloneys häufiger Trunkenheit in letzter Zeit sehr wohl kannte, zog sich an und ging auf den Marktplatz hinaus.

In seinem Bericht für Dr. Spector gab der junge Bourget dann an: »Er stand da wie ein strammstehender Soldat, fror, sah genau zu mir hin, aber erkannte mich nicht.«

Der junge Mann fragte: »Alles in Ordnung, Professor?«

»Ja«, sagte Maloney. Er wirkte keineswegs betrunken.

»Ziemlich kalt, was?«

»Mir nur recht, ich hab's gern schön kalt«, sagte Maloney. »Aber Lungenentzündung wär mir lieber, ehrlich.«

Der junge Bourget, der damit nichts Rechtes anzufangen wußte, verbarg seine Verlegenheit hinter Lachen.

»Ich meine das ernst«, sagte Maloney.

Der junge Bourget gab keine Antwort, sondern folgte seinem Taktgefühl und half Maloney aus dem Brunnen, um ihn dann zurück ins Motel zu begleiten. In seinem eigenen Zimmer weigerte Maloney sich dann, sich hinzusetzen. Der junge Bourget sagte, er ließ Maloney dann in der Mitte des Badezimmers stehen, wobei sein Blick noch genauso stumpf war wie zuvor.

Am Sonntag darauf die folgende Tagebucheintragung, die in großen, unsicheren Buchstaben gekritzelt war und mit Maloneys kleiner, sorgfältiger Schrift nichts mehr zu tun hatte.

4. AUGUST
Vielleicht kommt der Durchbruch zustande, wenn man ohne Bewußtsein ist?«

An diesem Tag, einem ganz normalen, faulen Sonntag, an dem die meisten Touristengruppen nach dem Mittagessen aufzubrechen pflegen, um bis Montag früh wieder zuhause zu sein, wurde Maloney weder in der Halle noch irgendwo sonst auf dem Gelände gesehen. Essenbestellungen waren von ihm auch nicht gekommen. Am nächsten Tag, Montag, rief er auch nicht in der Zentrale an, um sein Frühstück zu bestellen. Um 10 Uhr vormittags kam ein Ferngespräch von Hickman aus New York. Wenn Maloney nicht abheben würde, instruierte Hickman, solle man ihn wecken.

Der alte Bourget ging zu Maloneys Zimmer hinauf. Die Tür war abgeschlossen. Er betrat das Zimmer mit einem Nachschlüssel. Das Rollo war nicht heruntergezogen worden. Maloney saß in aufrechter Haltung in seinem Bett, komplett angezogen, den Kopf auf das Kopfteil gestützt, den Blick starr aus dem Fenster gerichtet. »Er sah aus, als hätte er irgendwas gesehen«, sagte Bourget. »Es war jedenfalls so, daß ich hinüberging und selbst aus dem Fenster sah, weil ich dachte, daß vielleicht irgendwas nicht stimmen würde. Aber alles war wie immer. Die Führer hatten drei Touristengruppen bei sich und machten die Runde. Ich schaute zum Professor zurück – gerade wollte ich ihm etwas sagen – und plötzlich wußte ich, daß er tot war. Auf dem Nachttisch stand eine Flasche Bourbon, fast leer, und daneben ein Fläschchen mit Tabletten, von denen einige über das Bett verstreut waren. Dann habe ich das Telefon genommen und den Arzt angerufen.«

Innerhalb einer Stunde war die Neuigkeit, daß Maloney gestorben war und die Sammlung noch immer stand, auf allen Drähten rund um den Erdball. Die Presse ließ sich wieder zu Carmel herab, und vierundzwanzig Stunden lang war das Ereignis wichtig genug für alle Titelseiten. Dr. Spector kam am selben Nachmittag mit dem Flugzeug von der Vanderbilt-Universität herüber. Die Untersuchung des Leichnams durchgeführt vom Salinas County Coroner, ergab am nächsten Tag, daß Maloney an einer Überdosis von Barbituraten plus Alkohol gestorben war. Die Zeit des Todeseintritts wurde auf etwa zehn Stunden vor dem Fund des Leichnams angesetzt, was auf kurz nach Mitternacht an jenem Montag morgen herauskam.

Dr. Spector rief sofort Professor H. F. Clews von

der Yale-Universität an, um die Meinung eines Experten den Zustand der Sammlung betreffend einzuholen. Die Sammlung habe, so Dr. Clews Ansicht, unter einigen Auflösungserscheinungen gelitten, seit er sie das letzte Mal inspiziert hatte, möglicherweise aufgrund der Tatsache, daß sie mehr als ein Jahr lang halb im Freien und dazu noch unter subtropischen Bedingungen existiert hätte. Aber sie sei noch immer, und dies schien das Wichtigste, intakt.

Auf Bitten der Mutter Maloneys wurde der Leichnam per Flugzeug nach Montreal überführt, wo er, nach einer Beerdigung im privaten Rahmen, im Familiengrab auf dem Mount Royal-Friedhof begraben wurde. Mrs. Maloney weigerte sich, die Leiche für medizinische Untersuchungen freizugeben. Maloney starb, ohne ein Testament hinterlassen zu haben, aber Einkünfte aus der Sammlung gingen nun direkt an seine Mutter, die die einzige lebende Verwandte ist. Besagte Einkünfte sind seit seinem Tod wesentlich zurückgegangen, weil die Touristengruppen weiterhin dem Großen Viktorianischen Dorf den Vorzug geben und darum die Bezüge aus Eintrittsgeldern für die eigentliche Sammlung mittlerweile sehr bescheiden sind. Die Zahl der Führer ist auf zwei reduziert worden. Und, wie Dr. Spector im Nachwort zu seinem Schlußbericht im *Journal of Parapsychology*, Jahrgang XX, Nummer V schrieb:

»Später, wie das in solchen Fällen so häufig der Fall ist, vertrauten immer weniger und weniger Leute der Glaubwürdigkeit Maloneys und seinem Bericht über die Entstehungsumstände der Sammlung. Nichtsdestoweniger scheint es, wie unsere Forschungen ergeben haben, keinen Grund zu geben, daran zu zweifeln, daß diese Sammlung – eine Dualität, die exakt jene Originale reproduziert, deren Erinnerung sie evoziert – auch in Zukunft als kleines Wunder in Carmel-by-the-Sea, Kalifornien, weiterbestehen wird. Inwieweit sie den Mann überleben wird, der sie erschuf, und nachfolgende Generationen in ihren Bann ziehen wird, das, freilich, liegt jenseits unserer Beurteilungsmöglichkeiten.«

Brian Moore im Diogenes Verlag

»So unterschiedlich die Handlungsorte und -zeiten seiner Bücher sind, immer beschreibt Moore den Einbruch des Unheimlichen ins Alltagsleben. Mal ist es der Terror der IRA, mal die Konfrontation mit Wertvorstellungen einer ganz anderen Kultur, mal ein Traum, der plötzlich Realität wird. Dafür stand der große Argentinier Jorge Luis Borges Pate, den Moore zu seinen wichtigsten Einflüssen zählt. Und wie bei Borges scheint auch Moores Schreiben die Frage ›Was wäre wenn?‹ zugrunde zu liegen, die klassische Frage des wissenschaftlichen Experiments.«
Denis Scheck/Deutschlandfunk, Köln

Katholiken
Roman. Aus dem Englischen von Elisabeth Schnack

Die Große Viktorianische Sammlung
Roman. Deutsch von Helga und Alexander Schmitz

Schwarzrock – Black Robe
Roman. Deutsch von Otto Bayer

Die einsame Passion der Judith Hearne
Roman. Deutsch von Hermann Stiehl

Die Farbe des Blutes
Roman. Deutsch von Otto Bayer

Die Antwort der Hölle
Roman. Deutsch von Günter Eichel

Ich bin Mary Dunne
Roman. Deutsch von Hermann Stiehl

Dillon
Roman. Deutsch von Otto Bayer

Die Frau des Arztes
Roman. Deutsch von Jürgen Abel

Kalter Himmel
Roman. Deutsch von Otto Bayer

Ginger Coffey sucht sein Glück
Roman. Deutsch von Gur Bland

Es gibt kein anderes Leben
Roman. Deutsch von Otto Bayer

Die Versuchung der Eileen Hughes
Roman. Deutsch von Nikolaus Stingl

Saturnischer Tanz
Roman. Deutsch von Malte Krutzsch

Der Eiscremekönig
Roman. Deutsch von Bernhard Robben

Strandgeburtstag
Roman. Deutsch von Bernhard Robben

Irische Literatur im Diogenes Verlag

● Christy Brown

Mein linker Fuß. Aus dem Englischen von Leonharda Gescher. Mit einem Vorwort und Nachwort von Robert Collis

● Erskine Childers

Das Rätsel der Sandbank. Ein Bericht des Geheimdienstes. Aus dem Englischen von Hubert Deymann. Mit vier Karten

● Lord Dunsany

Jorkens borgt sich einen Whisky. Zehn herrliche Lügengeschichten. Aus dem Englischen von Elisabeth Schnack. Mit Zeichnungen von Paul Flora
Smetters erzählt Mordgeschichten. Fünf herrliche Kriminalgeschichten. Deutsch von Elisabeth Schnack. Mit Zeichnungen von Paul Flora

● James Joyce

Das James Joyce Lesebuch. Erzählungen aus ›Dubliner‹ und Erzählstücke aus den Romanen. Deutsch von Dieter E. Zimmer, Klaus Reichert und Hans Wollschläger. Mit Aufzeichnungen von George Borach und einer Betrachtung von Fritz Senn

● Sheridan Le Fanu

Carmilla, der weibliche Vampir. Eine Vampirgeschichte. Deutsch von Helmut Degner. Mit Zeichnungen von Edward Ardizzone

● Bernard Mac Laverty

Lamb – der Ausgeflogene. Roman. Aus dem Englischen von Hanna Neves
Cal. Roman. Deutsch von Nikolaus Stingl
Geheimnisse und andere Erzählungen. Deutsch von Hans-Christian Oeser
Tanzen hat seine Zeit. Erzählungen. Deutsch von Hans-Christian Oeser

● Brian Moore

Katholiken. Roman. Aus dem Englischen von Elisabeth Schnack
Die Große Viktorianische Sammlung. Roman. Deutsch von Helga und Alexander Schmitz
Schwarzrock – Black Robe. Roman. Deutsch von Otto Bayer
Die einsame Passion der Judith Hearne. Roman. Deutsch von Hermann Stiehl
Die Farbe des Blutes. Roman. Deutsch von Otto Bayer
Die Antwort der Hölle. Roman. Deutsch von Günter Eichel
Ich bin Mary Dunne. Roman. Deutsch von Hermann Stiehl
Dillon. Roman. Deutsch von Otto Bayer
Die Frau des Arztes. Roman. Deutsch von Jürgen Abel
Kalter Himmel. Roman. Deutsch von Otto Bayer
Ginger Coffey sucht sein Glück. Roman. Deutsch von Gur Bland
Es gibt kein anderes Leben. Roman. Deutsch von Otto Bayer
Die Versuchung der Eileen Hughes. Roman. Deutsch von Nikolaus Stingl
Saturnischer Tanz. Roman. Deutsch von Malte Krutzsch
Der Eiscremekönig. Roman. Deutsch von Bernhard Robben
Strandgeburtstag. Roman. Deutsch von Bernhard Robben

● Edna O'Brien

Das Mädchen mit den grünen Augen. Roman. Aus dem Englischen von Margaret Carroux
Plötzlich im schönsten Frieden. Roman. Deutsch von Margaret Carroux

● Sean O'Casey

Ich klopfe an. Autobiographie. Aus dem Englischen von Georg Goyert. Mit einer Einleitung von Kaspar Spinner

● Frank O'Connor

Und freitags Fisch. Erzählungen. Aus dem Englischen von Elisabeth Schnack
Die Reise nach Dublin. Roman. Deutsch von Elisabeth Schnack
Mein Ödipus-Komplex. Erzählungen. Deutsch von Elisabeth Schnack
Don Juans Versuchung. Erzählungen. Deutsch von Elisabeth Schnack
Eine unmögliche Ehe. Erzählungen. Deutsch von Elisabeth Schnack
Eine selbständige Frau. Erzählungen. Deutsch von Elisabeth Schnack
Meistererzählungen. Deutsch und mit einem Nachwort von Elisabeth Schnack

• Sean O'Faolain

Sünder und Sänger. Erzählungen. Deutsch und mit einem Nachwort von Elisabeth Schnack
Trinker und Träumer. Erzählungen. Deutsch von Elisabeth Schnack
Lügner und Liebhaber. Erzählungen. Deutsch von Elisabeth Schnack

• Liam O'Flaherty

Zornige grüne Insel. Eine irische Saga. Aus dem Englischen von Herbert Roch
Meistererzählungen. Deutsch und mit einem Nachwort von Elisabeth Schnack

• Bram Stoker

Draculas Gast. Sechs Gruselgeschichten. Aus dem Englischen von Erich Fivian und H. Haas. Mit Zeichnungen von Peter Neugebauer

• Oscar Wilde

Das Bildnis des Dorian Gray. Roman. Deutsch von W. Fred und Anna von Planta.
Sämtliche Erzählungen sowie 35 philosophische Leitsätze zum Gebrauch für die Jugend. Herausgegeben von Gerd Haffmans. Zeichnungen von Aubrey Beardsley
Der Sozialismus und die Seele des Menschen. Ein Essay. Deutsch von Gustav Landauer und Hedwig Lachmann
De profundis. Epistola: in carcere et vinculis sowie *Die Ballade vom Zuchthaus zu Reading.* Deutsch von Hedda Soellner, Otto Hauser und Markus Jakob. Mit einem Nachwort von Gisela Hesse und einem Essay von Jorge Luis Borges
Extravagante Gedanken. Eine Auswahl. Herausgegeben und mit einem Vorwort von Wolfgang Kraus. Auswahl und Übersetzung von Candida Kraus

• Meistererzählungen aus Irland

Geschichten von Frank O'Connor bis Bernard Mac Laverty. Herausgegeben von Gerd Haffmans. Mit einem einleitenden Essay von Frank O'Connor, bio-bibliographischen Notizen und Literaturhinweisen. Erweiterte Neuausgabe 1995

• Die schönsten Liebesgeschichten aus Irland

Von G.B. Shaw bis Frank O'Connor. Herausgegeben und aus dem Englischen von Elisabeth Schnack

Bernard Mac Laverty im Diogenes Verlag

»Bernard Mac Laverty schildert die Einsamkeit des Menschen und seine Verlassenheit in der Gesellschaft, Existenzen in einer Welt ohne Liebe, und seine Geschichten wären trostlos zu nennen, steckten sie nicht so voller Humor und hintergründigem Witz. Der Autor liebt seine Figuren, denen gemeinsam ist, daß sie das ihnen auferlegte Schicksal in der Gewißheit tragen, es ohnehin nicht ändern zu können. Die Themen sind zwar oft genug bedrückend, aber die Kunst dieses begabten Erzählers besteht darin, das Schwere leicht erscheinen zu lassen, ohne Konflikte zu verharmlosen, ohne ihnen Ernst und Würde zu nehmen. Das wird mit sparsamen Mitteln dargestellt: Bernard Mac Laverty ist ein Künstler des Aussparens.«
Eckart Klessmann/Frankfurter Allgemeine Zeitung

»Mac Laverty gehört in die Reihe der großen Geschichtenerzähler, neben Čechov, Joyce und Mansfield.«
The New York Times Book Review

Lamb – der Ausgeflogene
Roman. Aus dem Englischen
von Hanna Neves

Cal
Roman. Deutsch
von Nikolaus Stingl

Geheimnisse
und andere Erzählungen. Deutsch
von Hans-Christian Oeser

Tanzen hat seine Zeit
Erzählungen. Deutsch von
Hans-Christian Oeser